ग्रहरोगनिदान-चिकित्साचन्द्रप्रकाश

[ग्रह पीड़ा निवारणार्थ यन्त्र, तन्त्र, मन्त्रों का अपूर्व संग्रह]

AF674073

चन्द्रदत्त पन्त

मोतीलाल बनारसीदास
दिल्ली, मुम्बई, चेन्नई, कोलकाता, बंगलौर,
वाराणसी, पुणे, पटना

पुर्नमुद्रण : दिल्ली, १९९३, १९९८, २००३, २०१०
प्रथम संस्करण: १९८७

© मोतीलाल बनारसीदास

ISBN: 978-81-208-2559-8

मोतीलाल बनारसीदास

४१ यू०ए० बंगलो रोड, जवाहर नगर, दिल्ली ११० ००७
८ महालक्ष्मी चैम्बर, २२ भुलाभाई देसाई रोड, मुम्बई ४०० ०२६
२३६ नाइंथ मेन III ब्लाक, जयनगर, बंगलौर ५६० ०११
सनाज प्लाजा, १३०२ बाजीराव रोड, पुणे ४११ ००२
२०३ रायपेट्टा हाई रोड, मैलापुर, चेन्नई ६०० ००४
८ केमेक स्ट्रीट, कोलकाता ७०० ०१७
अशोक राजपथ, पटना ८०० ००४
चौक, वाराणसी २२१ ००१

नरेन्द्रप्रकाश जैन, मोतीलाल बनारसीदास, बंगलो रोड, दिल्ली ११० ००७
द्वारा प्रकाशित तथा जैनेन्द्रप्रकाश जैन, श्री जैनेन्द्र प्रेस,
ए-४५ नारायणा, फेज-१, नई दिल्ली ११० ०२८ द्वारा मुद्रित

ॐ

श्री सरस्वती स्तोत्रम्

शुक्लां ब्रह्मविचारसारपरमामाद्यां जगद्व्यापिनीं
वीणापुस्तकधारिणीमभयदां जाड्यान्धकारापहाम् ।
हस्ते स्फाटिकमालिकां विदधतीं पद्मासने संस्थितां
वन्दे तां परमेश्वरीं भगवतीं बुद्धिप्रदां शारदाम् ॥

या कुन्देन्दुतुषारहारधवला या शुभ्रवस्त्रावृता
या वीणावरदण्डमण्डितकरा या श्वेतपद्मासना ।
या ब्रह्माच्युतशङ्करप्रभृतिभिर्देवैः सदा वन्दिता
सा मां पातु सरस्वती भगवती निःशेषजाड्यापहा ॥

दो शब्द

इस वर्तमान वैज्ञानिक युग में भी यदि हम विवेकपूर्ण वैधानिक दृष्टि से अखिल ब्रह्माण्ड का अध्ययन सरसरी तौर पर करें तो हमें इस बात का पूर्णतया ज्ञान प्राप्त हो जाता है कि भारतीय मानव जीवन एक धर्मप्रधान जीवन है। जिसके कुछ संस्कार अनेक प्रकार की आपत्तियों-विपत्तियों के उपरान्त भी अभी तक सनातन-धर्मावलम्बी मानव समाज में अपने धर्म के पुनरुत्थान की आकांक्षा रूपी अन्तस्तल में बीज रूप से दिखाई देते हैं जिसका प्रभाव भी यदाकदा प्रत्यक्ष रूप से दृष्टिगोचर होता है। क्योंकि धर्म परिपालन करने वाले ज्ञानी, ध्यानी, त्यागी, तपस्वी, सतवादी व्यक्ति, सत्याचरण-आरूढ़ अखण्ड परम्परा रूप से उत्पन्न होते आये हैं और आशा है भविष्य में भी इस परम्परा का लोप नहीं होगा। क्योंकि जंगलों अरण्यों कन्दराओं गुफाओं, तपोवनों में उपर्युक्त परम्परा का तपस्वियों के रूप में धारावाहिक श्रोत प्रवाहित होता ही रहा है। युग की पुकार के कारण धारा जल प्रवाह न्यूनाधिक अवश्य होता है किन्तु यह निर्वीज तथा निर्लोप कभी नहीं होता। जिनका आधार एकमात्र ग्रहपूजा है जो कि चराचर सहित तीनों लोकों में प्राप्त है जिसका आधारभूत केवल धार्मिक कृत्य ही हैं।

यह बात तो सभी ज्ञानी, समाजसेवी तथा धार्मिक व्यक्ति कहते आय हैं कि समाज का अधिष्ठान धर्म है। यतो धर्मस्ततो जयः, जो समाज धर्मानुसार आचरण कर अग्रसर होते हैं वे सदैव अडिग रहते हैं। अधर्म से दूध के उबाल की तरह बढ़ने वाले समाज का पतन उनही अधर्मियों की आँखों में निहित रहता है। ग्रह शान्ति के लिये जप, तप, दान, पुण्यादि करना ही धार्मिक कृत्य माने जाते हैं। अकाल पुरुष—जिसे हम लोग ईश्वर, परमात्मा, शिव-आदि नामों से पुकारते हैं, तीन लोक चौदह भुवन करके व्याप्त है। जिसकी सूर्य ही आत्मा मानी गई है। चन्द्रमा को मनका स्थान दिया गया है। मंगलग्रह ही जिसका पराक्रम है। बुध जिसका विवेक तथा वाणी है। वृहस्पति को सुख तथा ज्ञान

का आगार अधिष्ठित किया गया है। शुक्र ही कामदेव का स्थान प्राप्त कर समस्त प्राणियों में वासना संचार करता है। शनि, राहु, केतु केवल दुख ही रूप हैं जो कि अपनी प्रशंसा-पूजा को प्राप्त कर प्रसन्न हो जाते हैं और साधक तथा प्रार्थी को लक्ष्मी, शान्ति, आयु, आरोग्यता, बुद्धि, विजय, यश, कीर्ति, कवित्व शक्ति, आदि प्रदान कर सब प्रकार से तृप्त कर देते हैं।

किसी ने लिखा है—

गोविन्द प्रीति सबन की मानें।

जो जिस भाव करत है सेवा अन्तर्गत हू की जानें।

जो भी मानव जिस भावना को लेकर शुद्ध मन से जिस ग्रह की पूजा, उपासना, आराधना, बन्दना, यज्ञ, हवन आदि द्वारा करता है उस मनुष्य को अपनी भावना के अनुरूप शुद्ध अभीष्ट फल की प्राप्ति होती है: यदि ऐसा न होता तो निश्चय ही यह प्रथा आज तक चलने वाली नहीं थी, कभी भी समाप्त हो गई होती। किन्तु यह ग्रह पूजा निस्सार नहीं है फलदायक है इसी के उदाहरण स्वरूप एक घटना यहाँ लिख देना आवश्यक समझता हूँ यह बात लखनऊ मेडीकल के हाई रैक्टर और हैल्थ औफीसर ने सुनाई थी जो कि अपने सम्बन्धी थे।

मैं एकबार उन्हें रेल तक छोड़ने गया था, वह बैठ गये वहाँ डिब्बे में पहले से ही ज्योतिष सम्बन्धी वार्ता चल रही थी कुछ लोग ज्योतिष के पक्ष में थे कुछ विपक्ष में; हम लोग भी सुनने में दिलचस्पी लेने लगे। हाई रैक्टर ऑफ मेडीकल वोर्ड यू. पी. ने कुछ देर सुनने के बाद कहा कि एक मालदार सज्जन लखनऊ मेडीकल बोर्ड के सम्मुख अपनी असह्य बीमारी के कारण उपस्थित हुए डाक्टरों ने जाँच की किन्तु कोई बात का निर्णय न हो सका तो बोर्ड की ओर से एक प्रसिद्ध ज्योतिषी जी बुलाये गये उनका परामर्श लिया गया उन्होंने पंचांग खोल कर १५ मिनट के पश्चात् अपना निर्णय दिया और उसी के अनुसार हम लोगों ने उनकी चिकित्सा तथा उपचार करना प्रारम्भ किया और वह मनुष्य तीन माह की चिकित्सा से ठीक हो गया और स्वस्थ होकर अपने घर को चला गया।

उन्होंने कहाकि ज्योतिष एक विज्ञान है। जो कि आधुनिक सभी विज्ञानों से ऊँचा है जिसके जानने वाले बहुत ही कम हैं यदि इसकी उन्नति द्वारा ग्रहों के वास्तविक रूप की जानकारी प्राप्त हो जाय तो वर्तमान युग में भी इन ग्रहों की सहायता से वैज्ञानिक चिकित्सा में और भी चार चांद लग सकते हैं। और मैडी-कल कालेजों में ग्रह विज्ञान यदि अनिवार्य कर दिया जाय तो सहस्त्रों बीमा-रियों का इलाज बड़ा ही सुगम हो जाय। कभी २ अनजान इलाज में बीमारियाँ हम लोगों से बढ़ जाती हैं अतः इसका ध्यान रखना आवश्यक है। इसलिये मैं निश्चय पूर्वक कह सकता हूँ कि ज्योतिष गणित की ग्रहण आदि की जो गणना छाप है वह सर्वत्र ही विद्यमान है। कहीं-कहीं फलित ज्योतिष का कमाल देखकर दाँतों तले उँगली दबा कर रह जाना पड़ता है। कल ही एक वैद्य जी मिले जिन्होंने फलित ज्योतिष की प्रशंसा में मुझे बताया जिनकी अवस्था इस समय कम से कम अस्सी वर्ष के लगभग होगी, उन्होंने कहाकि मैं आज से पचास वर्ष पहले कपड़े की दूकान करता था दूकान खूब चलती थी मैं भी खुश था। एक दिन एक ज्योतिषी जी दूकान पर आ गये मैंने उन्हें अच्छी तरह बिठाया और बातों के छिड़ जाने पर उन्होंने मेरी जन्मपत्री देखकर मुझसे कहा कि एक समय आयेगा आप यह कार्य छोड़कर वैद्यक कार्य प्रारम्भ करेंगे और उस समय आपके हाथों में कम्पन पैदा हो जायेगा। यह सुनकर मैं हँसा और बोला यह असम्भव सी बात है। वह कुछ देर बैठकर चले गये। मैंने २०-२५ वर्ष तक कपड़े की दूकान चलाई खूब अच्छी तरह; किन्तु मनमें यह बात कभी-कभी खटकती थी कि ज्योतिषी जी ने यह कैसे कहा होगा। किन्तु आज मैं अच्छा खासा वैद्य हूँ और हाथों में कम्पन भी हो गया है लाठी के सहारे चलता हूँ और सभी कार्य इसी वैद्यक के सहारे चलते हैं। यह कौन सा फलित है जो ३० वर्ष के पश्चात् भी अपनी सत्यता दिखाये बिना न रह सका। इसलिये मैं कह सकता हूँ कि ज्योतिष के जानने वाले कम ही सही मगर हैं अवश्य जिनका फलित ठीक उतरता है। इसलिये लोगों का यह कहना निराधार है कि फलित कुछ भी नहीं है गणित की सत्यता तो हम प्रत्यक्ष रूप से देखते ही हैं।

उपर्युक्त सभी बातों के कहने का तात्पर्य यही है कि गणित की सत्यता

पर तो सभी विज्ञान आधारित हैं ही किन्तु फलित की सत्यता पर ज्ञान अवश्य आधारित है जिसके प्रत्यक्ष प्रमाण किसी भी बच्चे के जन्म समय का ठीक अन्दाजा लेकर बनाया गया जन्मपत्र छोटी सी अवस्था से ही सम्पूर्ण आयु पर्यन्त का नितान्त सहीफल, उसकी, शिक्षा, स्वास्थ्य, पेशा, विवाह, रोग आदि का विवरण ठीक-मिलता जाता है यही फलित ज्योतिष की सत्यता है। किसी भी परिपक्व ज्योतिषी द्वारा कहा फलादेश अपनी सार्थकता से शून्य नहीं हो सकता जबकि सड़क पर बैठने वाले या शनि भगाने वाले पड़ियों पर अधिकतर विश्वास नहीं किया जा सकता। भला कभी-कभी ऐसा भी देखने में आता है कि वे सड़क पर बैठने वाले भी ऐसी अकाट्य बात बता देते हैं कि जिसको मान्यता दिये बिना नहीं रहा जा सकता और कुछ सत्य और असत्य फलादेशो के आधार पर एकदम अपनी धारणा को निर्धारित कर लेना भी भूल ही रहेगी इसलिये ज्योतिष के साथ-साथ डाक्ट्री वैद्यक, हकीमी आदि का जानने वाला ही किसी भी रोगी का निदान, उपचार चिकित्सा आदि कर किसी भी फलित ज्योतिष के तथ्य पर पहुँच कर, अपने कथन की सत्यता की छाप निर्धारित कर सकता है। इसलिये डाक्टरों, वैद्यों, हकीमों को थोड़ा बहुत नहीं पूर्ण ज्ञान ज्योतिष का और ज्योतिषियों को चिकित्सा का पूर्ण ज्ञान होने से ही कार्य चल सकता है। दोनों का अधूरा ज्ञान तो अधूरा ही कार्य करेगा। इसके अतिरिक्त इन सभी को इष्ट की प्रार्थना, वन्दना द्वारा कृपा प्राप्त कर अपना कार्य करना चाहिये लिखा है बिना इष्ट के भ्रष्ट है ज्योतिष वैद्यक राज।

अब मैं यहाँ उन सहयोगियों साथियों का धन्यवाद करना भी अनिवार्य समझता हूँ जिनके अनुग्रह से मैं यह पुस्तक लिख सका हूँ। उनमें सर्वप्रथम डा० वीरेन्द्र कुमार रस्तोगी, श्री पुरुषोत्तम सरण जी सारस्वत तथा श्री शंकरानन्द जी नागर ज्योतिषाचार्य (बनारस) काशीपुर हैं। इन तीनों ही सज्जनों ने निसंकोच अपना अमूल्य समय देकर अनुग्रहीत किया जिसके लिये मैं इन उपर्युक्त सज्जनों का हृदय से आभारी हूँ और इनका किन शब्दों में धन्यवाद प्रकट किया जाय यह समझ में नहीं आता अत: धन्यवाद प्रथानुसार ही सही मैं उनका धन्यवाद किये बिना नहीं रह सकता। इन सहयोगियों के

साथ-साथ उन विद्यार्थियों पाठकों को भी धन्यवाद दिये बिना नहीं रह सकता जो कि इस पुस्तक को पढ़कर लाभान्वित तथा यशस्वी होकर अपने जीवन की सार्थकता से जन साधारण की सेवाकर उत्तम पद प्राप्त कर गणक समझे जांय। पापों से बचकर ग्रहों की वास्तविक पूजा द्वारा रोगियों को स्वस्थ बनाकर वाहवाही प्राप्त कर अपने को स्वयं ही धन्य बनायें और सदैव सुख-शान्ति से रहकर जनकल्याण मार्ग प्रशस्त करें और रोग मुक्त मानव का आशीर्वाद प्राप्त कर अपना जीवन सफल बनायें।

हरिॐ तत्सत्

आप का सादर

चन्द्रदत्त पन्त

काशीपुर, जिला-नैनीताल

उत्तर प्रदेश

हरि-ॐ-तत्सत्

उपोद्घात

समोऽहं सर्वभूतेषु न मे द्वेष्योऽस्ति न प्रियः ।
ये भजन्ति तु मां भक्त्या मयि ते तेषु चाप्यहम् ॥
(गीता अ० ९ श्लोक २९)

योगेश्वर श्रीकृष्ण महाराज साक्षात् भगवान होते हुए भी अर्जुन को अद्वैत का निरूपण या निराकरण इस प्रकार समझाते हैं कि जन साधारण की समझ में सहज ही आ जाय और वह, यह भली-भांति समझ जांय कि ईश्वर किस प्रकार सब भूत-प्राणियों में सम भाव से स्थित है उसका इस संसार में न कोई प्रिय है और न कोई अप्रिय ही है फिर भी प्रेम के वशीभूत उसकी प्रसन्नता और अप्रसन्नता का प्रत्यक्ष प्रमाण मनुष्य किस प्रकार देवी-देवताओं भूत-पिशाचों की पूजा करने पर प्राप्त कर लेते हैं ।

येऽप्यन्यदेवताभक्ता यजन्ते श्रद्धयान्विताः ।
तेऽपि मामेव कौन्तेय यजन्त्यविधिपूर्वकम् ॥

सकामी भक्तों की अनेक प्रकार से की गई पूजा देवी-देवताओं द्वारा जो स्वीकार की जाती है जिसका फल भी शीघ्र ही प्राप्त हो जाता है सब प्रकार से मेरी ही पूजा होती है क्योंकि :—

ईश्वरः सर्वभूतानां हृद्देशेऽर्जुन तिष्ठति ।
भ्रामयन्सर्वभूतानि यन्त्रारूढानि मायया ॥

मैं ही समस्त प्राणियों के अन्तःकरण में विद्यमान हूँ मेरे से अतिरिक्त इस संसार रूपी मशीन को चलाने वाला कोई दूसरा है ही नहीं । जिस प्रकार बिजली का बटन दबाने पर सारे कारखाने की मशीनें चल जाती हैं और बटन को (बन्द) करने पर सारी मशीनें अपने आप जहाँ की तहाँ खड़ी हो जाती हैं कहने का तात्पर्य यही है कि कारीगरी बिजली के बटन की है न कि कारखाने की मशीनों की । जिस प्रकार एक ही बिजली का करेण्ट (लहर) समस्त शहर, कारखाने, बिल्डिङ्ग (मकान) आदि को

अपने आधीन किये हुए हैं उसी प्रकार यह सौर जगत, कोटिशः ब्रह्माण्ड आकाश-पाताल, पञ्चतत्व (अग्नि, पृथ्वी, वायु, जल आकाश, शब्द, स्पर्श, रूप रस और गन्धादि एक मात्र ईश्वर के आधीन उसकी सता से शासित होकर अपने केन्द्रत्व को प्राप्त अपनी धुरी पर निरन्तर घूमते रहते हैं। जिनका संचालन एकमात्र विराट पुरुष परमात्मा के हाथ में है जिसका साकार रूप प्रत्यक्ष हमारी आँखों के सामने इस प्रकार विद्यमान है कि देदीप्यमान सूर्य ही उस विराट या अकाल पुरुष की जीवन शक्ति सम्पूर्ण आत्मा है । चन्द्रमा स्पन्दन गति से पूर्ण मन है । मंगल ही उसका शौर्य प्रदर्शनकारी पराक्रम है । समस्त ज्ञान-विज्ञान को विकसित या स्फुटित करने वाला स्पष्ट भाषण ही बुध है और जो ज्ञान-विज्ञान और सुख, बुध द्वारा प्रकाशित होता है वह एक मात्र वृहस्पति है । प्रेम तथा कन्दर्प शक्ति को प्रकट कर विश्व क्रियाओं को प्रफुल्लित करने वाला एक मात्र शुक्रदेव है । इसी प्रकार शनि दुखरूप से जन-समुदाय में अपना स्वभाव रखता है । राहु और केतु आलस्य, क्लेश, भय निद्रादि पर अपना अधिकार प्रदर्शित कर प्राणिमात्र को समय-सयय पर सन्तप्त करते रहते हैं । यही ग्रह रूप विशालकाय उस अकाल विराट् रूप परमात्मा का एक साकार रूप आकृति पूर्ण है जिनकी पूजा और प्रसन्नता ही साक्षात ब्रह्म की पूजा है ।

गीता का अध्ययन करने वाले यह भली भाँति जानते ही हैं कि ईश्वर न तो किसी से प्रसन्न ही होता है और न असन्तुष्ट ही । केवल ग्रहों, देवी-देवताओं के सकाश से ही प्रसन्न-अप्रसन्न सा प्रतीत होता है जिसके लिये गीता अनेक अकाट्य प्रमाण प्रदान करती है । ग्रहों के अवयव रूप पर परमात्मा के भान से जीव या आत्मा अथवा परमात्मा ही सुख-दुख का भोक्ता बन जाता है ईश्वर तो कूटस्थ हुआ यह मायावी कुतूहल (तमाशा) अनुभव करता है । जप-तप, हवन-दान और यज्ञादि यन्त्र-तन्त्र मन्त्रादि तो शुभाशुभ ग्रहों की प्रसन्नता के लिये किये जाते हैं । शुभ ग्रह तो अपना शुभ फल प्रदान करते ही हैं शुभस्थों में बैठकर और अशुभ ग्रह जो कि अशुभ फलदायक होते हैं पूजा-पाठ दानादि मन्त्रों के उपचारों से शुभ परिणाम प्रदान करने लगते हैं किसी भक्त कवि ने कहा है कि :—

दुख में सुमिरन सब करैं सुख में करे न कोय।
सुख में जो सुमिरन करै तो दुख काहे को होय॥

क्या ही अच्छा हो कि मनुष्य उपर्युक्त ग्रहों का उपचार कर उनकी प्रसन्नता प्राप्त कर सदा सर्वदा के लिये सुखी तथा आनन्दमय जीवन व्यतीत करता हुआ कल्याण को प्राप्त कर ले।

यह बात किसी भी पढ़े लिखे या अनपढ़ से छिपी नहीं है कि महा मृत्यु का निवारण किसी भी प्रकार के उपचार से हो ही नहीं सकता किन्तु अप या अकाल मृत्यु का निराकरण करने से अकाल मृत्यु के नियत समय को परिस्थिति के अनुसार ग्रह शान्ति, मन्त्र जाप, हवन-यज्ञ-दानादि नियमित रूप से करके टाला जा सकता है। रोगी को औषधि लाभ पहुँचाया जा सकता है और किसी भी दुखी के दुख को किसी न किसी रूप में बदला जा सकता है। किन्तु सभी ग्रहों का दान-जप एक ही दिन एक ही समय पर नहीं करना चाहिये प्रत्येक ग्रह का दिन नियत है उसी दिन उसका जाप तथा दान करना चाहिये। शुभ ग्रहों का दान शुक्ल पक्ष में और अशुभ ग्रहों का दान कृष्ण पक्ष में करने से ग्रह शान्ति भली प्रकार होती है इन सभी बातों का विशेष विवरण सूर्यादि ग्रहों के यथा क्रम से उनके साथ ही लिखेंगे जिससे पाठक सहज ही समझ सकेंगे कि किसी भी व्यक्ति को उसके अशुभ ग्रहों के फलों के निराकरण के लिये किस समय क्या-क्या करना चाहिये जिससे उसको मनोवाञ्छित फल की प्राप्ति हो और कष्ट का निवारण होकर सुख शान्ति-समृद्धि का प्रादुर्भाव हो। किसी-किसी आचार्य का मत है कि कलियुग में ग्रहों की मन्त्र जप संख्या चौगुनी करने से यथेष्ट फल की प्राप्ति होती है। यद्यपि शास्त्रानुसार प्रत्येक ग्रह की जप-तप-दान हवनादि आहुति की संख्या नियत है यह संख्या उस समय नियत की गई थी जबकि मनुष्यों के हृदय पाप से रहित थे, वैमनस्य ईर्षा, द्वेषादि से हीन थे किन्तु कलियुग (वर्तमानयुग) में यह स्पर्धा इतनी बढ़ चुकी है कि कोई भी व्यक्ति इससे अछूता नहीं रह पाता इसलिये "कलौ संख्या चतुर्गुणा" करवाकर इनके उपचारों को स्वीकृति प्रदान की गई है। वैसे तो लिखा है कि 'दान वित्त समान' किन्तु यथाशक्ति दान करते

रहने से मनुष्य में ओज, कान्ति, उत्साह शान्ति-सुख स्वतः ही बढ़ जाते हैं। मनुष्य का मन प्रसन्न और मुखाकृति प्रफुल्ल दृष्टिगोचर होने लगती है हरेक से बात करने में मन लगता है रोगी को रोग में कमी ज्ञात होती है उसके स्वभाव का चिड़चिड़ापन दूर होकर शान्ति का अनुभव होता है। इसलिये अब हम पाठकों, पुरोहितों, पण्डितों तथा ज्योतिषियों की सुविधा के लिये सूर्य-चन्द्रादि ग्रहों के कुप्रभाव से उत्पन्न रोगों की दारुण व्यथा को हरने के लिये प्रत्येक प्रकार का उपचार यथा क्रम लिखने का यथा साध्य प्रयत्न करेंगे जिसके द्वारा जीवन से निराश मनुष्य आशातीत लाभ प्राप्त कर ज्योतिष-शास्त्र पर अपना विश्वास दृढ़ कर लाभान्वित होंगे और अपनी उन्नति से दूसरे मनुष्यों को लाभान्वित कर अपना जीवन सफल बनाकर धन्यवाद के पात्र हो जायेंगे।

गत पृष्टों में हमने विराट स्वरूप भगवान का आभास मात्र वर्णन इसलिये किया कि प्रत्येक मनुष्य (जीव) को अपनी अल्पज्ञता का ज्ञान सहज ही हो सके और वह अपने शरीर की बनावट पर विशेष रूप से ध्यान देकर अपने अङ्ग प्रत्यङ्ग का समस्त अवयव सहित निरीक्षण कर, अपने रोग; कष्ट, क्लेश, आधि-व्याधि और सन्ताप का सहज ही निराकरण करने में सफल हो सके। कितने ही स्थानों पर यह देखने में आया है कि जहाँ मैडीकल ज्ञान रोग की ज्ञातव्यता पर अपनी असमर्थता प्रकट करता है, वहाँ कई बार अध्यात्मवाद, ज्योतिष तथा इष्ट साधन बहुत ही सहायक सिद्ध होता है। कह नहीं सकते न्यूनता कहाँ रहती है जो डाक्टर-वैद्य-हकीम इष्ट साधना कर अपने कार्य में प्रवीण हो जाते हैं वे किसी भी रोग का निदान कर उपचार करने में सफल हो जाते हैं और जो केवल अपनी पढ़ाई-लिखाई के मद में ही प्रैक्टिस प्रारम्भ करते हैं वे अनेक स्थलों में फेल हो जाते हैं और अपनी असमर्थता प्रकट कर टाल देते हैं तब मरीज (रोगी) को दूसरे डाक्टर-वैद्य या हकीम का आश्रय लेना पड़ता है शारीरिक अवयव स्पष्टता के लिये हम पहले मैडीकल चार्ट की आकृति तत्पश्चात् ज्योतिष गत आये चार्ट की आकृति दिखलाकर अपने विशेष लक्ष की ओर आकर्षित होंगे जिससे पाठक, डाक्टर वैद्य हकीम और ज्योतिष कार्य करने वाले सभी महानुभाव, ग्रहों से आई परापर पीड़ा की जानकारी सहज ही प्राप्त कर, आधि-

व्याधि हरण कर स्वयं तो मस्तिष्क सन्तुलन द्वारा शान्ति करेंगे ही पीड़ित जन-समुदाय को लाभान्वित कर स्वयं भी लाभ से वंचित न रहेंगे। जिन उपचार कर्ताओं को ज्योतिष का भी अच्छा ज्ञान होता है वे सहज ही सफलता प्राप्त कर लेते हैं इसलिये क्या ही अच्छा हो कि स्कूलों कालेजों विद्यालयों-विश्वविद्यालयों में डाक्टरी शिक्षा के साथ-साथ ज्योतिष की शिक्षा अनिवार्य कर दी जाय और प्रत्येक डाक्टर परोपकार की भावना से भरपूर केवल अर्थ के लिये अनर्थ करने वाला न हो।

ग्रहों द्वारा रोगों, आधि-व्याधियों, क्लेशों और भयों का ज्ञान ज्योतिष द्वारा मनुष्य के जन्म लेते ही हो सकता है कि अमुक वर्ष अमुक माह की अमुक दशा में आज से इतने वर्षों बाद अमुक मनुष्य को अमुक रोग होगा इतने वर्ष-माह का कष्ट है। किन्तु यह बात अध्यात्मवाद से परिपूर्ण योगी के अतिरिक्त कोई भी डाक्टर किसी भी स्वस्थ बच्चे को देखकर यह बताना कि इस बच्चे को अमुक वर्ष में अमुक रोग होगा और यह इतने दिन-माह-वर्ष में ठीक हो जायेगा अथवा इतने कष्ट के पश्चात् स्वर्गवासी हो जायेगा असम्भव ही है। आधुनिक डाक्टर-वैद्य-हकीम निश्चय पूर्वक किसी तथ्य पर न पहुँच ही सकते हैं न रोगी को इस प्रकार की सान्त्वना ही प्रदान कर सकते हैं इसलिये रोगी के रोग की जानकारी के लिये इस पुस्तक के पाठक प्रश्नचन्द्र प्रकाश, लग्नचन्द्र प्रकाश, चन्द्र हस्त विज्ञानादि पुस्तकें अवश्य अध्ययन करें ताकि किस समय कौन सा रोग उत्पन्न होगा और उसके निराकरण के उपचार के लिये क्या कुछ करना इष्ट साध्य है, यह सब कुछ ज्ञात हो जाने पर मनुष्य को फिर अपने इलाज में कोई कठिनाई नहीं होगी। आशा बलवती होगी जिसके सहारे जीवन भार न रहकर सहज गति से चलने लगेगा और रोगी सुख का अनुभव करने लगेगा। लिखा भी है :—

आरज़ू मन्दाने सदैव याद रक्खें ये उसूल।
चन्द मिन्टों रोज घूमें खाना खालेने के बाद॥
तन्दुरुस्ती की तलब तुमको अगर है तालिब।
दिन को सोया न करो रात को जागा न करो॥

धर्मेण हन्यते व्याधिः धर्मेण हन्यते ग्रहः।
धर्मेण हन्यते शत्रुर्यतोधर्मस्ततो जयः॥

धर्म क्या है। हमें इसका विवेचन तो यहां करना नहीं है केवल तात्पर्य समझकर अपने लक्ष की पूर्ति करनी है इसलिये लिखते हैं कि धार्मिक कृत्य करते रहने से शारीरिक मानसिक और आध्यात्मिक तीनों प्रकार के कष्ट दूर हो जाते हैं अर्थात् अनेक प्रकार की आधि-व्याधियों का नाश हो जाता है। धार्मिक कर्म, ग्रहों के दुष्परिणामों को समाप्त करके शुभ फल प्रदान करते हैं और शुभ ग्रहों के शुभ फलों को दूना, तिगुना और चौगुना करके शुभ फल प्रदान करते हैं और यही धार्मिक कृत्य, शत्रुओं द्वारा किये गये दुर्व्यवहार के दुष्परिणाम को समूल नष्ट करके मन को सुख शान्ति पहुँचाते हैं। जहाँ धर्म का निवास होता है वहीं प्रत्येक कार्य में सफलता मिलती है यही धर्म की विजय है। यज्ञ-हवन-पूजा-पाठ धार्मिक ग्रन्थों का स्वाध्याय, सन्नाम कीर्तन, आराधना, नित्य नियम से प्रार्थना, सत्य और प्रिय भाषणादि करते रहना आदि बातों का यहां सूक्ष्म वर्णन करने की आवश्यकता इसलिये पड़ी कि कोई भी मनुष्य जो संसार में सुखी जीवन व्यतीत करना चाहता है उसे चाहिये कि किसी भी प्राणी को किसी भी प्रकार का कष्ट या क्लेश न दे और न अपने सत्असत् व्यवहार से उसके मन को उद्विग्न करे और नहीं किसी प्रकार से उसकी शान्ति को भग्न करें। अपितु अपने सदव्यवहार से अपनी सहायता से किसी भी प्राणी का दुख-कष्ट हरण करने वाला हो तो वह धार्मिक व्यक्ति कहलायेगा जिसके कारण उसका चित्त शान्त रहेगा और वह समाज-जाति में ग्राम शहरादि में आदरणीय समझा जायेगा। इन सभी बातों के विपरीत आचरण पाप में परिवर्तित समझा जायेगा। इसलिए मानव मात्र को धर्म कर्म रत रहना चाहिये जिससे उसको किसी प्रकार का कष्ट न हो।

अब हम धर्माधर्म का विवेचन यहीं छोड़कर अपने विशेष विषय की ओर पाठकों का ध्यान आकर्षित करना चाहते हैं जो इस पुस्तक का मूल तत्व है कि ग्रह-रोग और उनका ज्योतिष शास्त्रानुसार उपचार किस प्रकार हो सकता है। यहां इसके अतिरिक्त केवल डाक्टर हकीम और वैद्य ही सब रोगों को अपनीऔषधियों (दवाओं) द्वारा अच्छा कर सकते हैं यदि यह बात निरीह ही

सत्य हो तो फिर संसार में पण्डित ज्योतिषी, ओझा, स्याने, तान्त्रिक यन्त्र-वादी इत्यादि की आवश्यकता ही क्या थी। कभी-कभी बड़े डाक्टरों को भी देखा गया है कि वे असाध्य रोग के हो जाने पर अच्छे ज्योतिषी का आश्रय ग्रहण करते हैं और यश प्राप्त कर लेते हैं। इन सभी बातों की जानकारी के लिए प्रत्येक डाक्टर, वैद्य हकीम को थोड़ा बहुत ज्योतिष अवश्य ही आना चाहिये जो कि इष्ट साधन से सुलभ हो जाता है। जो लोग ग्रहों की प्रकृति गुण-कर्म और स्वभाव के साथ-साथ शरीर के अङ्ग प्रत्यङ्ग की अवयव सहित जानकारी रखते हैं और यह भी अच्छी तरह से जानते हैं कि ग्रहों का हमारे शरीर के किस भाग पर क्या प्रभाव है और किस-किस भाग से क्या सम्बन्ध है, उन ज्योतिषियों को रोग के निदान और उपचार में शीघ्र सफलता मिल जाती है। किन्तु वर्तमान युग में यह औपचारिक निदान लुप्त प्राय: है स्वबुद्धि-अनुसार उसी कमी की पूर्ति करने के लिये मुझे आदेश हुआ है उसका पूर्ण करना मैं अपना कर्तव्य समझता हूँ जिसकी पूर्ति के लिये अनेक डाक्टरों वैद्यों हकीमों ज्योतिषियों, तान्त्रिकों, मन्त्रवादियों की सहायता लेकर अग्रसर हुआ हूँ। पाठक विशेष अपने विवेक द्वारा यह निर्णय कर सकेंगे कि यह निर्णीत विषय कितने परिश्रम का फल है और वे इस पुस्तक से कितना लाभान्वित होते हैं और अपने इष्ट मित्रों को कितना लाभ पहुँचा कर सफलता प्राप्त करते है और यश के भागी होते हैं।

विषय-सूची

ॐ

प्रथम खण्ड

प्रथम अध्याय

ग्रहों द्वारा अंग प्रत्यंग का ज्ञान तथा उनका आन्तरिक प्रभाव

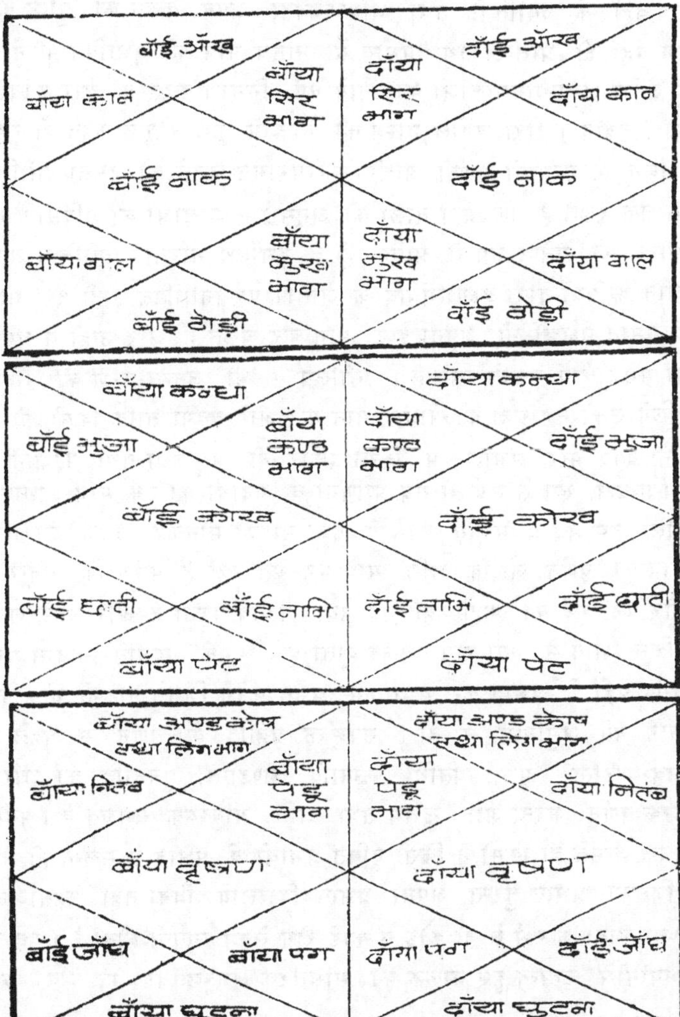

यद्यपि यूरोपीय पाश्चात्य देशों में तथा अमेरिका में विशेष कर वर्तमान युग में द्वादश (बारह) ग्रहों का प्रचलन बहुतायत से हो गया है। जिनके द्वारा वहाँ के ज्योतिषी तथा भविष्यवक्ता अपने कथन की पुष्टि कर द्वादश ग्रहों की प्रतिष्ठा तथा प्रभाव से मानव मात्र को प्रभावित करने के लिये अनेक अनुसंधानशालाओं का आये वर्ष निर्माण करते हैं और दूरदर्शी यन्त्रों (दूर्वीन) द्वारा खगोल शास्त्र की वृद्धि में कुछ न कुछ कहते ही रहते हैं। किन्तु भारतवासी अपनी प्राचीन परम्परागत चलने की क्षमता इसीलिये अभी तक रखते हैं कि यहाँ वालों को अनुसंधान शालाओं की सुविधायें जन साधारण को यथेष्ट रूप से प्राप्त नहीं है इसलिये भारतीय ज्योतिषी अपने प्राचीन ऋषियों द्वारा अध्यात्मवाद के आधार पर निर्धारित उन्हीं ९ (नौ) देदीप्यमान नक्षत्रों को अपना इष्ट मान कर चलते हैं और उन्हीं से अपना यथा समय कार्य चलाते रहते हैं। इसीलिये मैं भी जनसाधारण की सुविधा के लिये उन्हीं नव ग्रहों को आधार मान कर आगे बढ़ूंगा ताकि किसी को भी अपना कार्य भार संभालने में किसी प्रकार की असुविधा तथा परेशानी न हो। प्रत्यक्ष रूप से सूर्य ही सब प्राणियों व पदार्थों का एक मात्र आधार है इसलिये हम सर्व प्रथम सूर्य को ही इष्ट साध्य मानकर उसके शारीरिक प्रभाव का वर्णन, जो कि प्राणि मात्र पर पड़ रहा है, करेंगे कि मनुष्य के शरीर पर सूर्य का कहाँ-कहाँ क्या-क्या प्रभाव पड़ता है और उससे शरीर के किस भाग में क्या रोग उत्पन्न होता है। इसके पश्चात् चन्द्रमा मंगल बुधादि ग्रहों के प्रभाव का यथा क्रम वर्णन करेंगे जिससे पाठकों को किसी प्रकार की असुविधा न हो। उपर्युक्त ग्रहादि के वर्णन से पहले हम नक्षत्र-गण्डान्त, मूल, तिथि, लग्नादि गण्डान्त, पूतनादि का अरिष्ट-कारक वर्णन करना अति उत्तम तथा अति आवश्यक समझते हैं। क्योंकि बालक जन्मते ही किसी न किसी दूषित प्रभावों के प्रभाव से संलग्न ही आता है जिसका प्रभाव तुरन्त अपना प्रभाव दिखलाये बिना नहीं रहता और बच्चा माता के गर्भ से ही कोई न कोई रोग लेकर उत्पन्न होता है। यह रोग शुभयोग में उत्पन्न हुए बालक का सांसारिक स्वच्छ वायु मंडल को प्राप्त

होते ही दब जाता है परन्तु किसी का वह रोग अशुभ योग में उत्पन्न होने के कारण और गुरुतर हो जाता है जिससे माता-पिता, भाई-बन्धु आदि की परेशानी और भी बढ़ जाती है। इसलिये शुभाशुभ योगों के साथ नक्षत्रादि द्वारा दिये जाने वाले कष्टों का ज्ञान प्राप्त कर लेना अति आवश्यक हो जाता है। इसी प्रकार शुभाशुभ तिथियों, वारों के प्रभाव से भी बालक अछूता नहीं रहता। इन सभी बातों को पंडितज़न तथा ज्योतिषी लोग शीघ्र ही पंचांग देख कर जान सकते हैं। यहाँ तो हम केवल उन्हीं आवश्यकताओं की पूर्ति का निराकरण करेंगे जो कि सर्वसाधारण या आम जनता में प्रचलित नहीं हैं और जो प्रधानता से अरिष्ट कारक पाई जाती हैं। आशा है पाठक-गण विवेक की सूक्ष्म दृष्टि से इनका सार्वभौम अध्ययन कर अपने लक्ष्य की पूर्ति कर सार्वजनिक कल्याण का मार्ग प्रशस्त करेंगे जिससे ग्रह-रोग-निदान चन्द्र प्रकाश नामक पुस्तक का शुद्ध उपयोग हो सके और लोग अपने कष्ट-अरिष्ट निवारण कर सुख शान्ति प्राप्त करने हेतु इस पुस्तक को सहर्ष अपना कर अपने जीवन को सफल बनायें।

पूतना

किसी भी बालक को जन्म लेते ही सर्व प्रथम पूतना नाम के समय (योग, राक्षसी अथवा ऐसी ही किसी दुष्ट वेला) का सामना करना पड़ता है जिसके निवारणार्थ तान्त्रिक दृष्टि से लक्षण सहित विधिविधान लिखकर मनुष्यों के लिये सुख, शान्ति, ऐश्वर्य, प्रतिष्ठा, आदर सत्कार का आह्वान करेंगे। जिससे नवजात शिशु चिरायु होकर, वंश, जाति और देश की प्रतिष्ठा को बढ़ाने वाला हो।

योगिनी—नव जात शिशु के प्रथम दिन योगिनी नाम की पूतना का प्रभाव रहता है। यदि किसी भी प्रकार का कष्ट पहले दिन होता है तो (ज्वर,-बुखार, रोदन, कम्पन, घुटि दूध न पीना इत्यादि), किसी भी कुँए नदी तालाबादि की मिट्टी लाकर उसकी प्रतिमा बनाकर उसकी यथा विधि धूप दीप, नैवेद्य, मेवा पंचमिठाई आदि से पूजा करें और लोहबान की धूप देकर

समस्त कमरे को सुवासित कर दें तत्पश्चात् उस प्रतिमा सहित सम्पूर्ण नैवेद्य मिठाई को बीमार बच्चे के ऊपर सातवार न्यौवार (फेरे) निम्नांकित मंत्र के साथ करके सूर्योदय के ३ घण्टे बाद पूर्व दिशा के किसी भी चौराहे पर रख आये और फिर उस तरफ पीछे घूम कर न देखे और रास्ते में आते जाते किसी से बात न करे चाहे प्रिय से प्रिय जन कितना ही बुलाये। घर आकर हाथ पैर धोकर कोई मीठी वस्तु (बताशा ही क्यों न हो) मुख में अवश्य डाल ले, फिर चाहे किसी भी कार्य को करें और किसी से भी बोले। उसका मन्त्र जो कि बच्चे के ऊपर उतारते समय जपें वह इस प्रकार है।

मन्त्र—ॐब्रह्मा विष्णुश्च रुद्रश्च स्कन्दो वै वरुणस्तथा।
रक्षन्तु त्वरितं बालं मुंच-मुंच कुमारकम्॥

सुनन्दना—यह दूसरी पूतना कहलाती है। दूसरे दिन, उत्पन्न हुए बालक को चाहे किसी भी प्रकार का कष्ट हो तो समझना चाहिये कि सुनन्दना नाम की पूतना का प्रभाव बढ़ रहा है। उस प्रभाव से बच्चे को दूर रखने के लिये १ सेर चावल के आटे की प्रतिमा बनाकर उसकी उपर्युक्त विधि से पूजा करनी चाहिये, भात-पूड़े गुड़ के तेल के १६ छोटे-छोटे कुछ मिठाई आदि उसके सम्मुख रखकर भोग लगाये और सन्ध्या के समय बच्चे के मकान के पश्चिम की ओर दूर के चौराहे में प्रतिमा सहित रख आयें इससे पहले बच्चे पर सात बार उतारा अवश्य कर लें। उस समय निम्नांकित मन्त्र पढ़ता जाय और लेटे हुए बच्चे के ऊपर से प्रतिमा सहित समस्त सामग्री उतारता जाय।

मन्त्र—ॐनमश्चामुण्डायै विच्चे ह्लां ह्लां ह्लीं ह्लीं ह्लूँ ह्लूँ।
दुष्टा ग्रहा गच्छन्त्वतः स्थानात् रुद्राज्ञया स्वाहा॥

सुसुमना—नाम की तीसरी पूतना है जो तीसरे दिन नवजात बच्चे पर अपना प्रभाव रखती है। यदि तीसरे दिन बच्चे को किसी भी प्रकार का कष्ट हो तो सुसुमना नाम की पूतना का उपचार करना चाहिये जो कि इस

प्रकार से है—एक सेर सट्ठी या चावल के आटे की प्रतिमा बनाकर उपर्युक्त विधि से पूजन करके और मिठाई सुहाली आदि का उतारा करके पश्चिम दिशा के चौराहे या पीपल के पेड़ के नीचे रख आये। बच्चे पर उतारा करते समय सुनन्दना पूतना के मन्त्र का ही प्रयोग करना चाहिये।

सुखमडिका--चार दिन के हुए बच्चे को यदि कोई भी कष्ट या तकलीफ होती है तो निश्चय सुखमडिका का प्रकोप समझना चाहिये। इसके प्रकोप को दूर हटाने के लिये एक सेर काले तिल के आटे को गुड़ में मिलाकर प्रतिमा बनानी चाहिये, तिल, चौलाई के १३ लड्डू, पूरी, गुल्गुले, मिठाई आदि से प्रतिमापूजाकर धूप दीप नैवेद्य से उपचार कर सुनन्दना पूतना के मन्त्र से उतारा कर सायंकाल के समय किसी भी चौराहे पर रात के समय रख आना चाहिये और विना किसी की बात सुने घर लौट आना चाहिये कुछ खाकर अपने कार्यरत हो जाना चाहिए। ईश्वरेच्छा से सब ठीक हो जाएगा।

विडालिका—जन्म लेने के पांचवें दिन जिस बच्चे को किसी प्रकार भय या कष्ट प्रतीत हो तो समझना चाहिए कि विडालिका नाम की पूतना का प्रकोप है। इसको दूर करने के लिए सही के चावलों के आटे की प्रतिमा बनाकर उसकी पूर्ववत् यथा विधि पूजा करे, तेल के पूड़े, भात स्वाली आदि का भोग लगाकर सन्ध्या समय मय प्रतिमा के बच्चे पर उतारा करे और उसे पश्चिम दिशा के चौराहे में रात को रख आए। पीछे फिर कर न देखे। बोलने चालने से पूर्ववत यथा कथित नियमों का पालन करें उतारे का

मन्त्र—ॐभगवती ह्रीं ह्रीं हूँ हूँ मुंच रक्षां कुरु कुरु वलिं गृह्ण।
अस्त्र-शस्त्र ठः ठः चामुण्डे चण्डिके ठः ठः स्वाहा॥

षटकारिका—बच्चे की छठी के दिन या षष्ठी पूजन वाले दिन-रात में यदि किसी प्रकार का कष्ट या तकलीफ बच्चे को होती है तो निश्चय ही षटकारिका पूतना का दोष है। इसका सर्वविधान योगिनी पूतना के समान ही है उसी के मन्त्र से बच्चे पर उतारा करके पंचमेवा पंचमिठाई सात पूए गुड़

के बने हुए पूर्व दिशा के चौराहे पर दोपहर के समय रख आने चाहिए ज्यों-ज्यों दिन ढलता जाएगा त्यों-त्यों बच्चे का रोग व्याधि घटती जाएगी और बच्चा स्वस्थ तथा चेतन होता जाएगा।

कालिका—सातवें दिन बच्चे की बीमारी अथवा आधि-व्याधि के लिए कालिका नाम की पूतना जिम्मेदार है। इसकी समस्त प्रतिक्रियायें पंचम पूतना विडालिका के समान हैं इसलिए इसकी प्रतिमा तथा उसकी पूजा विडालिका के समान ही करनी चाहिये। मन्त्र भी उसी का है इसलिए इस विषय में अधिक लिखने की आवश्यकता नहीं है सन्ध्या समय मूक रह कर पश्चिम दिशा में चौराहे पर रख आये।

कामिनी—नवजात शिशु की आठवें दिन की प्रत्येक बीमारी का उत्तर-दायित्व कामिनी नाम पूतना पर है। जलाशय के किनारे की मिट्टी से प्रतिमा बनाकर उसकी पूजा धूप दीप से करें सात गेहूँ की रोटियाँ, मसूर चने की दाल शहद से चुपड़कर सन्ध्या के समय नैऋत्य के चौराहे में रख आयें बच्चे पर उतारा विडालिका के मन्त्र से करें। मौन रह कर जायें और मौन ही रहकर लौट आयें। इस प्रकार की साधना से कामिनी पूतना का दोष या प्रकोप शान्त हो जायेगा।

मदना—नवें दिन की प्रत्येक बीमारी के लिये मदना नाम की पूतना दोषी ठहराई जाती है इसके लिये एक सेर गेहूँ के आटे की प्रतिमा बनाकर चन्दन, पुष्प, धूप दीप नैवैद्यादि से पूजा करनी चाहिये और साथ ही पके चावल पाव भर, गुड़ के गुलगुले, पापड़ी, सुहाली आदि की भेंट चढ़ाकर उत्तर-पश्चिम के कोने वाले चौराहे पर रखकर सूर्योदय से पहले ही घर आना चाहिए बच्चे पर उतारा करते समय का मन्त्र इस प्रकार है जो कि सात बार कम से कम पढ़कर उतारा जाय।

मन्त्र—ॐनमो भगवते वासुदेवाय कृष्णाय,
मंडलवलिमादाय हन हन हूँ फट् स्वाहा।

रेवती—नव जात बच्चे के दसवें दिन की बीमारी का उत्तरदायित्व रेवती नाम की पूतना का है। रेवतीकृत दोष की निवृत्ति के लिए मनुष्यों को चाहिए

कि व एक सेर गेहूँ के आटे की प्रतिमा बनायें और उसको ध्वजा पताका फूलमाला आदि से सजायें धूप-दीप नैवेद्य से उसकी पूजा करें, गुड़ घी के चावलों के पूड़ी का भोग लगायें और निम्नांकित मन्त्र से उस प्रतिमा नैवेद्यादि सर्व श्रृंगार सहित बीमार बच्चे के ऊपर सात बार नख-शिख उतारा करें। ताकि कमरा सुवासित हो जाय लोभान की धुनी देकर प्रज्वलित दीप सहित यह उतारा सन्ध्या के समय गोधूलि के पश्चात अपने घर से दक्षिण की ओर किसी चौराहे में रखे, आते जाते समय मौन रहें। ऐसा करने से तुरन्त शान्ति हो जायेगी। रेवती का मन्त्र इस प्रकार है।

मन्त्र—ॐनमो भगवते विश्वदेवाय हन हूँ फट् स्वाहा।

सुदर्शना—एकादश-दिवसीय बीमारी के लिये सुदर्शना नाम की पूतना दोषी ठहराई जाती है जिस बच्चे को ग्यारहवे दिन किसी प्रकार की भी पीड़ा हो तो डाक्टरी उपचार के साथ-साथ सुदर्शना को प्रसन्न करने के लिये काले उड़दों के आटे की एक प्रतिमा बनाकर श्वेत पीत पुष्पों की मालाओं से सजाकर बच्चे की तन्दुरुस्ती के लिये आराधना करे। धूप-दीप नैवेद्य आदि उस प्रतिमा के सम्मुख रखकर बच्चे के चिर जीवन की अभिलाषा कर निम्नांकित मंत्र का उच्चारण करता हुआ भात, सात गुड के पूए, सात छोटी पुरी सहित उस देवी की मूर्ति को सूर्योदय से प्रथम ही दक्षिण दिशा के किसी चौराहे पर रख आना चाहिये और मूकवत, बिना पीछे को देखे बिना किसी से बोले घर को लौट आना चाहिये।

मन्त्र—ॐनमो भगवते रावणाय चन्द्रहास वज्रहस्ताय ज्वल २ दुष्टग्रहादीन् ॐ ह्रीं फट् स्वाहा।

अद्भुता—अद्भुता नाम की पूतना का पूर्ण अधिकार द्वादशदिवसीय जन्मे नव जात बच्चे पर होता है। किसी भी नवजात शिशु के बारहवें दिन यदि कोई बीमारी आधि व्याधि उस बच्चे को आकर घेरती है तो अद्भुता का प्रकोप समझना चाहिये। बच्चे को उस प्रकोप से बचाने के लिये घर वालों को चाहिये कि वे एक सेर सही (चावल) के आटे की एक देवी प्रतिमा बनावें और

उसको रंग विरंग की पुष्प मालाओं से सजायें लोभान की धुनी से कमरा सुवासित करें, धूप-दीप नैवेद्य पंचमिठाई के साथ-साथ १३ पूरी, १३ पूए १३ सुआली रेवड़ी गजकादि से उसका भोग लगायें। प्रज्वलित दीप के सहित निम्नांकित मन्त्र के साथ उपर्युक्त समस्त वस्तुओं के साथ उस बच्चे पर उतारा करें और हाथोंहाथ सन्ध्या समय घर से दूर दक्षिण दिशा के किसी चौराहे पर रख आयें। मन्त्र इस प्रकार है—

मन्त्र—ॐनमो नारायणाय ज्वलद्धस्ताय हन हन शोषय शोषय तापय तापय मर्दय मर्दय हूँ हूँ हन हन दुष्टानां ह्रां ह्रूँ फट् स्वाहा।

नोट—समस्त पूतना उपचार कर्ताओं से निवेदन है कि वे उपचार करने से प्रथम इस नोट को पढ़कर फिर यथा क्रम कार्य करें तो शीघ्र लाभ होगा। सर्व प्रथम एक कमल के बड़े से पत्ते पर देवी पूतना की आकृति लिखिताकारानुसार स्थापित कर उसे रोगी की खाट के पास ले जा कर लोभान की धुनी से कमरा सुवासित कर दें। फिर गोघृत का दीप प्रज्वलित कर मूर्ति के सामने उसी कमल पत्र पर रख दें साथ ही पंचमेवा पंचमिठाई श्रद्धानुसार दक्षिणा पूरी, पूए स्वाली इत्यादि जो भी पूतना की प्रिय वस्तु हैं आटे सतिये, रंग विरंगे फूल पुष्प मालायें आदि से उसे सजायें। कहने का तात्पर्य यह है कि स्वहस्त विरचित उस पूतना प्रतिमा को मूर्तिमान साक्षात् देवी की मान्यता प्रदान करें और गोघृत दीप से सर्व प्रथम उस देवी की कथित मन्त्र द्वारा आराधना करते जांय और दीप से आरती उतारते जांय। तत्पश्चात् देवी सहित लेटे हुए बच्चे पर सात बार मन्त्र पढ़ते-पढ़ते उतारा करें। उतारा करते समय दीप बुझे नहीं पुष्प या कोई और वस्तु पृथ्वी पर गिरे नहीं इस लिये प्रथम से ही कमल पत्र किसी थाली या परात अथवा मिट्टी के कूंड़े आदि में रखकर करना चाहिये। तत्पश्चात् सुबह शाम दोपहर जिस समय लिखा है उस समय वह उतारा बिना किसी से बोले घर से दूर लिखित दिशा में रखकर चुपचाप बिना पीछे देखे लौट आना चाहिये थोड़ा बैठकर कुछ खाकर अपने कार्य में लग जाना चाहिये। ये कार्य गुरु के संरक्षण में होने चाहिये।

द्वितीय अध्याय

नक्षत्र गदावली

उस मनुष्य के नक्षत्र ग्रह देखने की अभिलाषा मेरे दिल में अभी तक बनी हुई है जिस सौभाग्यशाली व्यक्ति को आजीवन (जन्म से लेकर मृत्यु पर्यन्त) किसी प्रकार का कष्ट या बीमारी न हुई हो। मेरे देखने में या मिलने में अभी तक जितने भी व्यक्ति आये हैं वे किसी न किसी रोग से अथवा आधि-व्याधि से पीड़ित ही दिखाई दिये हैं। किसी को मानसिक तो किसी को आध्यात्मिक; कहने का तात्पर्य यह है कि सभी व्यक्ति किसी न किसी रोग में मुब्तिला से नजर आते हैं। अब देखना यह है कि ऐसा क्यों है क्या सभी व्यक्तियों के नक्षत्र खराब हैं या स्वयं सभी नक्षत्र खराब हैं जो मनुष्यों को समय-समय पर किसी न किसी प्रकार का कष्ट पहुँचाते रहते हैं। निम्नांकित नक्षत्रगदावली या कष्टावली को पढ़कर स्वयं पाठक या विद्यार्थी यह बात भली भाँति समझ जायेंगे कि ब्रह्मा जी ने किस प्रकार मनुष्य को उसके कर्मानुसार या स्वाधिकार से इतना पराधीन निर्मित किया है कि मानव न चाहते हुए भी दुख-दारिद्रयभोक्ता बन जाता है और कभी-कभी खीजकर ईश्वर ब्रह्मा-विष्णु-महेशादि सभी की कुत्सा कर बैठता है अपशब्द (गाली-गलौज) कह बैठता है। पूर्ण रूप से नास्तिकता प्रदर्शित कर बैठता है। मेरे अनुभव में भी अभीतक यही आया है कि न चाहते हुए भी कुकर्म कर बैठता है और स्वस्थ रहने की इच्छा रखने पर भी कष्ट तथा बीमारी भोगता है। यह नक्षत्रावली क्या प्रदर्शित करती है यह पाठक स्वयमेव निर्णय कर, इस गदावली का अवलोकन करें। जो जन समूह नक्षत्र, ग्रह, दशा आदि को मानते हैं और उन पर विश्वास करते हैं वे भी और जो नहीं मानते या अविश्वास रखते हैं वे सभी कभी न कभी किसी न किसी रोग के शिकार हुए बिना नहीं रहते इसलिये हम यहाँ नक्षत्रादि क्रम से ग्रहादि कष्टावली का सूक्ष्मातिसूक्ष्म वर्णन यथेष्ट रूप से कर अपने विषय का प्रतिपादन सफलता से

करने का प्रयत्न करेंगे जिससे पाठकों को सुख-शान्ति, दिलचस्पी तथा वास्तविकता का अनुभव होगा।

ज्योतिष शास्त्र का अध्ययन करने वाले सभी पाठक नक्षत्र नामावली से पूर्णतया परिचित होंगे ही; फिर भी प्रसंगवश यहाँ २७ (सत्ताइस) नक्षत्रों के नाम उनसे उत्पन्न होने वाले रोग, उनके गुण-प्रकृति-कर्मानुसार लिखकर अपने वास्तविक विषय की ओर अग्रसर होंगे; जो कि इस प्रकार से है कि सभी नक्षत्र किसी न किसी रूप में हमारे शरीर से सम्बन्धित हैं।

अश्विनी—यह तो सभी ज्योतिषी भली-भाँति जानते ही हैं कि प्रत्येक नक्षत्र के चार चरण या भाग ज्योतिषशास्त्र में माने गये हैं इस प्रकार ९ चरणों या सवा दो नक्षत्र की एक राशि मान ली गई है जिनमें प्रत्येक चरण की पृथक-पृथक विशेषता है जिसका वर्णन हम लग्न चन्द्र प्रकाश में कर चुके हैं यहाँ तो केवल उनसे उत्पन्न रोग और रोग शमन का उपाय ही लिखना शेष रह गया है जो कि इस प्रकार से है। वायु पीड़ा, बुखार, अनिद्रा, बुद्धि भ्रम या अर्ध-विक्षिप्तता आदि में से यदि कोई रोग उत्पन्न हो जाय तो उस मनुष्य को या उससे सम्बन्धित लोगों को चाहिए वित्तानुसार अवश्य दान करैं। यथा शक्ति दीन-दुखियों की सहायता करें और चिरचिटें की जड़ को चौहरी करके अपने भुजदण्ड में बाँध कर निम्नांकित मन्त्र का पाँच हजार जाप नियमित रूप से प्रात: १, २, ४ दिन या उससे अधिक हो यथा शक्ति पूर्ण कर लेने पर अवश्य अश्विनी प्रकोप दूर हो जायगा साथ ही डाक्टर, वैद्य हकीमादि का इलाज न छोड़ें। आप के जाप से शीघ्र ही लाभ होने लगेगा जिसका मन्त्र इस प्रकार से है।

मंत्र—ॐ अश्विना तेजसा चक्षु: प्राणेन सरस्वती वीर्यम् वाचेन्द्रो बलेन्द्राय दधुरिन्द्रियम्। ॐ अश्विनीकुमाराभ्यां नमः (पाँच हजार) (५०००)

(अश्विनीकुमार इसके देवता हैं)।

भरणी—इस नक्षत्र में उत्पन्न हुए मनुष्यों को समय-समय पर अनेक रोग उत्पन्न होते रहते हैं उनको आलस्य अधिकतर घेरे रहता है। कभी-

कभी तीव्र ज्वर का प्रकोप भी होता है। जिससे शरीर कम्पन तक हो जाता है। ऐसे रोगी के हाथ में अगस्त के पेड़ की जड़ तिहेरी मोड़कर बाँध देने से उसके इलाज में शीघ्र लाभ होता है। यथा विधि घृत का दीप जलाकर निम्नांकित मंत्र का दस सहस्र जाप करने से शीघ्र लाभ होता है। यथा शक्ति अधिक से अधिक वस्तुओं का दान करके दीन-दुखियों, जरूरतमन्द व्यक्तियों को देकर तृप्त करने से रोगी शीघ्र अच्छा हो जाता है। मन्त्र इस प्रकार है। इसका देवता यम है।

मन्त्र—ॐ यमाय त्वा मखाय त्वा सूर्यस्य त्वा तपसे देवस्त्वा सविता मध्वा-नक्तु । पृथिव्या संस्पृशस्पाहि अर्चिरसि शोचिरसि तपोसि । ॐ यमाय नमः । (१००००)

कृत्तिका—इस नक्षत्र में उत्पन्न हुए बालकों को अधिकतर नेत्र पीड़ा (आँख दुखना) निद्रा भंग, सिर में चक्कर, शरीर में जलन, हृदय में मलिनता, घुटनों में दर्द, गठिया आदि रोग होते ही रहते हैं। इन रोगों की शांति के लिये बीमार के भुजदंड में कपास की जड़ तिहेरी करके बाँधने से रोग नष्ट होता है और इसका दान करने तथा मन्त्र जाप करने से औषधिपान में विशेष लाभ होता है। इस नक्षत्र का स्वामी अग्नि देवता है। जो कि यज्ञ हवन करने से प्रसन्न होता है। दस हजार मन्त्र जाप करने से घर में प्रत्येक प्रकार की शांति हो जाती है। मन्त्र इस प्रकार है, जाप संख्या दस हजार है।

मन्त्र—ॐ अग्निर्मूर्धा दिवः ककुत्पतिः पृथिव्या अयम् । अपां रेतांसि जिन्वति । ॐ अग्नये नमः ॥ (१००००)

रोहिणी—इस नक्षत्र में पैदा हुए बालकों को ज्वर ताप के अतिरिक्त सिर और बगल में दर्द भी होता है। कभी-कभी व्यर्थ ही रोदन प्रलाप को दिल करता है। ऐसी दशा में चिरचिटे की तिहेरी जड़ बनाकर भुजदंड में बाँधने से हृदय में शांति आ जाती है। इस नक्षत्र का अधिपति ब्रह्मा है। जिसकी पूजा सात्त्विक उपचारों से करनी यथेष्ट है। कुश का ब्रह्मा बनाकर उसकी धूप-दीप-नैवेद्यादि से हवन सहित पूजा निम्नलिखित मन्त्र से करनी चाहिये। मन्त्र इस प्रकार है, जप संख्या पाँच हजार है।

मन्त्र—ॐ ब्रह्मजज्ञानं प्रथमं पुरस्ताद्विसीमतः सुरुचो वेन आवः। सुबुध्न्या उपमा अस्यविष्ठाः सतश्च योनिमसतश्च विवः। ॐब्रह्मणे नमः ॥ (५०००)

मृगशिरा—इस नक्षत्र का स्वामी चन्द्रमा है। इसलिए इससे प्रभावित मनुष्यों को नजला, जुकाम, खाँसी, जूड़ीताप, मलेरिया और जलभय रहता है। इन बीमारियों से त्राण पाने के लिए मनुष्य को जयन्ती घास (झाड़ी) की जड़ को चौहेरी मोड़कर अपने शरीर में धारण करना चाहिए। पूर्णिमा का व्रत करना चाहिए। सत्यनारायण की पूजा विधि विधान से कर प्रसाद वितरण, चरणामृत सहित कर चन्द्रोदय पर पुष्प, गंगाजलार्घ सहित अर्पण कर, चरणामृत के पश्चात् भोजन करे, निम्नांकित मन्त्र के साथ जप करने पर औषधि शीघ्र ही शुभ प्रभाव करती है। मन्त्र इस प्रकार है, जप संख्या दस हजार है।

मन्त्र—ॐ इमं देवा असपत्नं सुवध्वं महते क्षत्राय महते ज्यैष्ठयाय महते जानराज्यायेन्द्रस्येन्द्रियाय। इमममुष्य पुत्रममुष्यै पुत्रमस्य विष एष वोऽमी राजा सोमोऽस्माकं ब्राह्मणानां राजा। ॐ चन्द्रमसे नमः ॥ (१००००)

आर्द्रा—इस नक्षत्र में उत्पन्न हुए मनुष्य, जिसके अधिपति स्वयं शिव महाराज हैं। जो कि सर्व रोगों के मूल हैं, सदैव ज्वर, नजला, अनिद्रा, सिर में चक्कर आना, दर्द आधा शीशी आदि आधिव्याधियों से सर्वाङ्ग पीड़ित रहता है। इन समस्त पीड़ाओं से बचने के लिए मनुष्य को शिव या शङ्कर भगवान की पूजा करनी चाहिए। सोमवार का व्रत करना चाहिए। प्रदोष व्रत भी अत्यन्त आवश्यक है। धूप-दीप-नैवेद्यादि से प्रातः पूजा करनी चाहिए। ललाट पर सदैव चन्दन का लेप करें और पीपल की जड़ दुहेरी करके अपने दाहिने हाथ में बाँधे रहने से रोगोपचार से तुरन्त फायदा होता है। निम्नांकित मन्त्र की जप संख्या दस हजार है।

मन्त्र—ॐ नमस्ते रुद्रमन्यव उतोत इषवे नमः। वाहुभ्यामुत ते नमः। ॐ रुद्राय नमः ॥ (१००००)

पुनर्वसु—इस नक्षत्र में जन्म लेने वाले मनुष्य को अधिकतर सिर-कमरादि में दर्द हुआ करता है और तीव्र बुखार की शिकायत भी कभी-कभी हो जाया करती है। अदिति इस नक्षत्र की अधिपति हैं, जिसकी पूजा यथाविधि करने से सब रोग-शोक शांत हो जाते हैं। इसके पीड़ित मनुष्य को चाहिए कि वह श्वेत पुष्प के अर्क (आँक) के पौदे को रविवार पुष्य नक्षत्र में उखाड़ कर उसकी जड़ को चौहरा करके अपने भुजदंड में बाँधकर उपर्युक्त देवता की पुनर्वसु नक्षत्र वाले दिन से ही यज्ञ-हवन, दान पुण्यादि कर शुद्ध तन्त्र-मन्त्र से उपचार कर निम्नांकित मन्त्र से दस हजार जाप करे, जो कि इस प्रकार है।

मन्त्र—ॐ अदितिर्द्यौरदितिरन्तरिक्षमदितिर्माता स पिता स पुत्रः। विश्वेदेवा अदितिः पंचजना अदितिर्जातमदितिर्जनित्वम्। ॐ अदितये नमः॥ (१००००)

पुष्य—यह एक बलवान नक्षत्र है। इस नक्षत्र में उत्पन्न बालक कम बीमार पड़ते हैं। फिर भी जब बीमार पड़ते हैं तो उनको तीव्र ज्वर, शूल-दर्द-कष्ट होता है। इसके मालिक गुरु महाराज बृहस्पति देव हैं, जो कि शुद्धता के साथ दान-पुण्य, यज्ञ-हवनादि से शीघ्र प्रसन्न हो जाते हैं। इसके रोगी को चाहिए कि वह कुश की जड़ को चौहेरी करके अपनी भुजाओं में बाँध ले और गुरु महाराज की प्रार्थना बृहस्पतिवार को जब पुष्य नक्षत्र हो प्रारम्भ करे और नीचे लिखे मन्त्र का दस हजार जाप करे, मन्त्र इस प्रकार है।

मन्त्र—ॐ बृहस्पते अतियदर्योअर्हाद्द्युमद्विभाति क्रतुमज्जनेषु। यद्दीदयच्छव स ऋतप्रजातदस्मासु द्रविणं धेहि चित्रम्। ॐ बृहस्पतये नमः॥ (१००००)

अश्लेषा—इस नक्षत्र में उत्पन्न बालकों को सदैव कोई न कोई रोग लगा ही रहता है। सर्वाङ्ग पीड़ा रहती है और कई बार अत्यन्त कष्ट का सामना करना पड़ता है। इसका स्वामी वासुकी सर्प है, जो कि सर्प भय, विष पीड़ा आदि से पीड़ित करता है। विषैले जीव बिच्छू, बर्रे, मधुमक्खी और

भी अन्य प्रकार के विषैले जन्तुओं का भय रहता है। वासुकि की पूजा करने वालों को यह भय नहीं होता, यथा विधि नागपंचमी को सर्प वासुकी की पूजा बम्बी के पास या अपने ही घर सर्प प्रतिमा मट्टी की बनाकर यथा विधि धूप-दीप-नैवेद्यादि से पूजा नीचे लिखे मन्त्र से करें और उसी दिन से दस हजार मंत्र का जाप करें। पटोलमूल पँचहेरी भुजाओं में बांधे रहने से विषैले जन्तुओं का भय नहीं रहता। मन्त्र इस प्रकार है।

मन्त्र—ॐ नमोस्तु सर्पेभ्यो ये के च पृथिवीमनु ये अन्तरिक्षे ये दिवि तेभ्यः सर्पेभ्यो नमः। ॐ सर्पेभ्यो नमः॥ (१००००)

मघा—इस नक्षत्र में उत्पन्न बालकों को कभी भी आधा शीशी या अर्द्धाङ्ग पीड़ा हो सकती है, जिसके स्वामी अर्यमा नाम के पितर हैं। पितरों को प्रसन्न करने वाला मनुष्य, पितर, भूत, पिशाच पीड़ा से सदैव अछूता रहता है। श्राद्ध पक्ष या पितृ पक्ष में विशेष रूप से पितरों को दिया हुआ दान भोजन, यज्ञ, हवन का विशेष फल मिलता है। पितृ पीड़ा से बचने के लिए भृङ्गराज की जड़ को चौहेरा करके अपनी दोनों भुजाओं में बाँध कर रखने से पितर पीड़ा नहीं होती है। इसलिए अपने-अपने पितरों के नाम पर अवश्य भोजन, मिष्टान्न गरीब-निर्धन ब्राह्मण को अवश्य खिलाते रहना चाहिए। पितृ मन्त्र का दस हजार जाप करने वाला कभी भी पितृ पीड़ा से पीड़ित नहीं होता, मन्त्र इस प्रकार है।

मन्त्र—ॐ पितृभ्यः स्वधायिभ्यः स्वधा नमः पितामहेभ्यः स्वधायिभ्यः स्वधा नमः। प्रपितामहेभ्यः स्वधायिभ्यः स्वधा नमः, अक्षन्नपितरोमीमदन्त पितरोऽतीतृपन्तपितरः पितरः शुन्धध्वम्। ॐ पितृभ्यो नमः॥ (१००००)

पू० फाल्गुनी—इस नक्षत्र में उत्पन्न हुए बालकों को बुखार, खाँसी, नजला, पसली चलना, हब्बा-डब्बा आदि रोग होते हैं। भगवती इसकी देवता है। जो लोग भगवती को प्रसन्न करने के लिए जप, दान, पुण्य, यज्ञ, हवन नवरात्रों में यथा विधि करते रहते हैं वे इस नक्षत्र की पीड़ा से बचे रहते हैं और स्वस्थ रहते हैं। इसके उपासक को नीले फूल की कटैली की जड़ को

तिहेरा करके भुजाओं में बाँधना चाहिए और भगवती मन्त्र का दस हजार जाप करने से सर्व रोगों से छुटकारा पा लेना चाहिए, मन्त्र इस प्रकार है ।

मन्त्र—भगप्रणेतर्भगसत्य राधो भगे मां धियमुदवाददन्नः भग-प्रणोजनगो गोभिरश्वैर्भगप्रनृभिनृर्वंतेस्याम । ॐ भगाय नमः ॥ (१००००)

उ० फाल्गुनी—इस नक्षत्र में उत्पन्न मनुष्य अधिकतर, बुखार, बगल-सिर तथा गात पीड़ा से विकल रहते हैं । इसका अधिपति अर्यमा नामक पित्रेश्वर है । इसको प्रसन्न रखने वाला मनुष्य पितृ पीड़ा के अतिरिक्त उपर्युक्त पीड़ाओं से बचा रहता है इस नक्षत्र की शान्ति के लिये दूध, दही, घी दीप, नैवैद्यादि से अपने पित्रेश्वर की पूजा करनी चाहिये और साथ पटोल अथवा श्वेत आॅक की मूल भुजदण्ड में बाँधे रहने से भी स्वास्थ्य लाभ रहता है उ० फा० नक्षत्र जब शनि या मंगलवार को पड़े उसी दिन इसका दान पुण्य करना चाहिये । दस हजार मन्त्र जाप कर स्वर्णदान ब्रह्म भोज द्वारा शान्ति करनी चाहिये । मन्त्र इस प्रकार है ।

मन्त्र—देव्यावध्वर्यू आगतं रथेन सूर्यत्वचा । मध्वा यज्ञ सम-ञ्जाथे तं प्रत्नया यं वेनश्चित्रम् । ॐ अर्यम्णे नमः । (१००००)

हस्त—इस नक्षत्र का स्वामी सविता (सूर्य) है जिसकी प्रसन्नता से मनुष्य सर्वांग पीड़ा से बच सकता है । अफारा, पेट दर्द, टांग दर्द, पसीनादि की पीड़ा उसको नहीं होती, आॅक की या जावित्री की जड़ अपने भुजदंड में बांध कर रखने से और लालचन्दन, केसर, कमल के फूल, घी का दीप, धूप, अगरबत्ती आदि सुगन्धित वस्तुओं से कमरा सुवासित रखने से सोने की अंगूठी, सवत्सा लाल गाय दान करने से इस नक्षत्र की शान्ति हो जाती है । फिर कोई कष्ट नहीं होता सात हजार मंत्र जाप करना आवश्यक है मन्त्र इस प्रकार है ।

मन्त्र—ॐविभ्राड्बृहत्पिबतु सौम्यं मध्वायुर्दधद्यज्ञपतावविहुंतम्
वातजूतो यो अभिरक्षतित्मना प्रजाः पुपोष पुरुधा विराजति ।
ॐसवित्रे नमः (७०००)

चित्रा—इस नक्षत्र का अधिपति विश्वकर्मा है जो कि अनेक रोग का देने वाला है। जो मनुष्य इस नक्षत्र में पैदा होते हैं वे अनेक समझ में न आने वाले रोगों से पीड़ित रहते हैं। इससे पीड़ित मनुष्य को चाहिए कि वह सखव या असगन्ध नाम के पौधे की जड़ को भुजदंड में धारण करे और रंगविरंगे पुष्पों की मालाओं से विश्वकर्मा की आकृति को सजाये, धूप-दीप नैवेद्य, मिष्ठान्न घी, दही, दूध, सोना चांदी गोदान, ब्रह्मभोज द्वारा दस सहस्र मन्त्र जापकर तिल चावल, जौ आदि से हवन यज्ञ द्वारा विश्वकर्मा को प्रसन्न करें। मन्त्र इस प्रकार है।

मन्त्र—ॐ त्वष्टातुरोयो अद्भुत इन्द्राग्नी पुष्टिवर्धना द्विपदाच्छन्दऽइन्द्रियमक्षागौनविमोदधु। ॐ विश्वकर्मणे नमः। (१००००)

स्वाति—इस नक्षत्र का स्वामी वायु देवता हैं। जो कि अंगप्रत्यंग में वायु सम्बन्धी पीड़ा उत्पन्न कर मनुष्य को वेचैन करता है। पेट में अफारा, गठिया, टाँगों में फड़कन आदि रोग उत्पन्न करता है और नाना प्रकार के कष्ट देता है। इसकी प्रसन्नता के लिये यथा शक्ति दान पुण्य, धूप-दीप नैवेद्य के अतिरिक्त सुवासित पुष्प अगरबत्ती मिश्रित मेवा हवन सामग्री से यज्ञ करना चाहिए गो ब्राह्मण की सेवा विशेष महत्व रखती है जावित्री की जड़ भुजदंड से बाँधे और दस हजार वासुदेव का निम्न लिखित मन्त्र का यथा विधि एकान्त शान्त स्थान में जाप करें।

मन्त्र—ॐ वायो ये ते सहस्त्रिणो रथासस्तेभिरागहि नियुत्वान सोम पीतये। ॐ वायवे नमः (१००००)

विशाखा—इस नक्षत्र में उत्पन्न हुए वालक अधिकतर सर्वांग पीड़ा से विकल रहते हैं। वगल में ककिबारी हाथ में कामधेनु आदि नाम के फोड़े होते हैं। इसका अधिपति इन्द्राग्नि है जो कि तीव्र देवता है इसको प्रसन्न करने के लिये मनुष्य को गुञ्जा मूल (चौटली जड़) को भुजदंड में धारण कर यथाविधि सुगन्धित वस्तुओं से यज्ञ हवन, करना चाहिए घृत छाया दान अवश्य ही करना चाहिये साथ इस मन्त्र का दस हजार जाप भी अवश्य करना चाहिये जो कि इस प्रकार है।

मन्त्र—ॐ इन्द्राग्नी आगतं सुतं गीर्भिर्नमो वरेण्यम् अस्यातं धियेषिता। ॐ इन्द्राग्निभ्यां नमः। (१००००)

अनुराधा—इस नक्षत्र में उत्पन्न बालक अधिकतर तीव्र बुखार और सिर दर्द से पीड़ित रहते हैं। इसका मालिक अधिमित्र नाम का देवता है जो कि गुड़, तिल, जौ आदि के मिष्ठान्न सुगन्धित पुष्प मालाओं, घी दूध, दीप, नैवेद्य, छाया दानादि से शीघ्र प्रसन्न हो जाता है। साथ ही इसकी प्रसन्नता के लिये सदैव सुगन्धित पुष्पों की माला धारण करनी चाहिये अथवा, चमेरी, मोतिया, मदनमान, या गुलाब की जड़ को बाहुओं में बाँधना चाहिये और यथा शक्ति ब्रह्मभोज यज्ञ हवन करते रहना चाहिये। इसका भी दस सहस्त्र मन्त्र जाप करना अरिष्ट निवारक है यश कीर्ति का देने वाला है। मन्त्र इस प्रकार है—

मन्त्र—ॐ नमो मित्रस्य वरुणस्य चक्षसे महादेवाय तदृतं सपर्यतं दूरदृशे देवजाताय केतवे, दिवस्पुत्राय सूर्याय शंसत॥ ॐ मित्राय नमः (१००००)

ज्येष्ठा—इस नक्षत्र में उत्पन्न हुए बालक सदैव पित्त रोग के रोगी रहते हैं। शरीर में कम्पन, चित्त में आकुलता बनी रहती है कार्य में मन नहीं लगता। इसके अधिपति इन्द्र देवता हैं जो कि सुगन्धित द्रव्यों से तथा ब्राह्मणों को शुद्ध दूध की खीर, खोये के मिष्ठान्न खिलाने से प्रसन्न हो जाते हैं। इसलिये यज्ञ हवन करने चाहिये और चिरचिटे की जड़ चौहेरी करके अपने भुजदंड में बाँधकर नीचे लिखे मन्त्र का दस हजार जप करना चाहिये। मन्त्र इस प्रकार है—

मन्त्र—ॐ त्रातारमिन्द्रमवितारमिद्रं हवे हवे सुहवं शूरमिन्द्रम्। ह्वयामि शक्र पुरूहूतमिन्द्रं स्वस्ति नो मघवा धात्विन्द्रः ॐ शक्राय नमः। (१००००)

मूल—इस नक्षत्र में जन्म लेने वाला मनुष्य सदैव किसी न किसी रोग से पीड़ित रहता है। उसे सन्निपात ज्वर, हाथ पैरों में ठंड के कारण मुन्नी

चढ़ती है। मन्द रक्त चाप की बीमारी होती है। पेट तथा मुख में दर्द होता है। इसका मालिक राक्षस है। जो कि उर्द कुल्थादि के मिष्टान्न तथा गुग्गुल की धुनि के साथ अनेक प्रकार की सुगन्धित वस्तुओं की गन्ध से और देवताओं की तरह धूप दीप नैवेद्य पाकर प्रसन्न होता है। ३२ कुओं (नलों) के पानी से स्नान चाहता है। अनेक प्रकार के दान करवाता है। मन्दार की जड़ को हाथ में बाँधकर नीचे लिखे मन्त्र का सात हजार जाप करने से प्रसन्न होता है। मन्त्र इस प्रकार है।

मन्त्र—ॐ मातेव पुत्रं पृथ्वी पुरीष्यमग्निं स्वे योनावभारुखा, तां विश्वदेव ऋतुभिः संवदानप्रजापतिर्विश्वकर्मा विमुञ्चतु। ॐ निर्ऋतये नमः। (७०००)

पूर्वाषाढ़ा—जिस मनुष्य का जन्म पूर्वाषाढ़ा नक्षत्र में होता है। उसके शरीर में कम्पन, सिर में दर्द और समस्त शरीर में पीड़ा होती है। इसका अधिपति जल देवता (वरुण) है। जो कि श्वेत चन्दन का लेप करने से, सुगन्धित कमल या गुलाब के फूलों द्वारा सुवासित कमरे में धूप-दीप घृतपक्वा मिष्ठान्न के नैवेद्य से सोने चाँदी के दान करने से शीघ्र प्रसन्न होता है। जो मनुष्य कपास की मूल को भुजदंड में धारण कर निम्नांकित मन्त्र का सात सहस्त्र जप एकान्त शान्त स्थान में करके जल देवता को प्रसन्न कर लेता है फिर उसे कोई कष्ट नहीं होता। मन्त्र इस प्रकार है—

ॐ अवाधमपकिल्विषमपकृत्यामपोरपः अपामार्गत्वमस्मदषदुःष्वप्यं सुव ॥ ॐ अद्भ्यो नमः ॥ (७०००)

उत्तराषाढ़ा—इस नक्षत्र में उत्पन्न हुए बालक अधिकतर कटि पीड़ा, गठिया, गांठों में दर्द से पीड़ित रहते हैं। खूब रोते चिल्लाते प्रलाप जैसा करते हैं। इसकी पीड़ा उपचार के लिये रोगी के हाथ में कपास की जड़ चौहेरी करके बांधनी चाहिये। सुगन्धित फूलों व चन्दनादि की माला धूप-दीप मिष्ठान्न नैवैद्य यथाविधि उपचार से, दान पुण्य के साथ ब्राह्मण-

भोजन सहित निम्नांकित मन्त्र का दस सहस्र जप करना चाहिये जो कि इस प्रकार है। इसका अधिपति विश्वेदेवा है।

मन्त्र—ॐ विश्वेदेवा: श्रृणुतेमं हवं ये मे अन्तरिक्षे य उपद्यविष्ठा ये अग्निजिह्वा उतवा यजत्रा आसद्यास्मिन् यज्ञे वर्हिषि मादयध्वम्। ॐ विश्वेभ्यो देवेभ्यो नम:। (१००००)

श्रवण—इस नक्षत्र में उत्पन्न हुए बच्चे अधिकतर अतिसार (दस्त) के अतिरिक्त कई प्रकार की पीड़ा से पीड़ित रहते हैं ज्वर आता है। शरीर में वेचैन (हड़कर) रहती है। इसके अधीश्वर विष्णु भगवान हैं जो कि सुगन्धित पुष्प मालाओं, श्वेत चन्दन लेप, कपूर, गुग्गुल दीप नैवेद्य, मिष्ठान्न ब्रह्मभोज हवन यज्ञ से शीघ्र प्रसन्न होकर रोगी का रोग शीघ्र निवारण कर देते हैं। अपामार्ग (चिरचिटे) की जड़ को चौहरी करके भुजदंड में रोगी के बाँधना चाहिये और योग्य तथा सदाचारी ब्राह्मण द्वारा या घर के ही शुद्धाचारी मनुष्य ने निम्नांकित मन्त्र का दस हजार नियम से जप अनुष्ठान करना चाहिये मन्त्र इस प्रकार हैं।

मन्त्र—ॐविष्णो रराटमसि विष्णो: श्नप्त्रेस्थो विष्णो: स्यूरसि विष्णोर्ध्रुवोऽसि वैष्णवमसि विष्णवे त्वा ॐविष्णवे नम: (१००००)

धनिष्ठा—इस नक्षत्र में जन्म लेने वाले मनुष्य, मूत्रकृच्छ्र, रक्तातिसार, ज्वरादि से सदैव पीडित रहते हैं। इसका स्वामी वसव: देव है जो कि सुगन्धित पुष्पों की गन्ध, यज्ञ हवन चन्दन कमल गुलाब पुष्पादि की खुशबू से प्रसन्न होता है और पीपल के पेड़ के नीचे वैठ कर मन्त्र जाप करने से शीघ्र ही प्रसन्न हो जाता है। जो मनुष्य स्वयं या ब्राह्मण द्वारा दस सहस्र निम्नांकित जाप करवा लेता है उसको फिर उपर्युक्त रोग नहीं होते। मन्त्र यह है—

मन्त्र—ॐवसो: पवित्रमसि शतधारं वसो: पवित्रमसि सहस्रधारम्। देवस्त्वा सविता पुनातु वसो: पवित्रेण शतधारेण सुप्वा कामधुक्ष॥ वसुभ्यो नम:। (१००००)

शतभिषा—इस नक्षत्र से प्रभावित मनुष्य जलभय, सन्निपात ज्वर, बात पीड़ा, बुखारादि से पीड़ित रहते हैं। इसके अधिपति वरुण महाराज है जो कि कमल फूल कपूर घी के दीप घृतपक्व मिष्ठान्न से शीघ्र ही प्रसन्न हो जाते हैं इनकी प्रसन्नता सर्व सिद्धि प्रदायिनी है। यज्ञ हवन दान पुण्य करके खीर, मोदक, बरफी पेड़ादि मिष्ठान्न ब्राह्मण को खिलावे। कमल फूल का सेवन कर कमल के पत्ते पर बैठकर निम्नांकित मन्त्र का दस हजार जाप करने से कोई कष्ट नहीं होता। मन्त्र इस प्रकार है—

मन्त्र—ॐवरुणस्योत्तम्भनमसि वरुणस्य स्कम्भसर्जनीस्थो वरुणस्य ऋतऽसदन्यसि वरुणस्य ऋतसदनमसि वरुणस्य ऋतसदनमासीद ॐवरुणाय नमः। (१००००)

पूर्वभाद्रपदा—इस नक्षत्र में उत्पन्न हुए बालक वमन (उल्टियाँ) शरीर पीड़ा, व्याकुलतादि कष्टों से दुखित रहते हैं। इसके अधीश्वर का नाम अजैकपाद है जो कि केसर, चन्दन, श्वेतार्क पुष्प, शुद्ध घृत दीप, दूध, दही, चीनी मिश्रित मिठाई, जलेवी, रसगुल्ला आदि का नैवेद्य लगाने से, समस्त घर सुवासित करने से, सोने-चाँदी की कटोरियों में घी तिल भर कर छायादान या तिलपात्र दान करने से, भृंगराज की जड़ हाथों में बाँधने से और साथ ही निम्नांकित मन्त्र का दस हजार जाप शुद्धता के साथ करने से शीघ्र प्रसन्न होते हैं और अरिष्ट मिवारण में शीघ्रता प्रदान करते हैं। मन्त्र इस प्रकार है—

मन्त्र—ॐउत नोऽहिबुंध्न्यः श्रृणोत्वज एकपात्पृथिवी समुद्रः। विश्वेदेवा ऋतावधीनहुवानः स्तुता मंत्रा कविशस्ता अवन्तु। ॐ अजैकपदे नमः (१००००)

उत्तराभाद्रपदा—इस नक्षत्र में पैदा होने वाले मनुष्य को अतिसार शूल वात रोग कामला या पीलिया रोग बहुत सताते हैं। इसके स्वामी का नाम अहिर्बुध्न्य है जो कि चन्दन, कपूर, कमल फूल वेलपत्री गुग्गुल धूप घृतदीप दूध दही मिश्रित पकवान, मिष्ठान्न मोदक तिल जौ उर्दादि मिश्रित लड्डू या तिलकुट की पूजा से ब्राह्मण भोजन और स्वर्ण रजत का दान करने से

अत्यन्त प्रसन्न रहते हैं। अश्वत्थ या पीपल मूल हाथ में बाँधकर निम्नांकित मन्त्र का जाप करने वाले को उपर्युक्त रोग नहीं सताते हैं। मन्त्र यह है।

मन्त्र—ॐशिवो नामासि स्वधितिस्ते पिता नमस्ते अस्तु मामा हिंसीः। निवर्तयाम्यायुषेऽन्नाद्याय प्रजननाय रायस्पोषाय सुप्रजास्त्वाय सुवीर्याय। ॐ अहिर्बुध्न्याय नमः॥ (१००००)

रेवती—इस नक्षत्र में उत्पन्न हुए मनुष्य अधिकतर, पैरों में पीड़ा, चित्त भ्रम, वात पीड़ा ज्वरादि कष्टों से पीड़ित रहते हैं। इसके स्वामी पूषादेव हैं जो कि रक्त चन्दन, मन्दारपुष्प घृत गुग्गुल धूप, घृतदीप, घी, दूध मिश्रित मिष्ठान्न, तिल चावल के लड्डू रक्तवस्त्र, छायादान, तिलपात्र करने, सुवासित पुष्पों से घर को सजाने से शीघ्र प्रसन्न होते हैं। पीपल की तिहँरी जड़ हाथ में बाँधकर निम्नांकित मन्त्र का शुद्धता से जप करने पर शीघ्र ही सब कष्ट निवारण हो जाते हैं मन्त्र संख्या सात सहस्र है। जो कि इस प्रकार से है—

मन्त्र—ॐ पूषनतवव्रते वयं न रिष्येम कदाचन स्तोतारस्त इहस्मसि॥ ॐ पूष्णे नमः। (७०००)

नोट—उपर्युक्त नक्षत्र कष्टावली चक्र का अध्ययन करने से यह निर्विवाद सिद्ध हो जाता है कि प्रत्येक नक्षत्र किसी न किसी कष्ट, बीमारी, आधि व्याधि से समयानुकूल परिस्थिति के न रहने पर पीड़ित करता ही रहता है और कोई भी मनुष्य ऐसा नहीं है जो इन नक्षत्रों के अन्तर्गत उत्पन्न न हुआ हो और बीमार न होता हो। लाखों में हजारों एक प्रतिशत ऐसे भी मिल सकते है जो जीवन में कभी बीमार ही न हुए हो ऐसी जन्मपत्री अभी तक देखने में नहीं आई है। उनके भाग्य की तो सराहना किस प्रकार हो सकती है किन्तु यहाँ तो उनके लिये उपचार क्रम लिखा गया है जो कि अधिकतर बीमार रहते हैं और इलाज कराने पर भी अच्छे नहीं हो पाते। जो बच्चे बीमार रहते हैं उनके माता पिता तथा संरक्षकों को चाहिये कि वे नक्षत्र अधिपति की स्वर्ण, रजत या मिट्टी की प्रतिमा अपनी शक्ति के अनुसार बनवाकर, जिस दिन उनका नक्षत्र पंचांग से प्रतीत हो शुद्ध पवित्र स्थान

पर मिट्टी की वेदी के ऊपर उस प्रतिमा को स्थापित करें उसको यथा कथित सुगन्धित पुष्पों फूल मालाओं से सुसज्जित करें। शुद्ध गोघृत का प्रदीप प्रज्वलित करें उसमें इतना घृत डालें कि मन्त्र जाप के समय किसी प्रकार भी बुझे नहीं, माला टूटे नहीं, आसन अपने स्थान से हिलें नहीं। मन्त्र संख्या चाहे जितनी भी हो उसे नियमित रूप से पूर्ण करने के लिये हजार या पांच सौ के क्रम से पूर्ण करे। जाप के पूर्ण हो जाने पर उसी दिन किसी सुयोग्य सच्चरित्र ब्राह्मण को घर पर आदर से बुलाकर उसकी यथा विधि पूजा करें और उसी के आदेशानुसार यज्ञ-हवन का विधि विधान पूर्वक अपने इष्ट देव का अह्वान करें। यथा शक्ति दान पुण्य कर ब्राह्मण को तृप्त कर भोजन कराये और उसका आशीर्वाद लेकर उसके आशीष फूल को अपने सिर पर धारण करें। जिन मनुष्यों के पास, गाय, भैंस, सोना चाँदी ताँबा आदि दान करने की शक्ति नहीं है उन्हें चाहिये कि अपना अपने बच्चे का तुला दान करें। जो यदि यह भी शक्ति नहीं हो तो तिलपात्र तथा छायापात्र दान अवश्य ही करे लोग स्वयं अपने लिये जाप करते हैं वे नक्षत्र कथित मूल को अपने भुजदंडों में बाँधें और जो बच्चों के लिये जप करते हैं या ब्राह्मण द्वारा जप करवाते हैं उन्हें चाहिये कि उस बच्चे के हाथों में उपर्युक्त मूल जपारम्भ से ही बाँध दें। इसके अतिरिक्त मूल नक्षत्र में उत्पन्न हुए बालकों का विशेष रूप से अनुष्ठान यज्ञ करना चाहिये, और साथ ही गण्डमूल नक्षत्र, (अश्विनी, अश्लेषा, तथा ज्येष्ठा और रेवती) का जन्मित बच्चा विशेष रूप से बीमार रहता है तथा माता-पिता, बहन-भाई के लिये कष्ट दायक सिद्ध होता है इसलिये इनकी मान्त्रणा मूल जैसी शान्ति के साथ बाकायदा, प्रार्थना, आराधना, जप, तप यज्ञ हवनादि सविधि-विधान कर पापों का प्रायश्चित करलेना चाहिये। साथ ही अभुक्तमूल की शान्ति भी शिवार्चन, महामृत्युञ्जय जप, दान पुण्य यज्ञ हवन द्वारा अपने कुलगुरु की आज्ञानुसार करनी चाहिये। जो मनुष्य अपनी निर्धनता, गरीबी या और कोई विवशता के कारण यह सब करने में असमर्थ हैं उन्हें चाहिये कि वह तुलादान कर यज्ञ हवन से अपने गृह को सुवासित बनायें स्वच्छ रक्खें और अतिथि सेवा के परिचायक रहैं।

अब तक हमने नक्षत्र उसके स्वामी गुण कर्म-प्रकृति के अनुसार सभी देवी देवताओं का वर्णन किया है प्रसंग वश यहीं पर हम पाठकों की सुविधा के लिये विंशोत्तरी महादशाओं के अनुसार भविष्य में काम आने वाले यथेष्ट अधीश्वरों का वर्णन करेंगे जिनके द्वारा मानव का समस्त जीवन व्यतीत होता है। नक्षत्रों के अनुरूप ग्रहदशा किस प्रकार मानव जीवन पर अपना दुख सुख रूपी प्रभाव डालती है, इसके लिये नक्षत्र सहित नक्षत्रेश्वरों का जानना भी अधिक आवश्यक है। जोकि इस प्रकार से हैं साथ ही यह भी जान लेना आवश्यक है प्रत्येक नक्षत्र के चार (४) चरण होते हैं और ९ चरण की एक राशि और एक या दो राशि का राशीश होता है।

नक्षत्र			नक्षत्र चरणगत राशीश	विंशोत्तरी दशानुसार नक्षत्रेश्वर
अश्विनी	४		मेप	केतु
भरणी	४		मंगल	शुक्र
कृतिका	१	३	वृप	आदित्य (सूर्य)
रोहणी		४	शुक्र	चन्द्रमा
मृगशिरा	२	२	मिथुन	भौम (मंगल)
आर्द्रा	४		बुध	राहु
पुनर्वसु	३	१	कर्क	जीव (वृहस्पति)
पुष्य		४	चन्द्रमा	शनि
श्लेषा		४		बुध
मघा	४		सिंह	केतु
पूर्वा फाल्गुनी	४		सूर्य	शुक्र
उत्तरा फाल्गुनी	१	३	कन्या	आदित्य
हस्त		४	बुध	चन्द्रमा
चित्रा	२	२	तुला	भौम
स्वाती	४		शुक्र	राहु
विशाखा	३	१	वृश्चिक	जीव
अनुराधा		४	मंगल	शनि
ज्येष्ठा		४		बुध

मूल	४		धनु	केतु
पूर्वाषाढा	४		गुरु	शुक्र
उत्तराषाढा	१	३	मकर	आदित्य
श्रवण		४	शनि	चन्द्रमा
धनिष्ठा	२	२	कुम्भ	भौम
शतभिषा	४		शनि	राहु
पूर्वाभाद्रपद	३	१	मीन	जीव
उत्तरा भाद्रपद		४	गुरु	शनि
रेवती		४		बुध

नक्षत्र द्वारा ग्रह-दशा चक्र :

ग्रहाः	केतु	शुक्र.	आदित्य	चन्द्र	भौम	राहु.	जीव	शनि	बुध
	अ.	भ.	कृ.	रो.	मृ.	आर्द्रा	पुनर्व.	पुष्य	श्ले
	म.	पूफा.	उ.फा.	ह.	चि.	स्वा.	वि.	अनु.	ज्ये.
	मू.	पू.षा.	उ.षा.	श्र.	ध.	श.	पू.भा.	उ.भा.	रेवती

अब तो पाठकों को भली भाँति समझ में आ गया होगा कि एक ही नक्षत्र के तीन अधिपति एक ही समय में अपना २ कार्य पृथक् २ अवस्था में किस प्रकार करते हैं जिसके परिणाम स्वरूप मनुष्य किस प्रकार का सुख-दुख साध्य-असाध्य रोग का भोक्ता बन जाता है। इसका वर्णन हम राशि तथा राशीश पाठ के अन्तर्गत करेंगे। यहाँ तो हम केवल नक्षत्रादि से सम्बन्धित भाव तथा भावेश का आभासमात्र पाठकों की ज्ञान वृद्धि के लिये करेंगे ताकि भाविक पाठान्तर में किसी प्रकार की कठिनाई प्रतीत न हो। विशेष परिचय के लिये लग्न-चन्द्र-प्रकाश पढ़ना आवश्यक है। अब तो संकेत परिचय के लिये लग्न को एक मानकर केन्द्रादित्रिक भावों (स्थानों) को यहाँ लिखेंगे जो कि इस प्रकार से निम्नांकित किये गिये हैं।

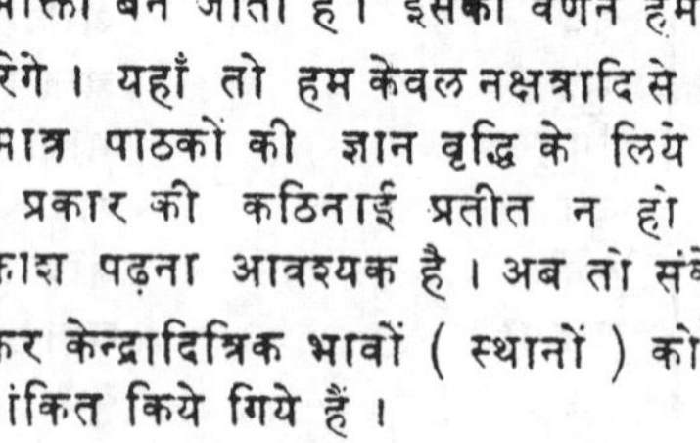

केन्द्र—	स्थान	(१-४-७-१०)
त्रिकोण	,,	(५-९)
त्रिक	,,	(६-८-१२)
पणफर	,,	(२-५-८-११)
आपोक्लिम	,,	(३-६-९-१२)
उपचय	,,	(३-६-१०-११)
चतुरस्र	,,	(४-८)
मारक	,,	(२-३-७-८)

यद्यपि कई बार इन स्थानों की पारिभाषिक स्थिति को समझना वड़ा ही कठिन हो जाता है। जैसे कि चौथे स्थान को केन्द्र में लें या चतुरस्र में। इसी प्रकार, पाँचवें स्थान को त्रिकोण में लें या पणफर में। इसी प्रकार कई मिले-जुलेस्थान भ्रान्ति का कारण बन जाते हैं। फिर भी यहाँ केन्द्र, त्रिकोण, त्रिक और मारक स्थान ही विशेष फलदायक हैं। इन पंक्ति वद्ध स्थानों का याद रखना प्रत्येक ज्योतिषी को आवश्यक है।

तृतीय अध्याय

राशि-मानवांग-विभाग

क्रम सं०	स्थान	भावनाम	राशि.		अंगविभाग
१	प्रथम लग्न	तनु	मेष	(Aries)	शीर्ष या सिर (Head)
२	दूसरा	धन	बृष	(Jaurus)	मुख (Mouth & Neck)
३	तीसरा	सहज	मिथुन	(Gemini)	दोनोबाहु (Arms & Breast) (छाती) कन्धे स्वास-प्रस्वांस नली
४	चौथा	मित्र	कर्क	(Cancer)	हृदय (छाती) (Heart)
५	पाँचवाँ	पुत्र	सिंह	(Leo)	उदर (गोद) (Stomach)
६	छटा	अरि	कन्या	(Virg)	कमर (आँत) (Bowels) गुर्दे अंतड़ी व अण्डकोष

७	सातवाँ	जाया	तुला (Libra)	वस्ति (पेट) (Reins) नितंम स्थल मूत्राशय
८	आठवाँ	निधन	वृश्चिक (Scorpio)	गुह्य स्थान (Loin) अण्डकोष गुप्तेन्द्रिय
९	नौवाँ	धर्म	धनु (Sagittarius)	दोनों जांघ (Thighs) नितम्ब
१०	दसवाँ	कर्म	मकर (Capnicornis)	दोनों घुटने (Knees)
११	ग्यारहवाँ	आय	कुम्भ (Aquarius)	दोनों पिड-लियाँ टागें (Legs)
१२	बारहवाँ	व्यय	मीन (Pisces)	दोनों पैर (Feets) (तलुए)

सर्वांग—विशेष जानकारी के लिये प्रश्न चन्द्र प्रकाश तथा लग्न चन्द्र प्रकाश नामक पुस्तकें पढ़ना अत्यन्त आवश्यक है अत: मित्र-शत्रु नीच, ऊँच, अस्त, नीचास्त सभी बातें उन पुस्तकों में विस्तार पूर्वक लिखी गई हैं यहाँ तो केवल ग्रह-रोग और उनका शास्त्रीय उपचार मात्र लिखा गया है।

राशियों के तत्व, प्रकृति, स्वभाव, कद आदि

राशि	मेष	वृष	मिथुन	कर्क	सिंह	कन्या	तुला	वृश्चिक	धनु	मकर	कुम्भ	मीन
तत्व	अग्नि	पृथ्वी	वायु	जल	अग्नि	पृथ्वी	वायु	जल	अग्नि	पृथ्वी	वायु	जल
शरीर	पुष्ट	पुष्ट	मृदु	मृदु	पुष्ट	कृश	पुष्ट	कृश	पुष्ट	पुष्ट	पुष्ट	पुष्ट
गठन	छोटा	दीर्घ	सामा.	छोटा	दीर्घ	दीर्घ	दीर्घ	दीर्घ	सामान्य	सामान्य	छोटा	दीर्घ
गुण	तप्त	शीत	तप्त	शीत	तप्त	शीत	तप्त	शीत	तप्त	शीत	तप्त	शीत
धातु	पित्त	वायु	सम	कफ	पित्त	वायु	सम.	कफ	पित्त	वायु	सम.	कफ
स्व.	तेज	शान्त	तेज	शांत	तेज	शांत	तेज	शांत	तेज	शान्त	तेज	शान्त

चर	स्थिर	द्विस्व.	चर	स्थिर	द्विस्व.	चर	स्थिर	द्विस्व.	चर	स्थिर	द्विस्व.
उग्र	सौम्य	उग्र	सौम्य	उग्र	सौम्य	उग्र	सौम्य	उग्र	सौम्य	उग्र	सौम्य

अब यहाँ यह भी स्पष्ट कर देना अति आवश्यक हो जाता है कि भाव-भावेश, राशि और राशीश में यदि एक, दो, तीन या चारों ही पापयुक्त पाप-दृष्ट हों तो राशि अंग-प्रत्यंग तथा शरीर अवयव में अत्यधिक कष्ट या पीड़ा होगी यह वाह्य ग्रहों की पीड़ा के साथ २ विशदरूप से लिखेंगे।

चतुर्थं अध्याय

ग्रहों का स्पष्टीकरण

यद्यपि हमने उपर्युक्त सभी योगों का स्पष्ट तथा विशद वर्णन लग्न चन्द्र प्रकाश और प्रश्न चन्द्र प्रकाश में इतनी सरल रीति से कर दिया है कि प्रत्येक व्यक्ति सहज ही सब बातें समझ सकता है फिर भी यहाँ इस पुस्तक में उसका आभास मात्र देना अति आवश्यक हो गया है कि रोज जानकारी के लिये इसी पुस्तक पर आधारित ही न रहना पड़े। अध्ययन जितना गम्भीर तथा विवेक पूर्ण और अधिक होगा उतना ही एक विद्वान् के लिये उपयोगी सिद्ध होगा। प्रथम तो ये प्रारम्भिक बातें सभी को कण्ठाग्र होनी चाहिये। यदि समय पर उनकी स्मृति नहीं होती तो पुस्तकावलोकन करना ही होगा उसी कठिनाई को दूर करने के लिये यहाँ न्यूनतम आभास को स्पष्टीकरण करेंगे जिससे पराश्रिन न रहना पड़े।

यह एक आकाट्य नियम है कि जो ग्रह जिस राशि पर उच्च का समझा जाता है उससे सातवीं राशि पर जाते ही नीच का हो जाता है। जैसे सूर्य मेष राशि पर उच्च का समझा जाता है उससे सातवीं राशि पर जाते ही नीच का हो जाता है जिसका चक्र इस प्रकार से है।

ग्रह	सू.	च.	म.	बु.	बृ.	शु.	श.	रा.	के.
उच्चग्रह	१	२	१०	६	४	१२	७	२	८
नीचग्रह	७	८	४	१२	१०	६	१	८	२

शुभग्रह				वु.	वृ.	शु.			
अशुभग्रह	सू.	च.	म.				श.	रा.	के.
क्रूर ग्रह	सू.		म.						
पापग्रह							श.	रा.	के.

द्विस्वभाव चन्द्रमा जैसे ग्रह के साथ रहता है वैसा ही प्रभाव रखता है किन्तु आधुनिक आचार्य बु. वृ. शु को शुभ शेष सभी ग्रहों को पाप ग्रह मानते हैं राहु-केतु छाया ग्रह हैं।

स्वराशिग्रह	सूर्य	चन्द्र	मंगल	बुध	वृहस्पति	शुक्र	शनि	राहु	केतु
	५	४	१-८	३-६	९-१२	२-७	१०-११	६	१२
मित्रग्रह	च.	सू.	सू.	सू.	सू.	बु.	शु.	श.	श.
	मं.	वु.	वृ.	शु.	मं.	श.	वु.	वृ.	वृ.
	वृ.		च.		चं.			वृ.	वृ.
समग्रह :	वुध.	मं.	शु.	मं.	श.	वृ.	बृ.	बु.	वु.
		वृ.	श.	श.		मं.		के.	रा.
		शु.		बृ.					
		श.							
शत्रुग्रह	शु.	०	बुध	च.	शु.	सू.	सू.	सू.	सू.
	श.				बु.	च.	च.	च.	च.
							म.	म.	म.

नव ग्रहों का वर्णन हमने अपनी सुविधा तथा लाभालाभगत होने वाले परिवर्तनों को ध्यान में रखकर किया हैं जिनका क्रियात्मक सम्बन्ध हमारे शरीर और भाग्य से बहुत कुछ है। इन नौ ग्रहों के अतिरिक्त भी पूर्वाचार्यों ने तीन ग्रह प्रजापति, वरुण और इन्द्र (हर्शल, नेपच्यून और प्लूटो) क्रमशः निर्धारित किये हुए हैं जो कि पृथ्वी तथा सूर्य से करोड़ों मील दूर हैं जिनका प्रकाश अभी तक हमारी पृथ्वी तक नहीं आ पाया है। अतः मानव उनके क्रियान्वित आभार प्रभाव से वंचित सा ही है। किन्तु पाश्चात्य विद्वान् वायु

में होने वाले विस्फोट वायुयानादि की दुर्घटनाओं को प्रजापति (हर्शल) के प्रभाव के अन्तर्गत मानते हैं। इसमें कहाँ तक सत्य का आभास है। क्योंकि हमारे आचार्यों ने शनि और गुरु इन दोनों ग्रहों को जिम्मेदार ठहराया है जो कि अनुभव जन्य हैं। कुछ भी हो किन्तु हमें तो अपने समीपवर्ती ग्रहों का प्रभाव, मानव के रोग ग्रस्त तथा रोग मुक्त होने के लिये कहाँ तक उत्तरदायित्व रखता है। यही देखना है। क्योंकि इस पुस्तक का विषय भी रोग और उसका उपचार मात्र है। अब हम सूर्यादि नव ग्रहों का वर्णन अपने सम्बन्ध में आने वाले कारकत्व के साथ कर जन साधारण को (जो कि ज्योतिष पर विश्वास रखते हैं) लाभान्वित करने का स्पष्ट तथा सूक्ष्म दिग्दर्शन कराने का सफल प्रयास करेंगे जो कि इस प्रकार है—

नव ग्रहों का विराट रूप भगवान के अन्तर्गत दिग्दर्शन

अनादिमध्यान्तमनन्तवीर्यमनन्तबाहुं शशिसूर्यनेत्रम्।
पश्यामि त्वां दीप्तहुताशवक्त्रं स्वतेजसा विश्वमिदं तपन्तम्॥

(गीता अ० ११ श्लोक १०)

रुद्रादित्या वसवो ये च साध्या विश्वेऽश्विनौ मरुतश्चोष्मपाश्च।
गन्धर्वयक्षासुरसिद्धसंघा वीक्षन्ते त्वां विस्मिताश्चैव सर्वे॥

(गीता अ० ११ श्लोक २२)

इस अकाल विराट-अविनाशी पुरुष का अखिल ब्रह्माण्ड सौर्य जगतादि जो कुछ भी दृश्य या अदृश्यमान भासमान भी है अनन्त हैं अर्जुन दिव्य चक्षु प्राप्त होने पर भी उस अकाल पुरुष के आदि-मध्य और अन्त को न देख सका चन्द्रमा और सूर्य नेत्र थे जो कि अपने तेज से समस्त विश्व (जगत) का संचालन कर रहा था, जिसके अन्तर्गत रुद्र, आदित्य, वसु, साध्यगण, विश्वदेव, अश्विनी कुमार, मरुदगण, यक्ष, गन्धर्व, पितर, राक्षस, साधु महात्मा स्थित हुए दिखाई दे रहे थे। जिनमें नक्षत्र स्पष्ट रूप से सूर्य, सिर, मुख और नयन प्रदेश में, चन्द्रमा, हृदय, कण्ठ, गर्दन और वामनेत्र में, पीठ-पेट (पार्श्व प्रदेश) में मंगल, हाथ और पैरों में बुध, कमर और जंघा प्रदेश में बृहस्पति, गुह्य स्थानों तथा अण्डकोपादि में शुक्र और शनि राहु केतु

आदि समस्त ग्रहों का प्रभाव जांघ, नितम्ब, पिण्डली पैर के पंजे तथा तलुओं तक फैला हुआ है ।कहने का तात्पर्य यह है कि समस्त ग्रह, सिर से लेकर पैरों के तलुओं तक (नख-शिख) कहीं न कहीं अपना व्यापी प्रभाव रखते ही हैं। इसी प्रकार उस अव्यक्त पुरुष की आत्मा को सूर्य, मन को चन्द्रमा, पराक्रम (शौर्य) को मंगल, वाणी को बुध, ज्ञान को गुरु या बृहस्पति, कन्दर्प (वासना पूर्णशक्ति) को शुक्र और दुख क्लेश भय को शनि राहु-केतु कल्पित किया गया है। सूर्यादि ग्रहों के निःशक्त (निर्बल) होने पर उपर्युक्त शारीरिक अवयव मनुष्य के दुर्बल या कमजोर होते हैं और उपरोक्त ग्रहों के सशक्त या बली होने पर उनसे सम्बन्धित सभी अंग प्रत्यंग मनुष्य के पुष्ट या बली होंगे यह एक सार्वजनिक ज्योतिष सिद्धान्त है कि ग्रहों के बलाबल पर ही मनुष्य के अंग अवयव निर्बल और सबल होंगे यह एक अकाट्य प्रमाण ज्योतिष शास्त्र के अन्तर्गत माना जाता है। इसलिये अशुभ फल प्रदान करने वाले ग्रह का मन्त्र जाप यज्ञ हवन पूजा-पाठ दान पुण्य करके कष्ट निवारण किया जा सकता है।

यह तो सभी ज्योतिषी भली-भाँति जानते ही हैं कि प्रत्येक ग्रह के अनेक कारकत्व हैं जो कि समयानुसार यथास्थान कार्य करते रहते हैं किन्तु हमें तो यहाँ केवल रोग सम्बन्धी ग्रह कारकत्व का ही वर्णन करना है अतः प्रथम इन नौ ग्रहों के रोग सम्बन्धी कारक लिखने के पश्चात रोग सम्बन्धी प्रकृति लिखेंगे जिससे पाठकों को यह सहज ही ज्ञान हो जायेगा कि इन ग्रहों का भला बुरा प्रभाव शरीर के किस भाग पर ग्रह प्रकृति के अनुसार कब तक पड़ता रहेगा।

सूर्य—आत्मा, आँख, आग, ज्योति, हृदय और हड्डी, उदरादि है इसका देवता अग्निदेव है।

चन्द्रमा—मन, आँख, मस्तिष्क, रक्त, छाती, फेफड़े, जल तथा स्मरण शक्ति, मेधादि है इसका देवता जल है।

मंगल—शीर्ष, पुट्ठे, अण्डकोष, मज्जादि है इसका देवता स्कन्द है।

बुध—जिह्वा, श्वास प्रश्वाँस नली, बुद्धि, मस्तिष्क, खालादि है इसका देवता विष्णु है।

बृहस्पति—स्मरण शक्ति, वात, जिगर, तिल्ली तथा चर्वी आदि है इसका देवता इन्द्र है।

शुक्र—आन्तरिक गला, गुह्य तथा गुप्तेन्द्रिय, कन्दर्प पीड़ा, मस्तिष्क में नजला जुकामादि है इसका देवता देवी है।

शनि—शरीर का निचला भाग टाँगें, तलुए, वातविकारी, स्नायु पीड़ादि है इसका देवता ब्रह्मा है।

राहु—पेड़ू (पेट का निचला भाग) दोनों टाँगे रीड़ की हड्डी, वायु स्नायु पीड़ा लम्बी बीमारी है इसका देवता रुद्र है।

केतु—लम्बी बीमारी वाले शरीर अवयव, वातस्नायु पीड़ा, मरण कष्टादि हैं इसका देवता स्कन्द है।

सूर्य—पित्त प्रकृति है। आत्मा रूप माने जाने से सिर, मुख, कलेजा, प्राणशक्ति पर पूर्ण अधिकार रखता है और विशेषकर अस्थियों, हड्डियों के अन्तर्गत होने वाली बीमारियों का द्योतक है ग्रीष्म ऋतु में इसके रोगी को विशेष कष्ट होता है।

चन्द्रमा—वात, कफ, शीत प्रकृति है। मन रूप होने से विशेष कर छाती, गला, मेदा, मस्तिष्क, रुधिर का प्रकोप, कण्ठ-वक्षादि में खास कर वर्षा ऋतु में होता है।

मंगल—यह भी सूर्य की तरह पित्त प्रकृति होने से पेट और पीठ में, पराक्रम रूप से विद्यमान रहता है और आन्तरिक मांस पेशियों, पुट्ठों, मज्जा, (हड्डी के भीतर का गूदा) आदि में विशेषकर ग्रीष्म ऋतु में अपना प्रभाव दिखाकर मानव को बीमार कर डालता है, रक्तातिसार भी करता है तीव्र ज्वर, ताप वेदना, रुधिर प्रकोप विकार फोड़े-फुन्सी आदि उत्पन्न करता है।

बुध—यह त्रिदोष (वायु-पित्त-कफ) प्रकृति है इसका प्रभाव हाथ, पैरों की नसों में, त्वचा (खाल) पर, शरद ऋतु में विशेष रूप से पड़ता है और ये वाणी रूप से अधिकार रखता है।

बृहस्पति—यह वायु तथा कफ प्रकृति है ज्ञान-सुख रूप होने से शीघ्र ही ज्ञात होता है इसका प्रभाव कटि कमर, जंघा, टाँगो के रुधिर, कलेजे के रक्त तथा शारीरिक वसा (चर्वी) पर हेमन्त ऋतु में विशेष रूप से पड़ता है।

शुक्र—यह कफ तथा वात प्रकृति है। काम रूप होने से विषय वासनाओं के कारण उत्पन्न वीर्य विकार दोषों को शीघ्र उत्पन्न करता हैं इसका अधिकार गुप्तस्थानों गुह्यस्थान अण्डकोष, गुर्दो, नितम्बों आदि में वसन्त ऋतु में विशेष रूप से पड़ता है।

शनि—यह वात-कफ प्रकृति है इसका प्रभाव दोनों घुटनों, जँघाओं, आन्तरिक हड्डियों, तिल्लीस्नायु (नसों) शीत विकार, वायु विकार, मन्द गामी चिरस्थायी रोगों को प्रोत्साहन देता है। शिशिर ऋतु में विशेष रूप से दुखी करता है।

राहु—यह, वायु पित्त-कफ त्रिदोष प्रकृति है और चन्द्रगामी रोग उत्पन्न करता है। इसका अधिकार, पेट-पेडू, अण्डकोष, गुह्यस्थान में सदैव रहता है रक्त-पीप-आदि से पीड़ित करता है इसकी अपनी कोई ऋतु नहीं हैं हैजा-चेचकादि ग्रीष्म वर्षा ऋतु में अधिकतर कर देता है।

केतु—यह राहु ग्रह का पिछला हिस्सा है इसलिये राहु के ही गुण कर्म और स्वभाव के अनुसार वर्तता है अर्श (बबासीर) जिगर तिल्ली, हाथ पैरों में सूजन पेट, पेडूं में दर्द कष्ट-पीड़ा उत्पन्न करता है दुख रूप है क्योंकि हर ऋतु में कष्ट देता है।

सूर्य—मंगल, पित्त प्रकृति हैं। शुक्र-चन्द्र कफ श्लेष्म प्रकृति हैं। बुध वृहस्पति समधातु है।

राहु—केतु और शनि बात या वायु प्रकृति हैं।

पंचम अध्याय

ग्रहों की दृष्टि

यह तो सभी ज्योतिषाचार्यों का एक मत है कि सभी ग्रहों की १८० अंश पर पूर्ण दृष्टि होती है अन्यथा अनेक आचार्यो ने अनेक दृष्टियाँ मान कर अपने सिद्धान्त की पूर्ति की हैं फिर भी यह निर्विवाद सिद्ध हो चुका है कि १२० अंश पर ग्रह कुछ कम दृष्टि पात कर सकता है ९० अंश पर

उससे कम और ६० अंश पर उससे कम और ३०, १५, ५ अंश पर उसका दृष्टि फल शून्य पात के बराबर हो जाता है। उसे कुछ दिखाई ही नहीं देता तो उसका फल भी क्या होगा। किन्तु मंगल की दृष्टि ४, ८, वृहस्पति की, दृष्टि ५-९ और शनि की दृष्टि ३-१० स्थानों पर अपना विशेष प्रभाव रखती है। इसलिये कोई २ आचार्य इन दृष्टियों से पूर्ण दृष्टि का कार्य लेते आये हैं जिसका प्रचलन आधुनिक समय में बहुत हो चुका है। इसका विशेष महत्व प्रश्नकुंडली तथा वर्षकुण्डली में देखने को मिलता है। कोई कोई आचार्य राहु-केतु को दृष्टिहीन मानते हैं और कोई दृष्टिपूर्ण समझते हैं। जनसाधारण के ज्ञान के लिये दृष्टि चक्र लिखा जाता है। पाठक गण अपने अनुभव और सुभीते के अनुसार एक पाद से लेकर पूर्ण दृष्टि पात तक अपना कार्य सुगमता से चला सकते हैं। केतु के स्थान का प्रभाव विशेष है।

दृष्टि-चक्र

ग्रह	एक पाद दृष्टि	द्विपाद दृष्टि	त्रिपाद दृष्टि	पूर्ण दृष्टि
सूर्य, चन्द्र-बुध-शुक्र	३/१०	५/९	४/८	७
शनि	५/९	४/८	७	३/१०
गुरु	४/८	७	३/१०	५/९
मंगल	७	३/१०	५/९	४/८
राहु	७	३/६/४/८	२/१०	५/७/९/१२
केतु	राहुवत्	दृष्टि	रखता है।	

अभी तक हमने पूतना, नक्षत्र, राशि और ग्रहों के गुण कर्म स्वभाव प्रकृति द्वारा उत्पन्न रोगों का कहाँ क्या प्रभाव पड़ता है, इसका दर्शन मात्र कराया है। अब थोड़ा सा ज्ञान मनुष्य के आन्तरिक शरीर विभाग का दिग्दर्शन कराना चाहते हैं जिसके द्वारा ज्योतिषी ही नहीं बल्कि डाक्टर, हकीम, वैद्य, जर्राहादि यह सुभीते के साथ सहज ही जान सकें कि मरीज (रोगी) के रोग की उत्पत्ति कब, किस कारण और शरीर के बाह्यान्तर भाग के किस अवयव से प्रारम्भ हुई और विवेक की दृष्टि से उसका निदान-उपचार किस प्रकार किया जा सकता है। यद्यपि यह विषय डाक्टरों का है।

फिर भी कई बार डाक्टरों की असफलता ज्योतिषियों की सहायता से सफल होते देखी है। उसके लिये ज्योतिषियों को भी वर्तमान युग के विद्वान पूर्ण शारीरिक अवयवों के नाम का तथा गुणों का पूर्ण रूप से ज्ञान होना आवश्यक है ताकि आधुनिक और प्राचीन (डाक्टर और ज्योतिषी) दोनों ही एकमत होकर एक निश्चय तथ्य पर पहुँच, एक दूसरे की सहायता से रोगी को रोग मुक्त कर सुयश, कीर्ति, अर्थादि प्राप्त कर अपने ज्ञान से सभी को प्रभावित कर जीवन सफल बनायें।

विवेकपूर्ण आध्यात्मिक दृष्टि के सूक्ष्म तत्वावधान से प्राचीन आचार्यों द्वारा यह निर्धारित कर दिया गया है कि अखिल ब्रह्मांड की सौर जगत सहित समस्त वस्तुयें एक ही मानव शरीर में पूर्णतया विद्यमान हैं। जो मनुष्य अपने शरीर का परिपूर्ण ज्ञान रखता है वह ईश्वर सहित सकल विश्व का ज्ञान रखता है। दुर्भाग्यवश अब वे तत्वज्ञानी आध्यात्मवादी पुरुष गुरु या आचार्य दृष्टिगोचर नहीं होते, जिन्होंने लिखा है कि मनुष्य के शरीर में ७२,७२,१०,२०१ नाड़ीयाँ या नसें हैं जिनमें कितनी लघु स्थूल नसें या नाड़ियाँ हैं। धमनियाँ आदि आदि हैं। और उनका क्या क्या कार्य है और किस-किस समय उनमें क्या-क्या परिवर्तनशील कार्य होते रहते हैं। वे किस-किस नाम से पुकारी जाती हैं। जिनका न्यूनाधिक ज्ञान प्रत्येक ज्योतिष का कार्य करने वाले को होना ही चाहिये और प्रत्येक डाक्टर, हकीम वैद्य को थोड़ा बहुत ज्ञान ज्योतिष का अवश्य होना चाहिये। इस तारतम्य से दोनों ही ग्रह-रोग-निदान पुस्तक का लाभ उठा सकते हैं और रोगी को सहज ही रोगमुक्त कर सुयश कीर्ति प्राप्त कर अपना जीवन सफल बना सकते हैं।

सूर्यादि ग्रहों का भावगत शारीरिक रोग सम्बन्ध

सूर्य—जिस मनुष्य के लग्न में उच्च का सूर्य हो तो वह मनुष्य पुष्टांग पित्त-घाम रोगी होता है, नीच का होने से बाल्यकाल में नेत्र रोगी रहता है। बड़े हो जाने पर उसे हृदय रोग हो जाता है। जूड़ी ताप, ज्वर बुखार खूब आते हैं। कर्क राशि गत होने से नेत्रों में परवाल, कन्या-तुलागत होने पर शत्रुओं से दृष्टि युक्त होने पर सिर में दर्द, रक्त विकार, नेत्र पीड़ा, दिल-दिमाग,

गला, कण्ठ नली, नाक, कान तथा तिल्ली को बढ़ाकर तेज बुखार, पेचिश रक्तातिसार, क्षय या राजयक्ष्मा रोग उत्पन्न करता है। दूसरे घर में होने से, नेत्रों विकार उत्पन्न करता है घर में कलह रखता है। शुक्र से दृष्ट जलचर राशि में होने से जलोदर पीड़ा करता है। तृतीय भाव में होने से कामी दुर्धल दृष्टि तथा रोगी होता है। चतुर्थ में होने से कण्ठ रोगी कातर स्वर होता है। पंचम भाव में होने से रक्त-पित्त विकारी, कुक्षिरोगकृत्, चलचित परस्त्री जनित रोगों से दुखी आधि व्याधि से पूर्ण होता है। छठे भाव में होने से कलह प्रिय, नेत्ररोगी, शत्रुरहित दुर्बलदेह होता है और सिर में घाव करता है। सप्तम भाव गत होने से स्त्री से दुखी, कपिलनेत्र, काम जनित रोगों से पीड़ित होता है प्रमेह मधुमेहादि रोगों से कष्ट पाता है। अष्टम गत सूर्य अनेक प्रकार के रोग भक्षाभक्ष के कारण उत्पन्न करता है। गुह्येन्द्रिय रोग के कारण आलसी रहता है। ९-१०-११ भावों में होने से किसी विशेष विकार को उत्पन्न न कर साधारण रोगों से यदा कदा पीड़ित रहता है। बारहवें भाव में नेत्र-सिरादि में लग्न और दूसरे भाव के समान ही व्याधियाँ लगाये रहता है। खुजली रतौंधी भी होती है।

चन्द्रमा—जिस मनुष्य के जन्मपत्र में लग्न में मेष, वृष और कर्क राशि का चन्द्रमा विद्यमान हो उसको नजला, जुकाम, खांसी, शीत ज्वरादि रोग कभी-कभी हो जाया करते हैं। उपर्युक्त राशियों के अतिरिक्त राशियों में होने से, वायु विकार, कफवृद्धि, पीलिया, पीनस, मूर्छा, मन्दाग्नि, दमा, लकवा, रक्त विकार, रक्तचाप, स्त्रियों को गर्भपात भौम दृष्ट युक्त होने पर मासिक धर्म में रुकावट और राहु युक्त होने पर दौर पड़ते हैं। त्वचा, फेफड़ों में वरम, बच्चों को हव्वा डव्वा, बीस-पचीस वर्ष की अवस्था में मधुमेह स्वप्नदोष के कारण अनेक रोग होते हैं। वृश्चिक का चन्द्रमा लग्नगत होने से मनुष्य उन्मत्त, अर्धविक्षिप्त, वधिर, विकल, गूंगा, अंगहीन या छै उँगलियों वाले अक्सर तब होते हैं जब कि नीच के चन्द्रमा को ग्रहण लगा हो। दूसरे घर में क्षीण चन्द्र के होने पर हकला, नेत्र रोगी होता है चतुर्थ चन्द्रमा, वायु-कफ-खाँसी नजला पैदा करता है। छठा चन्द्रमा मन्दाग्नि करता है। सप्तम चन्द्रमा मनुष्य को कामी बनाता है धातुक्षीण करता है।

अष्टम चन्द्रमा चोट लगाता, रुधिर प्रकोप करता है मनको उद्विग्न करता है जिगर-तिल्ली, मन्दाग्नि, ज्वरादि से पीड़ित करता है। दशम चन्द्रमा खाँसी नजला जुकाम रखता है शरीर को दुर्बल बनाता है। बारहवें स्थान का क्षीण, दूषित चन्द्रमा, मनुष्य को शील रहित, नेत्र विकारी, नजला जुकाम खांसी, शीतवान पीड़ित रखता है। शील रहित होने के कारण अनेक रोग लग जाते हैं रक्तातिसार भी हो जाता है। पानी से जीवन को सदैव खतरा रहता है अतः तालाव, नदीं झीलादि में स्नान करने से बचना चाहिये पीनस रोग की आशंका रहती है।

मंगल—जिस मनुष्य के मकर लग्न का जन्मपत्र हो और उसमें मंगल विराजमान हो तो उस मनुष्य को अर्श (बवासीर), रक्त विकार, रक्तचाप (ब्लडप्रेशर) चेचकादि रोगों में से कोई न कोई रोग अवश्य होता है। उसकी नेत्र ज्योति जल्दी ही क्षीण हो जाती है चश्मा लगवाना पड़ता है। ये मनुष्य पित्त प्रकृति के होने के कारण, तेज बुखार, गठिया, सुजाकादि रोग युक्त रहते हैं। दिमाग, छाती, जिह्वा, कण्ठ, त्वचा सर में दर्द व स्मरण शक्ति क्षीण करता है। वह बहरा बना देता है। यदि मंगल कर्क के नीचांश में है तो उन्माद या पागलपन के लक्षण होते हैं शरीर में घाव, चित्त में भ्रम पैदा करता है। सूर्य और चन्द्र से युक्त होने पर मनुष्य के शरीर में दाग होते हैं। शनियुक्त होने पर, शूल का दर्द, पेट में वायु गोले सहित रहता है। आंतों को दूर्बल बनाता है। दूसरे घर में मंगल के होने से आँखों में कुकरे, परवाल आदि होते हैं। धन का मंगल होने से खास तौर पर शरीर में घाव, फोड़ा फुंसियाँ उत्पन्न करता है। नीच का मंगल तृतीय स्थान में शनि दृष्ट हो तो आत्महत्या तक करवा देता है। चतुर्थ नीच का मंगल, शत्रुक्षेत्री या शत्रुदृष्ट हो तो रक्त विकार (अर्शादिरोग) रक्तचाप, छाती में जलन, गैस पीड़ा उत्पन्न करता है, आँतों का क्षय करता है। महिलाओं को मासिक धर्म में रुकावट डालता है। गर्भपात करता है। पंचम स्थान का मंगल पित्त-कफ बढ़ाता है। छटे स्थान का मंगल जठराग्नि प्रबल बनाता है। काम जनित रोग पैदा करता है। शस्त्र प्रहार से पीड़ित होता है। कभी-कभी अंगहीन भी हो जाता है। चित्रकोढ़, श्वेतदागादि पैदा कर देता है। एकादश भाव में पित्त

प्रकोप से पीड़ित करता है। द्वादश भाव में होने से पित्त प्रकोप, रक्तचाप, रक्तबिकार अर्शादि रोग उत्पन्न करता है। नेत्रों में रोग उत्पन्न करता है। जाला फूल मोतिया विन्द शनि दृष्टि होने पर होते हैं। कोढ़-खुजली शस्त्र घाव-अनलताप, मृगीरोग (मिरगी) आदि भी हो सकते हैं।

बुध -- वह एक शुभ नपुंसक ग्रह है जिसके नीच अथवा शत्रु ग्रह के घर में बैठने और अशुभ-पाप क्रूर ग्रहों के दृष्टिपात होने पर मनुष्य को मस्तिष्क, छाती, जिह्वा, कंठनली, गर्दन सम्बन्धी रोग हो जाते हैं। स्मरण शक्ति के क्षीण हो जाने पर मनुष्य बहरा तथा पागल सा हो जाता है, सिर में दर्द रहने लगता है। आधाशीशी तथा राहु-केतु से युक्तदृष्ट होने पर नाड़ी-रोग उत्पन्न करता है। मूर्छा आने लगती है स्त्रियों को हिस्टीरिया के दौरे पड़ने लगते हैं। संग्रहणी-खून-आँव मिश्रित दस्त लग जाते हैं। बुध के अशुभ स्थान तथा स्वयं के अशुभ पड़ जाने पर वात-पित्त-कफ तीनों प्रकार के रोग लग जाते हैं। अशुभ छटे भाव का बुध, आलस, पीलिया रोग, पीनस रोग करता है। अष्टम स्थान में दुष्ट बुंध के होने पर भूत-प्रेत बाधा का दुख कष्ट होता है। सप्तम स्थान में होने से धातु क्षीण होने से गुप्त रोग होते हैं। वायु पीड़ा रहती है। बारहवें भाव का अशुभ बुध कामजन्य रोगों से विकलता तथा विषम ज्वर से पीड़ित करता है। और बुरे-बुरे सपनों से तंग रहता है जिससे चित्तवृत्ति विगड़ जाती है।

वृहस्पति—यह एक शुभ ग्रह है। जिसकी वायु-कफ प्रकृति है। और जो नीच शत्रु-अस्त नीचास्त जन्मपत्र में पड़ जाने से वायु सम्बन्धी अनेक रोग उत्पन्न कर देता है। अंग विभाग चित्र के अनुसार यह शरीर के जिस भाग में अशुभ होकर बैठ जाता है उसी में कोई न कोई रोग उत्पन्न कर देता हैं। जैसे कानों में दर्द, छाती में कफ जन्य रोग, वमन, (उल्टियाँ) गठिया, अँतविड़यों में शोजिश, जिगर का बढ़ जाना, शरीर में चर्वी का बढ़ जाना, पेट का फूला रहना, पीड़ा, जलोदर, वायु गोला मन्दाग्नि (खाना हज़्म न होना) अपान वायु के रुक कर पेट से अफारा हो जाना, बुद्धि भ्रम उत्पन्न हो जाना, मानसिक कष्ट के कारण स्मरण शक्ति का क्षीण हो जाना,

स्त्रियों को स्वेत प्रदर होना आदि रोग होते हैं। अल्पबीर्य कामासक्त बनाता हैं मुख में रोग करता है स्यन्दन गति के बढ़ जाने से मन-हृदय बेचैन रहता है। छठें सातवें और बारहवें स्थान का, पाप-क्रूर ग्रह युक्त-दृष्ट वृहस्पति अवश्य ही वायु विकार जनित रोग उत्पन्न करता है। ऊर्ध्वगति वायु के हो जाने पर मनुष्य को लगातार हिचकियाँ, डकार परेशान करते हैं आलस्य दबा लेता है।

शुक्रः—यह भी एक शुभ ग्रह है जो कि सात्विक प्रेम का प्रतीक तभी तक माना जाता है जब तक शुभ एकाकी रहता है। यदि शुक्र नीच हो नीचास्त हो शत्रु क्षेत्री हो, शत्रु दृष्ट-युक्त हो तो मनुष्य का विवाह नहीं होने देता और काम जनित सभी रोग उत्पन्न कर देता है। यदि लग्न-द्वितीय और द्वादश स्थान में शुक्र अशुभ बैठा हो तो मनुष्य की नेत्र ज्योति क्षीण कर देता है। यदि उच्च या स्वक्षेत्री हो तो अवश्य ही शीघ्र ही चश्मा लगवा देता है। रतौधा, मोतिया विन्द, परवाल गुहैरी, कुकुरे आदि उत्पन्न कर देता है और बचपन में आँखें दुखने खूब आती हैं नजला, जुकाम, खाँसी, मलेरियादि खूब आते हैं। और यदि शुक्र उपर्युक्त दोनों से युक्त चौथे, छटें, सातवें आठवें और बारहवें स्थान में से कहीं भी बैठा हो तो बीस वर्ष के पश्चात् कन्दर्प जनितरोग उत्पन्न कर मनुष्य को प्रमेह, मधुमेह, वीर्यपात, स्वप्नदोष, श्लेष्मा सहित गुप्त रोग उत्पन्न कर देता है। मूत्रकृच्छ् रोग उत्पन्न कर देता है। हाथ पैरों में सूजन आ जाती हैं। पीलिया रोग हो जाता है। मनुष्य की आकृति विगड़ जाती है। अंग शिथिल होने लगते हैं। पुठ्ठों में दर्द रहने लगता है। स्त्रियों के जन्म काल में सप्तम स्थान का दूषित शुक्र-रक्त विकार, श्वेतप्रदर, ट्यूमरादि गुप्तांग में उत्पन्न कर देता है। स्वरूप को विकृत बना देता है। वायु पीड़ा दवाने लगती है कमर, पीठ-पेट में दर्द रहने लगता है मन्दाग्नि हो जाती है। धातु क्षीण होने से राजयक्ष्मा,(तपेदिक) आदि रोग उत्पन्न हो जाते हैं।

शनि—जिस मनुष्य के जन्मपत्र में शनि नीच, नीचास्त, शत्रु क्षेत्री, शत्रुदृष्ट-युक्त कहीं भी अशुभ रूप से बैठा हो तो वह वायु प्रकृति होने के

कारण उस मनुष्य के शरीर में दीर्घकालीन वायु जन्य रोग उत्पन्न कर देता है। पेट में अफारी, वायु गोले का दर्द, गैस पीड़ा, स्वाँस, गठिया, सन्धियों में दर्द, हृदय में धड़कन, मन में चिन्ता मस्तिष्क स्मृति विभ्रम, पसलियों में दर्द, बच्चों को हव्वा-दव्वा, उल्टियाँ, अधरंग (फालिस), सूर्य मंगल के साथ होने से शरीर में दाग, चेचक हैजा आदि रोग उत्पन्न करता है। मृगी मूर्छा मूत्राशय में वीर्य सम्बन्धी पीड़ा, दाँतों में दर्द, रक्त विकार रक्त चाप, अर्श, (बवासीर) फोड़ा फुंसियाँ उत्पन्न करता है, आलस्य युक्त बनाता है दाद, खुजली तथा अंग भंग भी करा देता है। अण्डकोष में वृद्धि भी करता है नकसीर चलती है रक्त प्रकोप से दुखी रहता है। पेट-पेडू में दर्द होता है।

राहु—जन्मपत्र में तीसरे, छटे और ग्यारहवें स्थान को छोड़कर राहु किसी में शुभफल कारक नहीं होता है यह भी शनि की तरह दीर्घ कालीन रोग उत्पन्न करता है। वायु-कफ प्रकृति होने के कारण, पेट-पेडू में दर्द करता है, हैजा, चेचक, कोढ़, चित्रकोढ़, प्लेग, मलेरिया चौथिया, तिजारी, इकतरा बुखार लाता है आधा शीशी दर्द करता है। लग्न, सप्तम-अष्टम स्थान में होने से अपनी दशा में सर्प-विष-विषैला जीव, अग्नि आदि से कष्ट पहुँचाता है। रक्तविकार रक्तचाप रक्त प्रकोप अर्शादि रोग उत्पन्न करता है। स्वाँस, कृमि (पेट में कीड़े) मसूरिका गठिया, सन्धि ग्रन्थरोग, कान में पीड़ा आदि करता है। खुजली, भूत-प्रेतबाधायें पीड़ित करती हैं नेत्र-सिर, जिह्वा में खोट करता है हकलाना, उदरशूल, बुद्धिभ्रम, गुप्त स्थान में पीड़ा प्रमेह, अण्डकोष वृद्धि करता है पैरों में घाव करता है।

केतु—'केवलं दुःखदायकं' यह राहु की तरह वायु जन्य सभी प्रकार की पीड़ायें देता है अष्टम और बारहवें स्थान का केतु विशेष रूप से गुह्य-गुप्त स्थानों में रोग उत्पन्न कर पीड़ा देता है। नेत्र पीड़ा करता है पेट में गड़गड़ाहट हृदय में धड़कन, पैरों में पीड़ा करता है यदि यह भी सूर्य चन्द्र मंगलादि क्षेत्र में उनसे दृश्य युक्त हुआ तो करेला वह भी नीम चढ़ा नाम की कहावत को चरितार्थ करता है। इसमें मंगल शनि और राहु के सभी रोग और दोष विद्यमान हैं यह अपनी बीमारी के समय मनुष्य को विरूप बना देता है। वायु गोला दर्द कर देता है अंगहीन बना देता है।

अनेक आचार्यों ने अनेक भावों, ग्रहों, गृहस्वामियों को रोगकर्त्ता तथा रोग स्थल माना है अपनी अनुमति से समस्त कुंडलियों में सभी भाव (स्थान) सभी ग्रह किसी न किसी रोग के द्योतक हैं फिर भी सभी आचार्यों ने यह निर्विवाद रूप से छटे स्थान और उसमें स्थित ग्रह और षष्ठेश को विशेष रूप से रोगों का मूल कारण माना है। वैसे सात, आठ बारह (७-८, १२) भावों-भावेशों और उनमें स्थित ग्रहों को भी रोग कारक माना जाता है। हम पिछले पृष्ठों में ग्रहों का वर्णन उचित भाव रोगों के साथ कर आये हैं यहाँ तो केवल छठे घर का रोग ही लिखना है जो कि इस प्रकार से है—

सूर्य—स्वगृही सूर्य यदि छठे भाव में बैठा हो तो मनुष्य अग्नि-चोट से हानि उठाने वाला नेत्ररोगी, रक्त पित्त ज्वर से पीड़ित रहता है। सूर्य के छटे भाव में किसी प्रकार से भी रहने पर सिर में चोट से घाव की सदैव आशंका रहती है। सप्तम घर का सूर्य स्त्री कुंडली से प्रदर रोग या गर्भपात भी करा देता है।

चन्द्र—स्वगृही चन्द्रमा छठे भाव में जल में डुबकी खाने का प्रभाव विशेष रखता है। मुख में घाव छाले पड़ना खाते समय जिह्वा कट जाना, हलक में काग (तालुआ) बैठ जाना आदि करता है। सप्तम स्थान में गुप्त रोग, प्रमेह, मधुमेह, स्वप्नदोषादि से चिन्तित, उदास, तथा विकल रखता है।

मंगल—यदि षष्ठेश मंगल छटे भाव में हो तो गले में चोट करता है मस्तक में पीड़ा नकसीर टौन्सिल, कन्वर, आँख दुखना आदि रोग करता है मन में उद्वेग, शरीर में विकलतादि करता है।

बुध—जब छटे घर का अधिपति बुध छटे भाव में बैठा हो या साधारण रूप से बैठा हो तो मन्दाग्नि, वीर्य विकार, अनेक गुप्त रोग, अण्डकोष वृद्धि तक कर देता है। नाभि के रोग करता है।

वृहस्पति—स्वक्षेत्री गुरु यदि छठें स्थान में पाप दृष्ट हो तो आँतों का रोग करता है कार्वन्कल, कैन्सर, प्रमेह, ट्यूमर, रसौली आदि रोग तभी करता है जबकि मंगल अष्टम स्थान में हो वह फिर वृहस्पति को, देखता हो। यह योग मनुष्य को शराबी भी बना देता है। नास पीनसादि रोग करता है।

शुक्र—यदि शुक्र स्वगृही हो या अन्यथा भी छटे सातवें और आठवें स्थान में किसी मनुष्य की कुंड़ली में दूषित बैठा हो तो मनुष्य को गुप्त रोगी बना देता है। प्रमेह, वीर्यपात, पेशाब की बीमारियाँ, (शूगर जाना) धातु जाना धातुक्षीण करना, प्रेम सम्बन्धी रोग उत्पन्न करता है। नयनपीड़ा अवश्य देता है। मोतिया बिन्द, जाला-फूल कानादि करके छोड़ता है।

शनि—छटे घर का शनि शत्रुजित होता है साथ ही सप्तम स्थान का शनि वात कफ स्वास प्रमेहादि रोग उत्पन्न करता है। पैरों में गठिया, जोड़ों में दर्द, पैरों में तलुओं में पीड़ा करता है।

राहु केतु—ये दोनों बड़े ही दुष्ट अथवा पापी ग्रह हैं जो कि अकारण ही मनुष्य को कष्ट पहुँचाया करते हैं।

यदि ये दोनों ग्रह ६-७-८-१२ स्थानों में किसी भी स्थान में बैठ जायें तो मनुष्य को उलझन में डाल देने वाली बीमारियाँ उत्पन्न कर देते हैं। सिर में दर्द, पेट में अफारा, वायु गोले का दर्द, मन्दाग्नि, वगलों में ककिहारी, आंख में गुहैरी, हाथ पैरों में सूजन, जिगर में खराबी, तिल्ली जो बढ़ जाने से अनेक रोग उत्पन्न कर देती है।

इन सभी ग्रहों के सम्पूर्ण रोग स्थान, स्थानेश, स्थानगत पड़ जाने वाले नौ के नौ ग्रहों का विशद वर्णन तथा रोगों की बहुलता जानने के लिये पाठक गण लग्न-चन्द्र-प्रकाश का अध्ययन यदि सरसरी तौर से भी एक दो बार करलें तो उन्हें सभी ग्रहों से उत्पन्न होने वाले रोगों का पता सहज ही लग जायगा और वे अपने अभीष्ट की प्राप्ति होने से सहज ही सफल हो जायेंगे, अन्यान्य ग्रहसंयोग से उत्पन्न होने वाले रोगों को हम यथा स्थान अगले अध्याय में लिखने का सफल प्रयास करेंगे। ●

छठा अध्याय

ग्रहदशा और उससे उत्पन्न रोग

प्राचीन आचार्यों ने, छठे भाव, षष्ठेश, सप्तमस्थान, सप्तमेश, अष्टमघर, अष्टमेश और द्वादश क्षेत्र, द्वादशेश से जिन २ रोगों की उत्पत्ति मानी है

उनका सूक्ष्म दिग्दर्शन यहाँ करा देना इसलिये आवश्यक हो गया है कि इसकी सहायता से भाव सहित रोग उत्पत्ति के निवारणार्थ दिये गये उपचारों में पाठकों को पूर्णरूप से सहायता मिलेगी और वे सहज ही रोग के ज्ञान तथा उसके उपचार का साधन प्राप्त कर अपने लक्ष की प्राप्त कर सकते हैं।

षष्टेश दशा:—षष्ठेश की दशा ही, वास्तव में अपने प्रारम्भ होने से अन्त तक सभी मनुष्यों के रोगों का एकमात्र कारण बनकर, उनको शारीरिक मस्तिष्क की व हार्दिक चिन्ताओं में लवलीन रखती है। जिस कारण वे, दैवी, भौतिक, आध्यात्मिक, किसी न किसी व्यथा में फँसे रहते हैं। इस दशा में अग्नि, चोर, विष, शस्त्रघाव, उन्माद, बुद्धिह्लास, स्मरणशक्ति का लोप, हृदय की धड़कन बढ़ना, रक्तचाप, रक्त विकार पित्त-कफ विकार, धातुक्षयादि की कोई न कोई बीमारी लगी रहती है। जिससे मनुष्य ऊबकर कुछ से कुछ कर बैठता है।

सप्तमेश दशा:—सप्तमेश की दशा मनुष्यों की अधिकतर, शुक्रपात, धातुक्षय, प्रमेह, सुजाक, जिगर, तिल्ली बढ़ना, मन्दाग्नि होनी, अजीर्ण या कुपच रहना, प्रेमोन्माद रहना इत्यादि। यह तभी सब सम्भव है जबकि सप्तम राशि अशुभ हो और सप्तमेश त्रिक स्थानों में से कही सपाप, शत्रु राशि का या शत्रु दृष्ट-युक्त बैठा हो। प्रिय वियोग से सभी प्रकार के रोग सप्तमेश की दशा में उत्पन्न होते हैं अतः बड़ी ही सावधानी से गम्भीर अध्ययन की आवश्यकता है।

अष्टमेश दशा:—अष्टमेश दशा मनुष्य को मृत्युतुल्य कष्ट पहुँचाने वाली होती है। जन्मकुण्डली में अष्टम स्थान से सप्तम स्थान, सप्तम से अष्टम और अष्टम से अष्टम स्थान ही सटीक स्थान माने गये हैं इसलिये इसकी दशा में जो कष्ट जो रोग शरीर में न लग जाय सो ही थोड़ा है। किसी भी दुर्घटना से प्राणों पर आ बन सकती हैं। अतः बड़ी ही सावधानी से इस दशा को चलाना चाहिये। ज्योतिष का अर्थ ही यही है कि किसी भी बात का ज्ञान प्राप्त कर उसके बुरे परिणाम के प्रभाव से अपने को बचाये रखना है। यहाँ मृत्यु का कोई इलाज नहीं है।

द्वादशेश दशा:—व्ययेश की दशा अधितकर राज रोगों की देने वाली होती है। इसका अर्थ ही व्यय करना है। राजयक्ष्मा (क्षय-तपेदिक)

स्वाँस, कफ, खाँसी, गठिया, कैन्सर, ट्यूमर आदि दीर्घ कालीन रोग लग जाते हैं जिनके निवारणार्थ काफी धन खर्च करना पड़ता है। इन सभी दशाओं में उत्पन्न रोगों के ज्योतिष शास्त्र से सम्बन्धित उपचार भविष्य में आने वाले अध्याय में यथाक्रम लिखे जायेंगे।

दशान्तर्दशा में उत्पन्न रोग

सूर्य में सूर्य का अन्तर—जब सूर्य की दशा में सूर्य का ही अन्तर वर्तमान हो तो मनुष्य के शरीर मस्तिष्क में गर्मी का तापकर प्रकोप होता है उसकी पित्त प्रकृति बढ़ जाती है और सिर में हल्का-भारी दर्द रहने लगता है। आँखें लाल रहती हैं। और वचपन में विशेष कर दुखने आ जाती हैं। शरीर में पित्ती उछल आती है गर्मियों में घाम लगने से या लूओं के लगने से तीव्र ज्वर भी आ जाता है। आधा शीशी दर्द भी हो सकता है नेत्र ज्योति क्षीण हो जाती है। चश्मा लगाना पड़ सकता है।

सूर्य में चन्द्रान्तर—यदि सूर्य की दशा में पूर्ण चन्द्रान्तर दशा विद्यमान हो तो सूर्य जनित अनेक रोगों में शान्ति आ जाती है और क्षीण चन्द्रान्तर दशा हो तो बच्चों महिलाओं को ही नहीं वलिक स्वस्थ युवकों को भी नजला, जुकाम, कफ, खाँसी, पीलिया, जलोदर, अतिसार, आँख से पानी जाना, मोतिया बिन्द उतरना, रतौंदा आना इत्यादि रोग अकारण ही उत्पन्न हो जाते हैं।

सूर्य में भौमान्तर—अशुभ स्थान गत सूर्य की दशा में यदि मंगल की अन्तर दशा आ जाय तो ममुष्य को अचानक सिर दर्द प्रारम्भ हो जाता है। आँखों में जलन, रक्तिम अतिसार, खून आँव के दस्त, बच्चों की कांच वाहर आ जाना, युवकों, वृद्धों को अर्श प्रकोप, रक्त विकार रक्तचाप, मन्दाग्नि कभी-कभी रक्त-पित्त प्रकोप से वमन (उल्टियाँ), मनमें मलिनता, शरीर में विकलता जलन और चित्त में क्रोध और हृदय में घबराहट होने लगती है। पैत्रिक रोगों का भी विकाश होने लगता है।

सूर्य में राहु-अन्तर—सूर्य में राहु की अन्तरदशा हृदय को सदैव

सन्तप्त रखती है इसमें शारीरिक मानसिक सभी व्यथा से, वेदनायें अनेक आधि-व्याधि के साथ दबाती रहती हैं। वासनाओं के प्रबल हो जाने पर शुक्र क्षय के कारण पुरुषों को मन्दाग्नि, अजीर्ण, पेट में वायु पीड़ा, गैस ट्रबुल, अफारा, पेडू में दर्द, रक्तचाप, रक्त विकार, सिर में रुधिर प्रकोप, सर्प तथा विषैले जन्तुओं से पीड़ा, विषपान की आशंका रहती है मन की उद्विग्नता बढ़ जाती है। किसी भी प्रकार मन को शान्ति नहीं मिलती है।

सूर्य में गुरु का अन्तर—इस दशा में अनेक प्रकार के मन्सूवों तथा संकल्प-विकल्पों से मन संतप्त रहता है। इनके दूषित होने पर, पित्त प्रकोप के कारण, तीव्र ज्वर, पीलिया, वायु विकार, राजयक्ष्मा अस्थमाँ आदि रोग हो जाते हैं। सूर्य-गुरु त्रिक स्थानों में होने से प्रकोप के कारण कार्बन्कल कैंसरादि रोग भी हो जाते हैं। जिन मनुष्यों को शूगर जाती है उनके लिये यह दशा बहुत ही दुखदाई रहती है। जिससे जीवन भार सा मालूम होता है।

सूर्य में शनि अन्तरदशा—सूर्य में शनि की अन्तर दशा होने पर, पिता-पुत्र का विरोध बढ़ता है। पापेच्छा प्रबल होने से चरित्र में गिरावट आ जाती है। मानसिक परिस्थिति बिगड़ जाने से, उन्मादी भाव जाग्रत हो जाते हैं और लोग उसे पागल कहकर पुकारने लगते हैं। साथ ही किसी के खुजली किसी के दाद नासूर, कफ-वायु प्रकोप से स्वाँसादि बढ़ जाते हैं। दाँत, कान, पैरों में रीका दर्द (साइटिकापेन) हो जाता है गठिया, जोड़ों के दर्द से आदमी परेशान रहता है किसी-किसी को बवासीर भी उभर आती है।

सूर्य में बुधान्तर—अशुभ स्थानगत बैठे सूर्य की दशा में अशुभ बुध की अन्तरदशा का प्रादुर्भाव हो जाय तो खेल कूद में काफी चोटें लगती है। दाद, खुजली, पीलिया, पाण्डु रोग अधिकता से होते हैं। वायु-पित्त प्रकोप के कारण अजीर्ण-मन्दाग्नि जिगर-तिल्ली, कुष्ट स्वेतकुष्ट चित्र-कोढ़, गलित कोढ़ादि हो जाते हैं। विवाई फटना, जूडी ताप, तिजारी, चौथिया, इकतरा मलेरियादिफिल्यू से पीड़ित रहता है। शुभ स्थान गत कोई रोग नहीं होता।

सूर्य में केतु अन्तर—सूर्यदशा में केत्वन्तर्दशा प्रारम्भ होते ही मनुष्य की बुद्धि भ्रमित सी हो जाती है सिर में चक्कर से आने लगते हैं। मनमें सन्ताप कण्ठ रोग, टौन्सिल, काग बैठना, हंसली चढ़ना, चक्कर आ जाना वायु प्रकोप से पेट-पेडू में दर्द होना, स्वाँस होना, वायु पित्त कफ त्रिताप से पीड़ा होना, अनेक प्रकार की आधि-व्याधि, शोक, मनः-पीड़ा का होना, किसी दुर्घटना से चोट लग जाना, रक्त बहना, नकसीर छूटना, फोड़े फुन्सियों का उभर आना चेचक का प्रकोप होना इत्यादि २। सूर्य में राहु केतु की अन्तर दशा में एक सा ही फल होता है। मन्द गति से पैत्रिक रोग उभर आते हैं।

सूर्य में शुक्रान्तर्दशा—यदि सूर्य दूषित हो और साथ ही शुक्र भी दूषित हो, नीच हो, नीचास्त हो शत्रु क्षेत्री' शत्रु युक्त-दृष्ट हो तो मनुष्य को नीच की संगति से मदिरा पान की आदत पड़ जाती है उसे अपने तन-वदन का होश नहीं रहता, कामवासना इतनी बढ़ जाती है कि मनुष्य बदनाम हो जाता हैं। यह दशा विशेष कर युवकों और युवतियों के लिये हानिकारक होती है। युवकों को जो कि अविवाहित होते हैं स्वप्नदोष, धातु क्षीण, शुक्रविकार, प्रमेह मधुमेह, सुजाकादि से पीड़ित हुए विना नहीं रहते जिससे शरीर क्षय हो जाता हैं और वायु पीड़ा दबा लेती हैं। मन्दाग्नि होने से भोजन सुपच न होने से अनेक रोग हो जाते हैं, नजला जुकाम खाँसी, पेट दर्द, नेत्र पीड़ा सिर में चक्कर, खोदा, आलस्य, निद्रामय, अनिद्रा, अर्श, तिल्ली जिगरादि के बढ़ जाने से पैरों में सूजन के साथ जलोदर तथा पानी में डूबकर मरने का भय भी बना रहता है।

चन्द्रान्तरदशा में रोग

चन्द्र में चन्द्रान्तर्दशा—यदि क्षीण चन्द्र शत्रु घर का, नीच का, अमावस का, ग्रहण समय का ६-८-१२ में हो और ऐसी अवस्था में चन्द्रमा की दशा में चन्द्रमा का ही अन्तर विद्यमान हो तो ऐसे योग वाले मनुप्य को आलस्य, उदासीनता, सन्ताप, नजला, जुकाम, खाँसी, स्वाँस पीड़ा (अस्थमा) जलोदर तथा जल में डुबकी खाने का भय रहता है। कामासक्त युवकों को स्वप्नदोष, शुक्रक्षय मधुमेह-वीर्यविकारादि बीमारियाँ होती हैं। शुक्र के क्षय

होने से मन्दाग्नि, अपच. सिरदर्द, जिगर तिल्ली के साथ २ गैस पीड़ा वायु विकार से अनेक रोग हो जाते हैं जिससे राजयक्ष्मा, मूत्र आदि अनेक पेशाब की बीमारियाँ हो जाती हैं शीत ज्वरादि से शरीर विकल रहता है।

चन्द्र में भौमान्तर्दशा—जब चन्द्रमा की महादशा में मंगल का अन्तर हो तो मनुष्य को क्रोध जनित रोग उत्पन्न हो जाते हैं और मस्तिष्क भ्रमित सा रहने लगता है। रक्त विकार होने से रक्तचाप, अर्श, पित्त-रक्तातिसार, नकसीर, नासूर घाव, शस्त्र घाव के साथ २ उत्तप्त और निम्न रक्तचाप हाईब्लड प्रेशर या लोब्लड प्रेशर हो जाता है। फोड़ें फुन्सियाँ खूब निकलते हैं विशेष कर ग्रीष्म और वर्षा ऋतु में इसका प्रभाव विशेष रूप से होता है। पथरी, शूगर, शस्त्राग्नि विषभय, नेत्र, दाँत में पीड़ा होती है।

चन्द्र में राहु अन्तर्दशा—चन्द्र महादशा में राहु का अन्तर बहुत ही खतरनाक होता है बुद्धि मलिन भ्रमित सी रहती है परीक्षार्थी अनुत्तीर्ण हो रहते हैं और मनुष्यों को वायु विकार के कारण, पेट पेडू में दर्द रहता है पेट में कीड़े हो जाते है। हैजा, चेचक, म्यादी बुखार, काला बुखार, गर्दन तोड़ बुखार, प्लेग, अग्नि जल, विषादि पीड़ा होती है धातु क्षीण हो जाने से प्रमेहादि रोग से तपेदिक तक हो जाती है। मन्दाग्नि जिगर-तिल्ली के बढ़ जाने पर भोजन अपच रहने से अनेक रोग उत्पन्न हो जाते हैं।

चन्द्र में जीवान्तर्दशा—जब चन्प्रमा की महादशा में बृहस्पति का अन्तर आता है तो मनुष्य रक्त विकार, नजला, जुकाम, वायु पीड़ा, जलोदर, पीलिया, कफादि रोग से पीड़ित रहता है।

चन्द्र में शन्यन्तर्दशा—यदि चन्द्रमा की महादशा में शनि की अन्तर्दशा का प्रादुर्भाव हो जाय तो बुद्धि के भ्रमित हो जाने पर शत्रुभय लगा रहता है एकान्त में चलते हुए कोई पीछा सा करता हुआ छाँई सी दीख पड़ती है। आलस्य शरीर में बढ़ जाता है। अत्यधिक वायु प्रवेश से शरीर में गठिया, पेश में शूल दर्द, मन में बेचैनी चित्त में खिन्नता और सदैव निराशा का सामना करना पड़ता है एकान्त प्रलाप में मन लगता है। मन्दाग्नि हो जाने से जिगर-तिल्ली हाथ पैरों में सूजन अण्डकोश वृद्धि तथा जलोदर तक हो जाता

है। वासना की प्रबलता में दुःस्वप्न दबाते हैं जीवन भार लगने लगता है। शस्त्र घाव से पीड़ा भी होती है।

चन्द्र में बुधान्तर्दशा---चन्द्रमा की महादशा के अन्तर्गत यदि बुध का अन्तर वर्तमान हो तो मनुष्य को साधारण तौर पर, खाँसी नजला जुकाम, पीलियादि रोग होते हैं सर्वांग पीड़ा का कभी २ प्रकोप भी रहता है जिससे मनुष्य को कष्ट होता हैं।

चन्द्र में :केत्वन्तर्दशा—चन्द्रमा की महादशा में केतु की अन्तर-दशा राहु से समान ही रोग उत्पन्न करती है। पेट में दर्द, वायु विकार, हैजा, म्यादी, तिजारी, चौथिया, इकतरादि बुखार आते हैं। मनुष्य का मुख पीला पड़ जाता है अण्डकोष बढ़ जाते हैं जिगर तिल्ली में खराबी आ जाती है यदि जलोदर न हुआ तो जीवन में पानी में डुबकी खाने का सदैव भय रहता है।

चन्द्र में शुक्रान्तर्दशा—यदि चन्द्रमा की महादशा में शुक्र का अन्तर विद्यमान हो तो मनुष्य काम वासना की प्रबलता के कारण, प्रमेह, मधुमेह, धातु क्षीण स्वप्नदोषादि के अधिक हो जाने से अनेक रोग उत्पन्न हो जाते हैं, नजला जुकाम, खाँसी साधारण तौर पर रहते ही हैं धातु के स्राव होने से मन्दाग्नि, जिगर तिल्ली के बढ़ जाने से अपच, वायु विकार. हाथ पैरों में सूजन, जलोदर, खून का पानी बनने का रोग, राजयक्ष्मा तथा जल में डूबने का भय भी रहता है।

भौमान्तर्दशा में रोग

मंगल में भौमान्तर्दशा—मंगल की महादशा में यदि मंगल की ही अन्तर्दशा का प्रभाव चल रहा हो तो मनुष्य घाम ताप से परेशान रहता है। पित्त का प्रकोप हो जाने से जूड़ी-ताप-ज्वर, ग्रीष्म ऋतु में लूएँ-दोपहर की धूप तपिश से, उबकाइयाँ, तेज बुखार, वमन (रक्त-पित्त-उल्टियाँ) अर्श (बवासीर) रक्त विकार (फोड़े फुन्सियाँ निकलना) उत्तप्त रक्तचाप, रक्ताति-सार, कैन्सर, कार्वंकल, टयूमर, खुश्क खुजली, पित्ती उछलना, शरीर में लाल चकत्ते से पड़ जाना, दाँतों में पायरिया अग्नि, शस्त्र से भय रहता है किसी

यान से दुर्घटना में घाव लगकर रक्त स्राव होना इत्यादि। महिलाओं के रजोगुणादि खराब करता है बच्चे दानी की शल्य चिकित्सा से बच्चा कभी २ बाहर निकाला जाता है।

मंगल में राहुअन्तर्दशा—यदि मंगल की महादशा में राहु की अन्तर्दशा चल रही हो तो मंगल दशा में उत्पन्न रोगों के अतिरिक्त राहु के रोगों का समावेश और भी अधिक भयंकर रूप धारण कर लेता है पेट-पेडू में वायु विकार के कारण, वायुगोले का दर्द, बच्चों को निमोनियाँ हव्वाडव्वा, पसलियाँ चलना, स्वाँस का पाँय २ कर चलना, काली खाँसी का होना, अण्ड कोषों का बढ़ जाना, पेशाब का रुक २ कर आना, हैजा हो जाना, कोयले के धुएँ से साँस का घुटना, जहरीले जीव जन्तुओं से जैसे साँप, बीछू, बर्र, मधुमक्खी, छिपकली आदि के अतिरिक्त धोखे में या जानकारी में विप पान कर लेना, मुँह से दाँतों से रक्त आना इत्यादि बहुत से रोग उत्पन्न हो जाते हैं। स्त्रियों में उपर्युक्त खराबी उत्पन्न कर मृत्यु तक कर देता है।

मंगल में गुरु अन्तर्दशा—जब मंगल की महादशा के अन्तर्गत बृहस्पति की अन्तर्दशा का प्रादुर्भाव हो तो मनुष्य को सर्व प्रकार से सुख प्राप्त होता है फिर भी यदाकदा, वायु-रक्तविकार, कर्ण, दन्त पीड़ा, स्वाँस-कफादि रोग हो जाते हैं। प्रेत बाधा भी कभी किसी को सताती है ज्वर जोड़ों में रीढ़ में दर्द का क्षणिक रूप से आना एक साधारण सी बात है।

मंगल में शन्यन्तर्दशा—मंगल की महादशा में जब शनि की अन्तर्दशा विद्यमान हो तो मनुष्य की बुद्धि भ्रमित सी हो जाती है मस्तिष्क मे चक्कर से आने लगते हैं जो उन्माद या पागलपन के लक्षणों से युक्त होने पर कारावास का कारण भी बन जाता है। कभी २ शस्त्र प्रहार भी सहना पड़ता है कितने ही आत्महनन के विफल प्रयास में पुलिस प्रकोप सहते हैं। अशुभ स्थान का मंगल शनि योग सहित लग्न में हो तो अर्श, भगन्दर, काँच निकलना, रक्त श्राव होना, शूल, अजीर्ण-वारी के बुखार आना आधा शीशी का दर्द, वायु विकार होना, मलेरिया, फिल्यू के साथ २ चोर डकैत के शस्त्र प्रहार से रक्त श्राव तक हो जाता है बच्चा पैदा होते समय महिलाओं को बहुत परेशान करता है।

मंगल में बुधान्तर्दशा—जब मंगल की महादशा के अन्तर्गत बुध की अन्तर्दशा का प्रभाव वर्तमान हो तो मनुष्य की अकारण ही लड़ाई झगड़े की प्रवृत्ति बन जाती है। उसे सदैव कोई न कोई भय लगा रहता है जो कि हृदय रोग का कारण बनकर अनेक रोग उत्पन्न कर देता है। रक्त विकार, रक्तचाप के अतिरिक्त पीलिया, शरीर में पीड़ा, चित्त में सन्ताप, ज्वरादि आते रहते हैं और वायु पीड़ा सताती रहती है।

मंगल में केत्वन्तर्दशा—मंगल की महादशा के अन्तर्गत केतु की जब अन्तर्दशा आती है तो मनुष्य भयभीत घबराया हुआ सा रहता है। मन उद्विग्न स्पन्दनगति तीव्र हो जाती है वायु पीड़ा बहुत ही सताती है। पेट, पेड़ू में वायु गोले का दर्द, उठते-बैठते करवटों में दर्द, गुर्दा, कार्बन्कल, नासूर, फोड़ा, फुन्सियाँ शस्त्र-अग्नि, वज्र गिरने का भय रहता है। अपच के कारण दस्त, मन्दाग्नि, रक्त विकार, कुष्ट रोग, वन्य विषैले पशुओं जीव जन्तुओं से चोट भय रहता है। आधाशीशी दर्द बहुत सताता है। इसके अतिरिक्त इष्ट मित्रों से लोकापवाद सहना पड़ता है जोकि सर्व रोगों से भयंकर है। महिलाओं के लिये शिशु जन्म में बड़ा ही परेशान करता है।

मंगल में शुक्रान्तर्दशा—यदि मंगल की महादशा में शुक्र की अन्तर्दशा का प्रादुर्भाव वर्तमान हो तो मनुष्य में रक्त-पित्तादि दोषों के साथ अनेक काम जनित रोगों की उत्पत्ति हो जाती है इस दशा का विशेष कर मन पर बहुत बुरा प्रभाव पड़ता है चित्त की वृत्तियाँ चंचल हो उठती हैं काम वासना इतनी बढ़ जाती है कि युवक जो अविवाहित होते हैं उन्हें स्वप्नदोष, प्रमेह, मधुमेह, आतिशक सुजाक तक हो जाते हैं। शुक्र के अधिक क्षीण हो जाने पर अनेक वायुविकार उत्पन्न हो जाते हैं पेट दर्द, सर दर्द, पैरों में कमर में दर्द, हर जोड़ में दर्द, गठिया, मन्दाग्नि हो जाने से भोजन नहीं पचता, नजला, जुकाम, खाँसी रहने लगती है जो कि आगे चलकर राज यक्ष्मा या तपेदिक का रूप धारण कर लेती है। मनुष्य चिन्तातुर रहने लगताहै और सूख २ काँटा हो जाता है।

राहु-अन्तर्दशा में रोग

राहु में राहोरन्तर्दशा—जब राहु की महादशा में राहु की ही अन्तर्दशा वर्तमान हो तो मनुष्य जीवन की परेशानियों से ऊब जाता है और उन परेशानियों से बचने के लिये वह, शराब, भंग, चरस, गांजा-सुल्फादि मादक नसीली वस्तुओं का प्रयोग करने लगता है जिससे कोई कोई तो उन्मादी या पागल ही हो जाता हैं, किसी को बात-पित्त-कफादि का दुराग्रह रोग लग जाता है। अनेक आधि-व्याधि, गठिया, पेट-पेडू में दर्द, आंख-सिर में दर्द, अण्डकोष वृद्धि में दर्द, हैजा, चेचक, अतिसार, रक्तविकार, अर्श, अस्थमा, तपेदिक आदि ऐसा कोई रोग शेष नहीं रहता जो राहु की अन्तर्दशा में न हो जाय। यह तो आवश्यक नहीं कि सभी रोग एक ही व्यक्ति के हिस्से में आये हों अनेक मनुष्यों को विभिन्न प्रकार के रोग दबा लेते हैं। ऐसा शायद ही कोई अछूता बचता होगा जो कि उपर्युक्त दशा में किसी प्रकार भी रोग ग्रस्त न हो। सर्प-विषैले जीव जन्तुओं, तथा बाघ-भेड़िया, लकड़बाघा इत्यादि जंगली जानवरों से प्रभावित हो।

राहु में जीवान्तर्दशा—राहु की महादशा में बृहस्पति की अन्तर दशा का प्रादुर्भाव होते ही छोटे-छोटे रोग शरीर से दूर भाग जाते हैं और स्थाई-असाध्य वंशपरम्परागत होने वाले रोग यदाकदा अपना प्रभाव दिखाये बिना नहीं रहते, जिन में रक्त विकार के कारण, फोड़े,-फुंसियां होने उच्च तथा निम्न प्रकार का रक्तचाप होना, अर्शादि की पीड़ा बढ़ जाना, वायु, विकार से दर्द हो जाना। इस उपर्युक्त दशान्तरदशा के रोग बूढ़े मनुष्यों को बहुत सताते हैं और दुखी करते हैं। नवयुवक, विद्यार्थियों को यह दशा सुखदायी रहती है।

राहु में शन्यन्तर्दशा—जब राहु की महादशा में शनि की अन्तर्दशा वर्तमान हो तो मनुष्य को ऐसा कोई रोग नहीं जिसकी आशा न की जाय। ये दोनों ही अशुभ तथा वायु विकारी ग्रह हैं जो कि वायु विकार से उत्पन्न गठिया, दर्द गुर्दा, वायु गोला, हाथ पैर में सुन्नी, झनझन, लकवा, अस्थमा नजला, जुकाम, खांसी, राजयक्ष्मा, वात-पित्त-कफ आदि अच्छे-अच्छे नवयुवक

के शरीर में भी हो जाते हैं। बच्चे की पसलियाँ चलना निमोनियाँ हो जाना, हव्वा-डव्वा, चेचक आदि निकलना मुख रोग, कण्ठ रोग, कन्वा, टौंसिल होना काग बैठना इत्यादि अनेक रोग हो जाते हैं।

राहु में बुधान्तर्दशा—राहु की महादशा के अन्तर्गत बुधान्तर में मनुष्य को पीलिया, कमलवाय कपिल रोग हो जाते हैं कण्ठ माला भी हो सकती है। सर्प-चोट का भय रहता है। वात-पित्त रोग यदा-कदा हो जाते हैं। जो कि विशेष हानि कारक नहीं होते।

राहु में केतु की अन्तर्दशा—राहु की महादशा में केतु की अन्तर्दशा, राहु में राहु की अन्तर्दशा से भी खतरनाक रोग उत्पन्न कर मनुष्य को बर्वाद कर देती है। शराब आदि नशीली पदार्थों के विकारों के अतिरिक्त सिर दर्द पेट-पेडू दर्द- गठिया, जिगर-तिल्ली, काला ज्वर, हैजा, प्लेग, मलेरिया आदि सभी रोग उत्पन्न कर देता है और अनेक बच्चों की मृत्यु का कारण एक मात्र यही होता है।

राहु में शुक्रान्तर्दशा—यदि राहु की महादशा में शुक्र की अन्तर्दशा वर्तमान हो तो मनुष्य को राहु दशा में लगे रोगों के अतिरिक्त नवयुवकों, तरुणों और बूढ़ों को स्वप्नदोष, प्रमेह, मधुमेह, गर्मी, आतिशक, सुजाक, धातुक्षय आदि रोग लग जाते हैं आकृति विगड़ जाती है विवाहितों की काम वासना बढ़ जाती है। शुक्र क्षय से मन्दाग्नि, अजीर्ण, अपच, गैस पीड़ा, गठिया, जिगर तिल्ली में वरम सूजन आ जाता है, आँख बैठने लगती है नीचे पलक काले पड़ जाते हैं नयन ज्योति मलिन हो जाती है। नजला जुकाम, जलोदर के अतिरिक्त, सर्प विषैले जन्तुओं का भय लगा रहता है।

बृहस्पति (जीव) की अन्तर्दशा में रोग

जीव (गुरु) में जीवान्तर्दशा—यदि अशुभ बृहस्पति की महादशा में बृहस्पति का अन्तर वर्तमान हो तो मनुष्य को रक्त विकार, रक्तचाप, वायु विकार जनित रोग उत्पन्न होते हैं देवता-प्रेतात्मा की बाधा के साथ स्वास्थ प्रिय के वियोग का दुख होता है। शुभ क्षेत्री बृहस्पति किसी भी प्रकार की बाधा उत्पन्न नहीं करता वलिक कार्य सिद्धि ही करता है।

गुरु में शन्यन्तर्दशा—वृहस्पति की महादशा के अन्तर्गत यदि शनि की अन्तर्दशा विद्यमान हो तो मनुष्य की बुद्धि मलिन होने के साथ-साथ भ्रमित भी होने लगती है चित्त की वृत्ति उदास हो जाती है। उसका मन मदिरा मांसादिक खान-पान के कारण विचलित हो जाता है। वापु-पित्त-कफ आदि रोग दबाते रहते हैं रक्त विकार और वायु विकार दोनों ही सताते हैं। शरीर में विकलता, जोड़ों में दर्द गठिया सन्ताप वारी के बुखार व्रणादि लगते रहते हैं शस्त्र से घात पहुँचता है।

गुरु में बुधान्तर—जब गुरु की महादशा में बुध की अन्तरदशा आती है तो अपने गुरु जनों से कलह होने लगती है। आँखों में कानों में दाह तथा पीड़ा होती है। मस्तक में पीड़ा पीलिया रोग रक्त विकार के कारण होता है। पित्त कफ आदि बढ़ने से रक्त वमन तक होता है मित्रों से धोखा मिलता है पुराने रोग उग्र रूप धारण कर लेते हैं।

गुरु में केत्वन्तर्दशा—गुरु की महादशा के अन्तर्गत केतु की दशा आते ही शुद्धाचरण मनुष्य की भी बुद्धि मलिन तथा भ्रष्ट होने लगती है और उमे शराब भंग, गांजा, अफीम चरस आदि की लत संगति नीच हो जाने के कारण से अपने आप ही लग जाती है और वह वायु-पित्त, कफ आदि का शिकार अपने आप ही हो जाता है। नशीली, मादक वस्तुओं के प्रभाव से उसका जिगर कार्य करंना छोड़ देता है तिल्ली बढ़ जाती है। मन्दाग्नि हो जाने से भोजन सुपाच्य नहीं होता अजीर्ण रहने से खट्टे डकार आते हैं छाती में जलन आँखों में ताप रहने लगता है! वायु विकार से पेट में दर्द रहता है। कब्ज के कारण शरीर टूटता है अंग प्रत्यंग शिथिल हो जाते हैं। जी मिचलाता है शूगर जाने लगती है हृदय की दुर्बलता से दिल की धड़कन बढ़ जाती है। हार्ट फेल तक हो जाता है।

गुरु में शुक्रान्तर्दशा—बृहस्पति की महादशा के अन्तर्गत शुक्र की दशा का प्रादुर्भाव होते ही नजला, जुकाम, धातु क्षीण आदि के कारण, मन्दाग्नि जिगर तिल्ली के अनेक रोग लग जाते हैं। अविवाहितों को स्वप्नदोष दबा लेते हैं। महिलाओं की काम वासना दीप्त होकर लोकापवाद अपयश का

कारण बन जाती है। अनेक अविवाहितों के विवाह भी इसी दशा में हो जाते हैं। शुक्र क्षय अनेक बीमारियों की मूल है। इस लिये इस दशा में विशेष सावधानी की जरूरत है। अन्यथा चरित्र के दूषण हो जाने पर आजन्म अनेक रोगों का सामना करना पड़ता है।

शन्यन्तर्दशा में रोग

शनि में शन्यन्तर्दशा—जब शनि की महादशा में शनि का अन्तर वर्तमान हो तो मनुष्य नित्य नई आपदा में फंसा रहता है। उसके नाक, कान, दांत, नयन आये दिन रोग से पीड़ित रहते हैं। अर्श, रक्त विकार, रक्तातिसार, गुल्म, गठिया, उत्तप्त और निम्न रक्तचाप के साथ-साथ विष शस्त्रादि घाव से रक्तश्राव हो सकता है। वायु विकार के बढ़ जाने से शरीर के हर जोड़ में दर्द रहने लग जाता है। पेट-पेडू में वायु गोले का दर्द, शूल बात एवं शरीर में अकड़न से परेशान रहता है।

शनि में बुधान्तर्दशा—शनि की महादशा में जब बुध की अन्तर्दशा रहती है तो उसे सुख का सांस प्राप्त होता है और अनेक आधि-व्याधियों स छूट जाता है फिर भी अचानक, वायु पीड़ा एवं पीलिया रोग, कमलवायु, दांत पोड़ा एवं पीनस रोग से पीड़ा हो जाया करती है।

शनि में केत्वन्तर्दशा—यदि शनि की महादशा में केतु की अन्तर दशा चल रही हो तो मनुष्य की बुद्धि भ्रमित सी रहती है सिर में चक्कर से आते हैं। वायु-पित्त, कफ, शूल, वायु गोला, कुक्षि पीड़ा मन्दाग्नि, जिगर-तिल्ली आदि की कार्य प्रणाली बिगड़ जाने से भोजन सुपाच्य नहीं होता। खट्टी डकार आती है छाती में जलन आंखों में दाह और दांतों में पीड़ा रहती है। जिस कारण मानव दुखी हो जाता है।

शनि में शुक्रान्तर्दशा—शनि की महादशा में शुक्र की अन्तर्दशा का प्रादुर्भाव मनुष्य के लोकापवाद के लिए काफी सामग्री रखता है। इस दशा में मानव की विषय वासना तथा प्रेम-पिपासा अत्यधिक बढ़ जाती है जिससे अपमान एवं अपकीर्ति फैल जाती है कुछ अविवाहितों के विवाह अवश्य हो जाते हैं किन्तु जो नवयुवक विवाह आदि से वंचित रह जाते हैं उनको स्वप्न

दोष बहुत होने लगते हैं शुक्र या धातु के क्षय हो जाने से मनुष्य की आकृति बिगड़ जाती है वायु पीड़ा दबा लेती है। मन्दाग्नि हो जाती है। खाना नहीं पचने से कभी कब्ज तो कभी अतिसार हो जाते हैं। नजला, जुकाम खाँसी तो बारह महीने रहने लगता है गैस पीड़ा, पेट में डुबकी खाने एवं जलोदर की पीड़ा से शरीर विकल रहता हैं। नेत्र पीड़ा, हृदय रोग, दन्तशूल, अतिसार शीत ज्वर, मलेरिया आदि समय-समय पर सालते रहते हैं।

बुधान्तर्दशा में रोग

बुध में बुधान्तर्दशा—जब बुध की महादशा में बुध की अन्तर्दशा का प्रारम्भ होता है तो मनुष्य को अनेक सुख प्राप्त होते हैं और खेल-कूद में काफी चोटें लगती हैं—मोच आना, हड्डी टूट जाना, दाँत उखड़ जाना आदि घाव लगने वाले बहुत से कार्य होते हैं। यह दशा पढ़ने वाले खिलाड़ी—विद्यार्थियों के लिये अहितकर रहती है। वायु पीड़ा, शूल दर्द, और पीलिया, रोग यदि न हो तो वे सभी दशा समय बड़ी ही हंसी-खुशी से व्यतीत होता है।

बुध में केत्वन्तर्दशा—बुध की महादशा में केतु की अन्तर्दशा के व्यतीत होते समय पिता द्वारा उपार्जित सम्पत्ति का ह्रास हो जाने से मनुष्य के मन में चिन्ता रहने लगती है जिस कारण अनेक रोग लग जाते हैं और हृदय में कुविचार उठते हैं जिस कारण अर्शादि रक्त विकार के रोग लग जाते हैं। रक्तपित्त विकार से उदर पीड़ा, मन्दाग्नि, जिगर, तिल्ली, हैजा, चेचकादि की बीमारी हो जाती हैं। विषैले वन्य पशु सर्पादि विषैले कीटादि के काटने का भय रहता है। वायु पीड़ा विशेषकर अपना प्रभाव दिखाती है जिससे वायुगोले के साथ-साथ पेट में ऐंठन आँव के दस्त भी लग जाते हैं।

बुध में शुक्रान्तर्दशा—यदि बुध की महादशा में शुक्र की अन्तर्दशा का प्रादुर्भाव हो जाय तो मनुष्यों-युवकों के लिए इसका परिणाम कुछ अच्छा नहीं होता है। क्योंकि इस अवस्था में आवेश शक्ति पूर्णतया कार्य करती है। क्रोध के कारण कई कार्य बिगड़ जाते हैं। विषय वासना की प्रबलता के कारण स्वप्नदोष, शुक्रपतन, धातु क्षीण आदि के हो जाने से

अनेक रोगों के साथ मन्दाग्नि भी हो जाती है। भोजन न पचने से निद्रा भंग रहती है। सिर दर्द नेत्र ज्योति क्षीण हो जाती है। नजला, जुकाम, खाँसी सदैव सताती रहती है, हृदय रोग हो जाता है, कभी अतिसार तो कभी कब्ज हो जाता है।

केत्वन्तदशा में रोग

केतु में केत्वन्तर्दशा—जब केतु की महादशा में केतु की ही अन्तर्दशा वर्त रही हो तो मनुष्य को अनेक आधि-व्याधि तथा बीमारियाँ दबा लेती हैं। सर्वप्रथम वायु पीड़ा से गठिया, जोड़ों में दर्द, तिल्ली जिगर का काम न करने से खाना आदि न पचना, पान-अपान वायु का विकृत हो जाने से पेट में अफारा, वायुगोले का दर्द उठते रहना, मियादी बुखार, चेचक, हैज़ा, अतिसार, खून आँव के दस्त लगना, काँच का बाहर निकले रहना, अर्शादि रोग का उभर आना, अण्डकोषों का बढ़ जाना, शरीर में जलन और मन में घबराहट से दिल की धड़कन का बढ़ जाना, अग्नि, विष सर्पादि के भय से मस्तिष्क का ठीक न रहना आदि बहुत सी पीड़ायें घेरे रहती हैं।

केतु में शुक्रान्तर्दशा—केतु की महादशा के अन्दर जब शुक्र की अन्तर्दशा का प्रादुर्भाव होता है तो मनुष्य को बुखार, अतिसार, नजला, जुकाम, खाँसी आदि राज रोग हो जाते हैं। धातु क्षीण, स्वप्न दोष, प्रमेह-कफादि की पीड़ा से मन्दाग्नि, सिर दर्द, जलभय आदि से कष्ट होता है। अत्यधिक सन्ताप से आत्मग्लानि हो जाती है। कभी-कभी मनुष्य अपनी व्यक्तिगत विफलता के कारण आत्म-हत्या तक कर लेता है, केतु की दशा कभी सुखकर नहीं होती है।

शुक्रान्तर्दशा में रोग

शुक्र में शुक्रान्तर्दशा—जब शुक्र की महादशा के अन्तर्गत शुक्र की की अन्तर्दशा का प्रादुर्भाव होता है तो मनुष्य की अत्यन्त सुखकर दशा प्राप्त होती है। इस दशा में मनुष्य शृंगार तथा विषय वासनाओं की ओर आकर्षित होता है और प्रेम सम्बन्ध स्थापित करने की ओर झुकता है विषयों से

तृप्त न होने के कारण, स्पप्नदोष शीघ्र स्खलन, धातुक्षय, प्रमेह, मधुमेह आदि रोग अपने आप ही लग जाते हैं जिनका सम्बन्ध मन से है। मन के विचलित होते ही लोकापवाद फैल जाता है। वायु पीड़ा दबा लेती है। डकार आते ही पानअपान वायु से संचार में रुकावट आने से कई रोग हो जाते हैं। मन्दाग्नि के बढ़ने पर भोजन नहीं पचता, भोजन न पचने पर शरीर में विकलता, निद्रा भंग अनीमियादि रोग हो जाते हैं। सिर में दर्द, आँखों में दाह, कानों-दाँतों में पीड़ा, पेट में अफ़ारा, वायु गोला, शूल का दर्द प्रारम्भ हो जाता है।

वीर्य विकार से जितने भी रोग उत्पन्न हो सकते हैं सब ही शुक्र की अन्तर्दशा में सम्भव है।

नोट—प्रारम्भ से पुस्तक पढ़ने वालों को यह तो भली भांति विदित हो ही गया होगा कि कोई भाव कोई राशि कोई नक्षत्र तथा कोई भी ग्रह ऐसा नहीं है जो कि किसी न किसी प्रकार के रोग की उत्पत्ति न करता हो। जिसमें ६-७-८-१२ भाव पाप क्रूर ग्रह, सू, च, मं, श और राहु-केतु विशेष रूप से किसी भी बीमारी तथा दुर्घटना के साक्षात् प्रतीक से प्रतीत होते हैं। शुभ ग्रह शुभ भाव दूषित हो जाने पर ही कष्टदायी होते हैं अन्यथा जातक के प्रति सद्भावना ही रखते हैं और अपनी युति-दृष्टि से अशुभ ग्रहों के दूषित फलों का भी शमन कर उसकी रक्षा करते हैं। ज्योतिष शास्त्र एक अगाध समुद्र के समान ज्ञान रखता है जिसकी थाह पाना तो असम्भव है किन्तु विवेक बुद्धि द्वारा जिसने, उसमें जन्मित, हीरे, जवाहरात मोती-और लाल प्राप्त कर लिये हैं वह भी बड़ा ही पारखी तथा जौहरी ही समझना चाहिये। अगणित ज्योतिष ग्रन्थों के ज्ञान का समावेश इस मोटे से मस्तिष्क में हो पाना असम्भव नहीं तो कठिन अवश्य है। इसलिये पाठकों से प्रार्थना है कि वे ज्योतिष के एक अंग (भाग) में पूर्णतया पारंगत होने का ही प्रयत्न करें। शत प्रतिशत ज्ञान प्राप्त हो जाने पर दूसरे भाग को अपनायें और जिस भाग को भी अपनायें उससे सम्बन्धित सभी साहित्य का गम्भीर अध्ययन कर उसका विवेचन करें ताकि प्रश्नकर्त्ता को छिद्रान्वेषण करने का अवसर ही न प्राप्त हो।

द्वितीय-खण्ड

प्रथम अध्याय

शारीरिक अंग विभाग के अनुसार रोग

आनन आदि के क्रम से अब हम मानव शरीर में होने वाले रोगों का वर्णन ग्रहों के न्यूनाधिक गुण, कर्म और स्वभाव के अनुसार संक्षेप में यथेष्ट रूप से लिखने का सफल प्रयास करेंगे ताकि पाठकों को बिना कठिनाई अपने लक्ष्य की प्राप्ति हो सके—

आनन—आनन के अन्तर्गत आने वाले-शरीर अवयव इस प्रकार हैं—सिर, बाल, मस्तक, कनपटी, ललाट, कान, आंख, भौं, पलक, नाक मुंह, गाल, ठोड़ी, तालु, जिह्वा, स्वाँस नली, जवाड़ा, दाँत, अधर-ओष्ठ, जबड़े।

गर्दन—ग्रीवा, कण्ठ, गर्दन के आगे पीछे का भाग, हंसली।

कन्धे—पुट्ठे, लगी, भुजायें, हाथ, वगल, काँख, कर-हथेली, अँगूठा उँगलियाँ, नाखून, पहुँची, कुहनी, कलाई, हथेली, करपृष्ठ, कन्धों की हड्डी और उनके सन्धि जोड़।

छाती—सीना, वक्ष, स्त्रियों का कुच या स्तन भाग, छाती की हड्डियाँ, पसलियाँ।

पेट—नाभि, पेडू, पृष्ठ भाग में कमर और पीठ, रीढ़।

कूल्हे—चूतड़, गुदा, नितम्ब, लिंग।

जाँघ—

घुटने—

पिंडली—

ऐडी—विवाई फटना

टखना—पैरों की गाँठे।

पदतल—पैरों के तलुए, उँगलियाँ, अँगूठा और उनके नाखून।

मनुष्य शरीर पर विहंगम दृष्टिपात करने से ही उपर्युक्त शारीरिक अवयव दृष्टि गोचर हो जाते हैं किन्तु यदि हम यह पूर्णतया विश्वास कर बैठें कि यहीं पर हमारे शरीर की रचना समाप्त हो गई तो यह हमारी बड़ी भारी भूल होगी क्योंकि वाह्याडम्बर से लाखों गुना अन्तरजाल शरीर के अन्दर फैला हुआ है जिसका पूर्ण ज्ञान न तो अभी तक पूर्वीय डाक्टर हकीम और वैद्य ही जान पाये और न पाश्चात्य वैज्ञानिक ही, फिर मेरे जैसे अल्पज्ञों की शक्ति का विषय यह कैसे हो सकता है। इतने पर भी अनधिकार चेष्टा कर, पाठकों की उत्सुकता बढ़ाने के लिये थोड़ा सा आन्तरिक भाव जो कि हमारे, ग्रह रोग निदान पुस्तक कार्य में आने वाला है लिखकर अपने चित्त की प्रसन्नता प्रकट करूँगा जिससे शरीर की मुख्य-मुख्य नाड़ियाँ, धमनियाँ हृदय आदि की गतिविधियों का ज्ञान पाठकों को सुगमता से हो जायेगा।

नाड़ी—जिनको अँग्रेजी में (Arteries) कहते हैं, इन नाड़ियों द्वारा ही साफ किया हुआ शुद्ध रक्त समस्त शरीर की इन्द्रियों को जाता है।

केशोपम नाड़ियाँ—(जिनको अँग्रेजी में Capillaries) कहते हैं। अति सूक्ष्म होती हैं जो कि नाड़ियों और धमनियों की मध्यस्थता करती हैं, इनके माध्यम से ही समस्त रक्त नाड़ियों से धमनियों को जाता है।

धमनियाँ:—जिनको अँग्रेजी में (Veins) कहते हैं। इनके द्वारा ही केशोपम नाड़ियों से आया हुआ दूषित रक्त हृदय की ओर गतिवाहक होता है और दो ही बड़ी धमनियाँ यह समस्त अपवित्र या अशुद्ध शोणित फिर से शुद्ध या स्वच्छ करने के लिए हृदयस्थल को ले जाती हैं। यह धमनियों द्वारा हृदय को लौटाया हुआ रुधिर फेफड़ों को कार्बोनिक एसिड गैस (Carbonic Acid Gas अपान या दूषित वायु) देकर उसके बदले में आक्सीजन गैस प्राणप्रद वायु (Oxygen Gas) ले लेता है और फिर स्वच्छ लाल रक्त हृदयस्थल को पहुँचाकर समस्त शरीर में इन्द्रियों को पहुँच जाता है। मनुष्य प्राणी को जीवित रखने के लिए यही क्रिया-प्रतिक्रिया प्रत्येक पल प्राणिमात्र के शरीर में होती रहती है।

हृदय:—जिसको अंग्रेजी में (Heart) कहते हैं यह शरीर में छाती के बाईं ओर होता है हृदय की स्पन्दन गति से ही रुधिर, समस्त शरीर में आता जाता रहता है। स्वस्थ या आरोग्य मनुष्य-हृदय की स्पन्दन गति एक मिनट में ७२ से ८० तक होती है छोटे बच्चों और महिलाओं की स्पन्दन गति पुरुषों की अपेक्षा कुछ अधिक होती है।

फेफड़े (फुफ्फुस):—मानव शरीर की छाती के अन्दर दो फेफड़े होते हैं जिन्हें अंग्रेजी में (Lungs) कहते हैं जो कि प्राणप्रदवायु द्वारा रुधिर को साफ करके हृद्देश को पहुँचाते हैं। फेफड़ों में नासिका द्वारा वायु नली आती है जिसके विस्तृत भाग को कण्ठ कहते हैं जिसे अंग्रेजी में (Larynx) कहते हैं। इसी कण्ठ में दो शिरायें होती हैं। इन शिराओं के स्पन्दन से शब्द ध्वनि उत्पन्न होती है जिसे अंग्रेज़ी में (Vocal cords) कहते हैं या हिन्दी में ध्वनि-तन्तु या ध्वनिसूत्र कहते है। वायु नली में से एक भाग दाहिने और दूसरा भाग बायें फेफड़े को चला जाता है। फेफड़ों में से वृक्ष की शाखाओं, प्रशाखाओं के समान अगणित उपशाखायें निकलती चली जाती हैं जो कि केवल पवन छिद्र (Air cells) ही हैं जिनमें से होकर अनेक केशोपम नाड़ियाँ पदार्पण करती हैं जिनमें सदैव रक्त प्रवाह रहता है जिनमें विशुद्ध खून हृदय-स्थल से आता है।

आमाशय और आँत—आमाशय, लौकी के आकार की थैली का नाम है और आँत एक प्रकार की नली है जो कि आमाशय से गुह्य मार्ग (गुदा) तक जाती है जिसकी लम्बाई ९ गज या २७ फीट मानी गई है। इसके द्वारा मल बाहर निकलता है। भोजन पाचन की अनेक क्रियायें हैं जो कि आन्तरिक रसों से मिलकर पचता है। इस पाचक रस तत्व से शरीर का पोषण होता है और मल गुदा से बाहर निकल जाता है।

गुर्दे:—उदर में रीढ की हड्डी के दोनों (बाईं और दाँई) तरफ, दो गुर्दे होते हैं जिनका कार्य मूत्र को रक्त (kidney) या पेशाब को खून से अलैहदा या पृथक करते रहना है। मूत्र तो पृथक होकर मूत्राशय को चला जाता है और मूत्राशय के भर जाने पर मूत्रेन्द्रिय द्वारा शरीर से बाहर निकाल दिया

जाता है और रुधिर, पूर्ववत रक्त वाहनियों में संचार करता हुआ अपने निर्दिष्ट स्थान पर पहुँच जाता है।

मस्तिष्क और कंडरा: —मस्तिष्क ही जीवात्मा का कार्यालय (दफ्तर) हैं जिसमें, चैतन्य, विचार और मेधा अपना २ कार्य सुचारु रूप से करती रहती है। कंडरा रीढ़ की नली में होता हुआ, कपाल में पहुँचकर मस्तिष्क में गर्मी-सर्दी, दर्द, शब्द, सुगन्ध, दुर्गन्ध, रूप, रस और स्पर्शादि के समाचार कंडरा द्वारा पहुँच जाते है। इसके रोगग्रस्त हो जाने पर इन्द्रियों का कार्य शिथिल पड़ जाता है न तो इन्द्रियों का समाचार मस्तिष्क में पहुंच पाता है और न मस्तिष्क ही तार संचालन का कार्य कर अपनी आज्ञा का अनुमोदन इन्द्रियों द्वारा पा सकता है। अतः दोनों का कार्य प्रणाली के बिगड़ जाने पर मनुष्य बीमार हो जाता है। रक्त संचालन कार्य में शिथिलता आते ही मनुष्य अचानक अन्धा, बहरा, पागल हो जाता है और लकवे आदि का पड़ जाना तक हो जाता है।

पिछले पृष्ठों को अध्ययन करलेने के पश्चात् पाठकों को थोड़ा सा ज्ञान इस बात का हो गया होगा कि आनन के अन्तर्गत आने वाले शरीर अवयव कौन हैं जिनके रोगों का वर्णन हम यथाक्रम इस पृष्ट पर करेंगे ध्यान पूर्वक अध्ययन किये जाने पर ग्रहों द्वारा उत्पन्न किये गये रोग सुगमता मे समझ में आ ही जायेंगे। अब हम सर्वप्रथम प्रत्यक्ष दिखाई देने वाले सिर के बालों से केश रोगों का वर्णन यथाक्रम स्पष्ट मुखाकृति का दिग्दर्शन कराकर पाठकों को यथाशक्ति सन्तोष लाभ प्राप्त कराने का सफल प्रयत्न करते रहेंगे।

सिर के बाल या केश—आपने देखा होगा कि कोई-कोई व्यक्ति अपने शैशव से किशोरावस्था से अथवा यौवन काल प्राप्त करने से ही स्वेत बालों से सिर को ढंक लेता है और भरी जवानी में बूढ़ा जैसा दृष्टि गोचर होने लगता है। किसी के सिर में पयास इतनी हो जाती हैं कि मनुष्य सर खुजाते-खुजाते तंग आ जाता है। तांबा खोपड़ी तो एक अवस्था प्राप्त होने पर बहुत धनवान व्यक्ति हो ही जाते हैं? किन्तु कुछ लोग गंजे कहलाने लगते

हैं। अब देखना यह हैकि ऐसा क्यों होता है कारण भी स्पष्ट है। जिस मनुष्य के जन्मपत्र में, १,२, १२ स्थानों (लग्न-धन और व्यय) में से किसी भी स्थान पर शत्रुराशि का केतु सूर्य से दृष्ट, बैठा हो, शनि लग्न में सूर्य से दृष्ट-युक्त बुध के वर्ग में हो तो मनुष्य बचपन से लेकर जवानी तक उपर्युक्त दुर्गुणों को प्राप्त हो जाता है अन्यथा सूर्य में केतु या सूर्य में राहुदशा के अन्तर्गत हो तो विशेष रूप से उपर्युक्त रोग को प्राप्त होता है।

जिस मनुष्य के जन्मपत्र में स्वक्षेत्री चन्द्रमा मंगल से दृष्ट हो और लग्न सिंह कन्या वृश्चिक अथवा धन में से कोई भी हो अथवा स्वक्षेत्री लग्नेश पाप ग्रह लग्न में ही हो वह क्रूर ग्रह से दृष्ट या युक्त हो अथवा वृष या धन में से कोई भी लग्न हो जिसे सूर्य मंगल शनि राहु या केतु देखते हों तो मनुष्य खल्वाट या गंजा होता है।

मस्तक, ललांट, कनपटी—जिस मनुष्य के जन्मपत्र में शनि मंगल और राहु-केतु में से कोई से दो ग्रह लग्न, दूसरे अथवा बारहवें भाग में गये हों सूर्य से दृष्ट होने पर, मस्तक में रोग होता है (२) तृतीयेश के नवांशपति के राशीश के केन्द्रवर्ती होने पर यदि वह, शनि सूर्य-मंगल, राहु से दृष्ट-युक्त हो तो मस्तक, ललाट या कनपटी में रोग होता है। पापेश स्वराशिगत लग्न में हो नीचास्त चन्द्रमा उसे पूर्ण दृष्टि से देखता हो, लग्न में नीच या अस्त, या नीचास्त चन्द्रमा, सूर्य, मंगल, शनि या राहु-केतु से दृष्ट युक्त हो या पंचम भाव में शनि-गुलिक योग, अशुभ ग्रह से दृष्ट हो तो, पंचमेश शनि से यदि लग्नेश दृष्ट हो तो, तृतीयेश-शनि से युक्त त्रिक स्थान में सपाप बैठा हो तो, सूर्य और गुलिक ये दोनों दूसरे भाव में, शनि-राहु या केतु से दृष्ट हों तो, लग्नेश चन्द्र को यदि नीच का शनि पूर्ण दृष्टि से देखता हो तो नीच का मंगल यदि राहु से युक्त चन्द्र दृष्ट हो तो मनुष्य को मस्तिष्क रोग होता है।

कान—तृतीयेश यदि षड्भांश क्रूर भाव से सपाप या शत्रु राशिगत हो तो, तृतीय भाव में शनि-मंगल योग अथवा सूर्य-मंगल योग, अथवा शनि-गुलिक योग, शुभ दृष्टि-युति से रहित यदि तीसरे स्थान में हो तो, कारकांश लग्नगत

केतु को यदि शत्रुग्रह देखे तो कान में पीड़ा होती है। तृतीयस्थ सूर्य बुध को यदि शनि-चन्द्रमा, मंगल में से कोई दो ग्रह देखें तो कर्ण पीड़ा अवश्य होती है। गुलिक युक्त मंगल यदि तीसरे भाव में हो तथा एकादशेश या एकादश स्थान शनि, राहु-केतु-सूर्य-मंगल आदि में से किन्हीं दो से दृष्ट-युक्त हो तो कर्ण रोग होता है।

आँख भौं पलक—यह संसार चक्र है इसमें कोई अन्धा है किसी की आंख में जाला, फूला, मोतियाबिन्द है तो कोई दिन के समय सूर्य प्रकाश नहीं देख सकता तो कोई रात को नहीं देख पाता रतौंधा आता है। प्रश्न यह उठता है कि आखिर यह सब क्यों है इन सभी प्रश्नों का उत्तर इस प्रकार से है। जिस मनुष्य के जन्मपत्र में दूसरे और बारहवें भाव में शुक्र का वर्ग हो या स्वयं शुक्र निर्बल बैठा हो या अन्यथा भी, शुक्र सूर्य के साथ कन्या का नीच का या मंगल के साथ सूर्य मंगल से दृष्ट हो मंगल नीच हो या सूर्य नीचोन्मुख हो साथ ही शनि से चन्द्रमा या सूर्य दृष्ट हो तो मनुष्य की नेत्र ज्योति क्षीण हो जाती है और तनिक सी लापरवाही में शुक्र दशा, चाहे किसी ग्रह के अन्तर में आय तो वर्ष के अन्त तक में आयी दशा में मोतियाबिन्द उतर आता है। जिस मनुष्य के जन्म पत्र में षष्ठेश मंगल लग्न में हो या षष्ठेश, मेष वृश्चिक का हो अथवा षष्ठेश, मंगल के साथ हो या फिर चन्द्रमा के साथ हो तो, या चन्द्रमा सूर्य बारहवें भाव में हो शनि ५, ७, ८, ९ स्थानों में सिंह का हो अथवा नीच शत्रु राशि नवांश में हो तो, या लग्न के नवांश में पाप ग्रह धन स्थान में हो तो, नवम पंचम स्थान में सूर्य नीच का हो तो, या कर्क का सूर्य लग्न में हो तो, सूर्य-चन्द्र के लग्न में होने से आंख में कीचड़ बहुत आते हैं। मंगल के बारहवें स्थान में होने से आँख दुखने आती है शनि मंगल के लग्न में होने से बचपन में आँख बहुत दुखती है। सूर्य-शनि युक्त यदि ५-९-१२ स्थान में हो तो जाले से नेत्र विकल रहते हैं। शुक्र यदि २-१२ भाव में पाप दृष्ट हो तो मनुष्य मन्द दृष्टि या काना होता है। यदि चन्द्र-सूर्य में से कोई भी मंगल के साथ निकटतम नवांश में बैठा हो तो नेत्र में जाला, फूला अथवा कोई चिन्ह होता है भ्रुव के ऊपर मस्सा, पलकों में कुहेरी, अथवा कोई घाव आदि

होता हैं। लग्नेश, अष्टमेश दोनों छठे भाव में हों तो, छठे-आठवें सबल शुक्र हो तो, द्वितीयेश, द्वादशेश यदि गुलिक युत हो तो अथवा उनके नवांश अधिपति, अपने शत्रु की राशि में, नीच हो, अस्त हो तो, या शुक्र लग्न में या अष्टम-छटे भाव में पाप-शत्रु ग्रह से दृष्ट या युक्त तो आँख से पानी जाता है। व्ययेश-धनेश शुक्र से युक्त हो तो या शुक्र से छटे, आठवें, बारहवें (६-८-१२) हो तो नेत्र ज्योति क्षीण होती जाती है। शुक्र या लग्न से पांचवें स्थान में राहु सूर्य दृष्ट होने पर, अथवा चौथे स्थान का शनि पाप युक्त होने पर नेत्रों को निस्तेज बनाता है शुक्र और चन्द्रमा यदि निकटतम अंश पर एक साथ ६-८-१२ में बैठे हों तो मनुष्य को निशान्ध बताते हैं अथवा धनेश-व्ययेश दोनों सूर्य-शुक्र से युक्त लग्न में हो तो, शनि-मंगल को इन पर दृष्टि हो तो, द्वितीयेश, व्ययेश, शुक्र के साथ छटे, आठवें स्थान में हो तो नेत्र रोग अवश्य होता है। चन्द्रमा, मंगल लग्न में शुक्र गुरु से दृष्ट हो तो, सिंहस्थ चन्द्रमा सप्तम भाव में मंगल दृष्ट हो अथवा कर्कस्थ सूर्य सप्तम में भौम दृष्ट हो तो, अथवा ७-१२ स्थान में शुक्र क्षीण चन्द्रमा के साथ पाप दृष्ट हो तो मनुष्य आँख में, परवाल, चौव, जाला, फूला मोतियाबिन्द आदि होने के अतिरिक्त काना भी हो सकता है। बुध+शुक्र समीपी अंश पर (६-८-१२) त्रिक स्थान में स्थित हो तो रतौंधी आती है। लग्नेश यदि सूर्य+शुक्र के साथ ६-८-१२ भाव में बैठा हो तो मनुष्य जन्मांध होता है। यदि षष्ठेश, मंगल लग्न में हो या मंगल की राशि में हो या मंगल के साथ हो तो नेत्र रोग बचपन में अवश्य होता है। उपर्युक्त वर्णन पढ़ने से यह स्पष्ट हो जाता है कि शुक्र-सूर्य और चन्द्रमा जोकि ज्योति कारक ग्रह हैं धनेश्वर और व्ययेश जोकि नेत्रस्थ ज्योति हैं इसके अतिरिक्त दूसरा भाव, लग्न और बारहवाँ भाव नेत्र स्थान है यदि सबका सम्बन्ध ६-८-१२ भावों उनके अधिपतियों से किसी प्रकार भी, शत्रु, नेष्ट, अस्त, नीच, नीचास्त आदि का किसी प्रकार भी सम्बन्ध हो जाता है तो उपर्युक्त किसी भी प्रकार का नेत्र रोग हो सकता है।

नाक—जब मनुष्य की नाक के अन्दर किसी भी तरफ हड्डी बढ़ जाती है या बदगोस्त बढ़ जाता है तो मनुष्य को जुकाम की स्थाई शिकायत सी रहने लगती है जिस कारण नजला उत्पन्न हो जाता है। नजला यदि नाक द्वार से बह

जाय तो कुछ समय उपरान्त शान्ति आ आती है और यदि वह हलक में से उतरकर पेट की तरफ चलने का मार्ग बनाले तो पेट में आंव बनकर गुदा मार्ग से निकलता है जिसका वर्णन हम पेट के साथ करेंगे। यदि सूर्य, लग्न, दूसरे, छटे, सातवें अथवा आठवें भाव में हो और उसे मंगल देखता हो अथवा मंगल कथित भावों में हो और उसे सूर्य देखता हो तो, दूसरे, बारहवें भाव में राहु या केतु हो ये दोनों शनि या मंगल अथवा सूर्य से दृष्ट हो तो, छटे भाव का नीचांश या नीचोन्मुख चन्द्रमा उपर्युक्त पाप ग्रहों से दृष्ट हो तो नकसीर छूटने लगती है। मंगल के साथ सूर्य हो या सूर्य को मंगल या मंगल को सूर्य देखता हो तो नासिका में रक्त सम्बन्धी रोग उत्पन्न हो जाते हैं जिनमें पीनस रोग सबसे खतरनाक है इस रोग में सभी वस्तुओं से दुर्गन्ध आने लगती है। नाक के अन्दर फुंसियाँ हो जाती हैं उससे रक्त तथा राद (पस) आने लगती है उसे उस समय खाना पीना कुछ भी अच्छा नहीं लगता और नजले का जोर रहता है। यदि लग्नेश व्यय स्थान में पापांशक में चन्द्र से दृष्ट हो या अष्टम शनि योग से भी पीनस रोग हो जाता है।

मुंह—मुँह के प्रत्यक्ष रूप से दो रूप स्पष्ट दिखाई देते हैं जिनमें वाह्य रूप के अन्तर्गत, कपोल (गाल) ठोड़ी अधरोष्ठ आते हैं और आन्तरिक भाग के अन्तर्गत, तालुभाग, जिह्वा, स्वाँस नली, दोनों जबड़े तथा दन्तपंक्ति मसूड़े, कण्ठमाला आदि २ आते हैं जिनमें रोग उत्पन्न हो जाने से पीड़ा होती है इसके लिये कौन २ से ग्रह दोषी होते हैं उन्हें प्रत्यक्ष से देखना है।

राहु या केतु से युक्त बुध द्वितीयेश होकर छटे भाव में बैठे हों तो या ये सभी शत्रु पीड़ित राशियों में हों तो, अथवा लग्न या तृतीय भाव में पापी ग्रह, शनि दृष्ट हों तो, नीच, अस्त, नीचास्त ग्रह तीसरे, छटे, आठवें या बारहवें भाव में (त्रिकस्थान) हों मंगल या सूर्य से दृष्ट या युक्त हों तो, कनवर, टौन्सल, गदूद, कण्ठमाला रोग होते हैं। क्षीण सपाप चन्द्रमा इन रोगों में रक्त प्रवाह करता है यदि लग्न या दूसरे स्थान में पाप ग्रह बैठे हों और नीच का बुध उसे देखता हो तो जीभ में दोष उत्पन्न होता है।

यदि भाग्येश शुक्र लग्न या दूसरे भाव में पाप दृष्ट युक्त हो तो, या क्रूर ग्रह नवांश में बुध निर्बली हो, या सपाप धनेश को निर्बल बुध या बृहस्पति देखता

हो तो, लक्षणों से युक्त बोलने में अटकता है, इन मनुष्यों का मेष-वृष तथा धन राशि में से कोई भी लग्न केतु से युक्त मंगल-शनि से दृष्ट हो या सप्तमेश से दूसरे भाव में राहु या केतु हो, दूसरा भाव या छटा भाव या फिर दोनों ही के अधीश्वर पापाक्रान्त हों या फिर लग्न में केतु, सूर्य चन्द्र तथा शनि में से कोई ग्रह सातवें स्थान में गये हों तो मनुष्य अवश्य दन्तरोगी होता है। छठे भाव का स्वामी और बुध यदि लग्न में पाप दृष्ट हों तो जिह्वा रोग होता है। जिसके शनि नीच, शत्रु राशि का, चन्द्रमा या बृहस्पति अथवा दोनों ही ग्रहों से दृष्ट हो तो साँस नली में, भोजन-पानी की नली में रोग होता है और यदि इन नलियों के द्वारा रक्त आता हो तो समझना चाहिये कि सूर्य और मंगल में से किसी भी एक का अथवा दोनों ही क्रूर ग्रहों की दृष्टि-युति कोई न कोई दुष्ट सम्बन्ध अवश्य है।

गर्दन:—ग्रीवा, बाहरी कण्ठ और पृष्ठ भाग गर्दन का जो कि कन्धों से ऊपर और कानों के नीचे का भाग है आमतौर पर गर्दन या ग्रीवा कहलाता है। अक्सर सर्दियों की रात को गर्दन अकड़ जाती है नस पर नस चढ़ जाने से गर्दन शेर की तरह हो जाती है जो कि इधर-उधर नहीं घूम पाती है, किसी की गर्दन में लाल चिह्न होता है कण्ठ विकार, कण्ठ माला, कन्वर, बच्चों की हंसली चढ़ जाना, गदूद का बढ़ जाना, जिनका बाहरी रूप से स्पष्ट दिखाई देना, किसी भी प्रकार से गर्दन में लू, या ठण्ड के कारण दर्द हो जाना, गर्दन-तोड़ बुखार का चढ़ आना इत्यादि २ बीमारियाँ कहलाती हैं। यदि लग्न से तीसरे, ग्यारहवें घर में मेष राशि पर मंगल-सूर्य के साथ हो अथवा वृश्चिक राशिगत चन्द्रमा के साथ हो तो उपर्युक्त पीड़ाओं में से कोई भी पीड़ा हो सकती है। जिसके जन्मपत्र में मंगल और शनि जितने निकटतम अंश पर, लग्न, छठे और बारहवें भाव में बैठे हों तो कण्ठ माला, यदि ये दोनो ग्रह षष्ठेश मंगल, अष्ट मेश शनि लग्न में तीसरे ग्यारहवें भाव में होंगे तो अक्सर गर्दन में अकड़न, कन्वर, टौन्सिल गदूद आदि रोग होंगे यदि नीच राशिगत बुध तीसरे, छठे में उनके अधीश्वरों के साथ हो, मंगल, शनि से दृष्ट हो तो कण्ठ ग्रीवा रोग होता है। तीसरे और ग्यारहवें घर के पाप ग्रह अक्सर गर्दन के रोग उत्पन्न करते हैं। जिन बच्चों के सूर्य, शनि का दृष्टि-युतियोग

लग्न, दूसरे तीसरे भाव में हो अथवा मंगल का योग किसी प्रकार भी प्राप्त हो तो ऐसे जन्मपत्र वाले बच्चों की हसली अक्सर चढ़ जाती है नजर लग जाने से रोग उत्पन्न हो जाता है।

कन्धे:—यहाँ हम कन्धों से सम्बन्धित सभी अंगों का वर्णन इसलिये एक साथ कर देना चाहते है कि अलग २ वर्णन में पाठकों की समझ में यह भी न आ सकेगा कि अभी हम कहाँ का वर्णन पढ़ रहे थे और अभी कहाँ पहुँच गये हैं अतः कन्धों के जोड़ की सन्धि-हड्डी, पुट्ठे, भुजायें, हाथ, बगल, काँख, कोहनी, कलाई, कर, हथेली, कर पृष्ट, उँगलियाँ, अंगूठा, उनके नाखुन इत्यादि २।

जिस मनुष्य के जन्मपत्र में सूर्य-चन्द्रमा और शनि ये तीनों ही सम अंश पर छठे या आठवें भाव में एकत्रित बैठे हों तो निश्चय से हाथों में, कन्धों तथा पुट्ठों में पीड़ा होती है। शनि, राहु और मंगल छठें-आठवें स्थान में हों या मेष, सिंह, वृश्चिक राशि में शुक्र और शनि छठे-आठवें बैठे हों या फिर मंगल बुध बृहस्पति और शनि अष्टम स्थान में एकत्रित हों और शुक्र चतुर्थ भाव में हो तो हाथ में जबर्दस्त पीड़ा होती है और शल्य-चिकित्सा (operation) तक करानी पड़ती है। जब दशमस्थ चन्द्रमा, सप्तमस्थ मंगल से दृष्ट हो और सूर्य सहित शनि धन भाव में बैठा हो या लग्नस्थ नीच के चन्द्रमा को मंगल देखता हो या नीचस्थ चन्द्रमा मंगल के साथ लग्न में हो तो हाथ में पीड़ा होती है। यदि नीचस्थ मंगल से तृतीय-एकादश स्थान दृष्ट हो और वह स्थान पहले ही पाप-क्रूर ग्रह से आक्रान्त हो तो हाथ की सन्धि में पीड़ा करता है। लग्नेश मंगल लग्न में हो, शत्रु राशिगत छठे भाव में शनि हो अथवा अष्टम भाव पाप ग्रहों से युक्त हो या क्षीणचन्द्र राहु-केतु ग्रस्त सप्तम भाव में शनि दृष्ट हो तो हाथ के पुट्ठों जोड़ों सन्धियों में दर्द होता है यदि तीसरे ग्यारहवें भाव में नीच का मंगल शनि-सूर्य से जन्मपत्र या वर्षपत्र में दृष्ट युक्त हो तो, ककिहारी (फोड़ा फुन्सी) या चोट लगने से हाथ में पीड़ा होती है। यदि षष्ठेश मंगल. तीसरे या एकादश भावाधिपति के साथ उक्त स्थानों में बैठा हो तो हाथों में अनेक प्रकार के रोग हो सकते हैं शनि मंगल, + बुध सूर्य + शनि तृतीय स्थान में बैठकर कई रोग

उत्पन्न करते हैं विशेष कर हस्तसन्धि में। अष्टम शनि पापयुक्त या दृष्ट कुक्षिरोग उत्पन्न करता है।

इन सभी उक्त कथित बातों का तात्पर्य केवल यही है कि काल पुरुष विराट रूप के अंग विभाग अवयवों से जिस भाव के अन्तर्गत, जो राशियाँ, नक्षत्र, ग्रहादि विभक्त किये गये हैं यदि वे भाग, पाप-क्रूर ग्रहों से ग्रस्त हों या उनके भावेश, पाप-क्रूर ग्रहों से दृष्ट-युक्त हों या शत्रु राशिगत गये षष्ठेश, सप्तमेश, अष्टमेश, द्वादशेशादि अन्यान्य भाव में शत्रु ग्रहों से युक्त हों अथवा दृष्ट हों तो मनुष्यों को उन्हीं अंग अवयवों के अनुसार दर्द-पीड़ा और रोग होते हैं। किसी भी दुर्घटना से हाथ पैर में चोट आ जाना, अँगूठे में कामधेनु निकल आना, कच्चे नाखून का कट जाना और उसका पक जाना, वायु का ऐसा हाथ में दर्द होना कि हाथ का उठना ही दूभर हो जाना और एक कागज का भार भी हाथ में न संभाल सकना इत्यादि रोग लग जाना ये सभी रोग, शनि मंगल, गुरु बुध के समागम सहवास से होते हैं जिनका स्पष्ट तथा निर्दिष्ट वर्णन हम रोगों की यथाक्रम नामावली के साथ करेंगे।

छाती—इसको सीना, वक्ष भी कहते हैं जिसके अन्तर्गत पसलियाँ तथा हड्डियाँ भी होती हैं जिनमें ठण्ड लग जाने से बच्चों को हव्वाडब्बा, स्वाँस, निमोनियाँ, स्त्रियों के थनैलादि रोग उत्पन्न हो जाते हैं। वह तो अब तक सभी पाठक समझ गये होंगे कि चतुर्थ-पंचम, नवाँ और दसवाँ स्थान जन्मपत्र में, कर्क और सिंह राशिगत वक्षस्थल माना गया है अतः उपर्युक्त स्थानों में कर्क-सिंह राशियाँ हों या मेष का शनि, मीनराशि गत शुक्र अथवा कर्क या वृश्चिक राशि गत चन्द्रमा छाती में पीड़ा उत्पन्न करता है। जब पाप ग्रहों के साथ चन्द्रमा मंगल के नवांश में चतुर्थ भाव में निर्बली बैठा हो तो मनुष्य कफ से पीड़ा पाता है और ठण्ड लगते ही बच्चे हव्वाहव्वा और निमोनिया के आखेट बन जाते हैं और जब लग्न में सदोष शनि बैठा हो, नवम, पंचम स्थान में से किसी भी भाव में मंगल हो और ये दोनों ही क्रमशः हीन क्षीण चन्द्रमा अथवा नीच के शुक्र से दृष्ट हों तो मनुष्य की छाती में पीड़ा होती है। यदि चतुर्थेश नीच के अष्टमेश से युक्त-दृष्ट चतुर्थ भाव में हो,

अथवा चतुर्थ स्थान में सूर्य चन्द्रमा में से कोई भी ग्रह तुला-वृश्चिक राशि में नीच का बैठा हो तो हृदय सहित, छाती में पीड़ा होती है। सूर्य अथवा मंगल में से कोई भी ग्रह नीच का अथवा शत्रु राशि का नवम पंचम या चतुर्थ-दशम स्थान में निर्बली हो अथवा पापाक्रान्त हो तो मनुष्य को मंगल के कारण घाव और सूर्य के कारण आन्तरिक पीड़ा छाती में होती है और महिलाओं के बच्चों के नख विष द्वारा ही चदेला नाम का रोग आन्तरिक और वहिर दोनों प्रकार से हो सकता है। सूर्य के पापाकान्त चतुर्थ या दशम स्थान पर बैठने से और शनि के नीच अस्त नीचास्त शत्रुक्षेत्री उपर्युक्त भावों में पापाक्रान्त बैंठने से क्रमशः आन्तरिक हड्डियों तथा पसलियों में सूजन (वाम) चोटादि से पीड़ा हो सकती है। इसी प्रकार बुध के पापाक्रान्त इन स्थानों पर होने से त्वचा और नसों में रोग उत्पन्न हो सकता है। वृहस्पति के उपर्युक्त स्थानों में पापाक्रान्त रहने पर कलेजे में रुधिर प्रकोप की कई बीमारियाँ हो जाती हैं। पापाक्रान्त चन्द्रमा वर्षा ऋतु में विशेषकर छाती और मेदे में पीड़ा उत्पन्न कर देता है।

पेट—यह तो पिछले अध्यायों द्वारा सिद्ध ही हो चुका है कि सप्तम स्थान और तुला राशि पेट या उदर का प्रतीक है जब इनके साथ पापी-क्रूर ग्रहों का योग होता है तो पेट में विकार उत्पन्न होते हैं। जब जन्मपत्र या वर्षफल में राहु-केतु-सूर्य, शनि में से एक-दो-तीन अशुभ ग्रह एकत्रित हो जाते हैं तो मनुष्य के पेट में मन्दाग्नि, अपच, वायुगोला, शूल, गैस पीड़ा, नाभिडिगना, अतिसार, कब्ज रहना, रक्त-आँव के दस्त होना इत्यादि पीड़ायें जातक को होती हैं। यदि षष्ठेश, सूर्य, मंगल और शनि में से कोई भी ग्रह तृतीय भाव में बलहीन हो तो मनुष्य की नाभि अपने स्थान से विचलित हो जाने का रोग हो जाता है। मंगल से दृष्ट होने पर नाभिनाल हट जाने पर रक्त गुदा से जाने लगता है। लग्न में चन्द्रमा नीच का हो शनि-मंगल से दृष्ट हो तो उदर में रोग होता है शनि से दृष्ट होने पर जलोदर होने की सम्भावना रहती है। यदि शत्रु राशि गत वृहस्पति छठे घर में बैठा हो और नीच का मंगल अष्टम में हो तो मन्दाग्नि, अतिसार, कैन्सरादि रोग उत्पन्न करता है। यदि शुक्र नीच का पंचम या छठे स्थान में पापदृष्ट हो तो पेट में गड़बल रखता है।

यदि मंगल के घर का शनि या शनि के घर का मंगल छठे भाव में जन्मपत्र में बलहीन एक दूसरे से दृष्ट-युक्त बैठा हो और चन्द्रमा से केन्द्रत्व योग प्राप्त होने पर रक्त विकार सहित पेट में पीड़ा होती है। यदि लग्न में ग्रहण का चन्द्रमा या सूर्य, शनि से दृष्ट हो या षष्टेश पाप-क्रूरग्रह, सप्तम अष्टम स्थान में शत्रु राशि का हो तो या लग्नेश और चतुर्थेश, शत्रुग्रह, एक साथ शत्रु भाव में बैठे हों अथवा मंगल चतुर्थ स्थान में और शुक्र या चन्द्रमा सप्तम स्थान में मंगल दृष्ट हो तो उदर में पीड़ा होती है। यदि लग्न में वृश्चिक राशि गत सूर्य बैठा हो और स्वगृही मंगल छटे भाव में वृहस्पति से दृष्ट होने पर, उदर तथा हृदय दोनों में ही पीड़ा उत्पन्न करता है रक्तातिसार या संग्रहणी रोग को उत्पन्न करता है, शुक्र और चन्द्रमा के दूषित होने पर यदि वे शनि से दृष्ट भी हों या राहु के मंगल से युक्त सप्तम अष्टमष्ट स्थान में होने पर अथवा धातु जन्य ग्रहों के शत्रुगृही होने पर अथवा उनसे दृष्ट युक्त होने पर कमर में चन्का पीठ में अकड़न और सूर्य से केन्द्रत्व पाने पर रीढ़ की हड्डी में भी दर्द होने लगता है।

कूल्हे— नितम्ब, चूतड़, लिंग गुदा ये चारों ही वृश्चिक राशि के अन्तर्गत जन्मपत्र या वर्ष पत्र के सातवें आठवें भाव के अन्तर्गत आते हैं। जब कूल्हों में री-(बायु)साइटिका का दर्द हो तो समझना चाहिये कि शनि, राहु या केतु का प्रभाव उपर्युक्त भावों तथा भावेशों तथा राशीशों पर पड़ रहा है। यदि चूतड़ों में कोई बीमारी होती है तो मंगल स्वगृही सातवें-आठवें भाव में शनि या पापग्रह से दृष्ट है। राहु-केतु के दूषित होने पर अनेक प्रकार के रोगों के साथ-साथ विषैले जीव जन्तुओं के भी प्रकोप का भय रहता है। यदि शुक्र, सप्तम स्थान या लग्न में स्वगृही या शत्रुगृही चाहे जैसा भी बैठा हो बीस वर्ष की अवस्था तक स्वप्नदोष करने लग जाता है। वीर्य के अत्यधिक क्षीण हो जाने पर मनुष्य को वायु पीड़ा दबा लेती है जिस कारण मन्दाग्नि रोग पैदा हो जाता है। उसका जिगर कार्य नहीं कर पाता और वायु सम्बन्धी अनेक रोग उत्पन्न हो जाते हैं। इसी प्रकार सूर्य-शुक्र और शनि पंचम भाव में बैठकर उपर्युक्त रोग पैदा कर देते हैं यदि स्वगृही सप्तमेश मंगल को उच्च का सूर्य देखता हो तो सुजाक, गर्मी आतशक नामक रोग पैदा हो जाता है।

मकर का मंगल यदि नीच के शनि से दृष्ट हो तो उपर्युक्त रोग उत्पन्न हो जाते हैं। यदि मंगल और शनि लग्न में हों या बारहवें भाव में मंगल पाप ग्रहों के साथ या नीचका बैठा हो इसी प्रकार चतुर्थ भाव में मंगल, लग्न में शनि, सप्तम-अष्टम स्थान में से किसी भी भाव में राहु-केतु में से कोई भी हो तो अर्श (बवासीर) रोग होता है। उच्च का वृहस्पति यदि नवम दशम भाव में हो और किसी पाप ग्रह से दृष्ट-युक्त न हो तो मनुष्य कर्मकाण्डी होता है उसे अत्यधिक पूजा पाठ में बैठे रहने के कारण वात रोग के साथ-साथ अर्श रोग हो जाता है कहने का तात्पर्य यह है कि अत्यधिक शुक्र के क्षीण होने से अनेक रोग होते ही हैं किन्तु अत्यधिक वीर्य के एकत्रित हो जाने पर भी अर्श (बवासीर) पैदा हो जाती है निरोग रहने के लिये और लोकसिद्धि के लिये गीता में लिखा है—

युक्ताहार-विहारस्य युक्तचेष्टस्य कर्मसु।
युक्तस्वप्नावबोधस्य योगो भवति दुःखहा॥

इसलिये हठ पूर्वक इन्द्रियों को वश में करना रोग का कारण बन जाता है और मन को वश में कर लेने वाले मनुष्य की इन्द्रियाँ स्वतः ही उसके वश में हो जाती हैं और वह रोगों से मुक्त रहता है। जो मनुष्य काले हिरन बाघ, या शेर की खाल पर बैठकर भजन पूजा पाठ करते हैं उन्हें अर्शादि रोग नहीं सताते और वे अपने इष्ट दर्शन लक्ष को प्राप्त कर लेते हैं। उहें सात्त्विक भोजन करना चाहिये कम खाना कम सोना कम बोलना कम मुलाकात करना, शान्ति और सन्तोष रखना आरोग्य रहने का एक मात्र उपाय है।

जाँघ या जँघा—जिस प्रकार बगल में ककिहारी, जो कि एक प्रकार की फुन्सियाँ सी होती हैं, निकल आती हैं, उसी प्रकार जांघ के ऊपरी जोड़ में वध या प्लेग निकल आती है उसमें मनुष्य की मृत्यु तक हो जाती है। प्लेग एक ऐसी सरनी बीमारी थी कि जिसमें गाँव के गाँव और शहर के शहर समाप्त हो जाते थे गाँव उजड़ जाते थे शहर वीरान हो जाते थे किन्तु अब पचास वर्ष से इस बीमारी का नाम भी सुनाई नहीं देता। यह एक सामूहिक बीमारी है या थी जिसके लिये व्यक्ति विशेष दोषी नहीं ठहराया जा सकता

और न कोई ग्रह ही, फिर भी इससे जो तीव्र बुखार चढ़ता है और मुखाकृति बुखार की तेजी से तमतमा जाती है उसका एक मात्र कारण मंगल और सूर्य का दूषित होना है। यदि कर्क का मंगल लग्न में हो मकर का सूर्य सप्तम स्थान में हो अथवा तुला का सूर्य लग्न में हो मेष का मंगल सप्तम भाव में हो अथवा सूर्य मंगल अन्योन्य भाव में हों और शनि से दृष्ट हों तो प्लेग या वध नामक रोग होता है। घोड़े की सवारी करते हुये जाँघ की हड्डी का टूट जाना या कूल्हे का उतर जाना आदि यह सब सूर्य मंगल, राहु-केतु और शनि ग्रह के दूषित होने पर होता है। नीच-अस्त या नीचास्त बुध को यदि वृहस्पति देखता हो तो चोट खाल और चर्वी तक ही सीमित रहती है और मंगल से दृष्ट होने पर, रुधिर और हड्डी तक चोट पहुँचती है सूर्य से युक्त होने पर भी हड्डी तक वसय सूजन घाव तथा चोट पहुँचती है, बुध का प्रभाव सम्वेदन करने वाली नसों पर अधिक रहता है।

घुटने—जाँघ और पिंडली को जोड़ने वाला घुटना होता है। घुटने के ऊपर एक टिकली की तरह की हड्डी होती है जो कि कभी-कभी अपने स्थान से दबाव पाकर या टूटते समय अथवा किसी और तरह से हट जाती है तो बहुत ही दर्द होता है अथवा कभी,कभी उसके निचले जोड़ में अत्यधिक पीड़ा होती है जिसे गठिया का दर्द कहते हैं। इस गठिया की पीड़ा में मनुष्य सीधा चलना तो दूर रहा सीधा खड़ा भी नहीं हो सकता। ऐसी परिस्थिति में हमें देखना है कि ज्योतिष ग्रहादि क्या कहते हैं। कन्या और वृश्चिक राशियों का घुटनों पर पूर्ण अधिकार है और शनि-राहु-केतु इनके ग्रह हैं। इसलिये मकर-कुम्भ राशि भी अपना थोड़ा अधिकार रखती है जिस मनुष्य के जन्मपत्र में उपर्युक्त राशियों के अतिरिक्त यदि वायु राशियों से युक्त वृहस्पति लग्न में हो और सप्तम में शनि गया हो अथवा लग्न में शनि और सात, आठ और नवें स्थान में से किसी भी स्थान में मंगल हो या सूर्य हो अथवा नीचस्थ शनि से युक्त षष्ठेश, अथवा क्षीण या ग्रहण पूर्ण चन्द्रमा शनि से युक्त दृष्ट होने पर वात या गठिया रोग करता है। छै, सात और आठ भावेश शनि लग्न में हो या इन स्थानों में राहु-केतु बैठे हों तो घुटनों में पीड़ा होती है यदि इन ग्रहों को मंगल देखता हो तो घुटने की टिकली सरक जाती है।

यह योग वर्ष पत्र से भी अपना प्रभाव दिखाये बिना नहीं रहता। यदि लग्नेश बुध, छठे, सातवें आठवें भाव में शनि राहु-केतु से दृष्ट युक्त हो तो घुटनों में पीड़ा किये बिना नहीं रहता। राहु-केतु युक्त सूर्य लग्न में यदि मंगल या शनि से दृष्ट हो अथवा छटे सातवें और आठवें स्थान में क्रमशः मंगल, सूर्य और चन्द्रमा हो तो उपर्युक्त रोग अवश्य होते हैं।

पिण्डली—जब स्वतः ही पिण्डलियों में दर्द प्रारम्भ हो जाय तो समझना चाहिये कि पेट में आँव जमा हो गया है जिसके लिये नजला, जुकाम और खाँसी ही एक मात्र कारण है। जिसके जन्मपत्र या वर्ष फल में स्वगृही चन्द्र या शुक्र या दोनों ही नीच के लग्न, द्वितीय, चौथे, छठें, सातवें आठवें और बारहवें स्थान में बलहीन पड़े हों तो नजला पैदा होता है जो नजला बहकर हलक में उतर कर फेफड़ों में जम जाता है कफ का रूप धारण कर लेता है और जो वहाँ से भी उतर कर आमाशय की ओर चला जाता है वह आँव बन जाता है। यही आँव मन्दाग्नि रोग उत्पन्न कर देती है जिस कारण भोजन सुपच नहीं होता है कुछ समय पश्चात् भूख बन्द हो जाती है और पिण्डलियों में दर्द और भारीपन प्रतीत होने लगता हैं। यदि शुक्र सप्तम स्थान में नीच का हो अथवा क्षीण चन्द्रमा नीच का हो या फिर शनि वायु राशियों का होकर लग्न या सप्तम स्थान में क्रूर दृष्ट बैठा हो तो घाव द्वारा भी पीड़ा हो सकती है। कहने का तात्पर्य यह है कि चन्द्रमा शुक्र और शनि के अशुभ प्रभाव से पिण्डलियों में दर्द होता है और सूर्य मंगल के कुप्रभाव से चोट लगकर घाव या शल्य-चिकित्सा से पीड़ा होती है।

टखना :—ऐड़ी का ऊपरी भाग जिसमें पैर के दोनों तरफ हड्डी की गाँठें सी निकली रहती हैं, टखना कहलाता है। इनमें अक्सर पीड़ा हॉकी-टैनिस, करकन्दुक क्रीड़ा करने वाले युवकों तथा एथेलिस्टों के होती है क्योंकि वे कभी-कभी अपनी शक्ति से बाहर कार्य कर जाते हैं। अथवा किसी पशु के लात मारने से टखने में चोट लग जाती है। यह सब बातें उन्हीं मनुष्यों के होती हैं जिन्हें सूर्य मंगल-केतु का सम्बन्ध कुम्भ राशि में अथवा ग्यारह-बारह स्थान की सन्धिगत चलित चक्र में स्थित ग्रह हों। जिन मनुष्यों का जन्मपत्र में सूर्य सन्ध्या समय का हो, और उसे नीच का मंगल देखता हो, जिन

मनुष्यों का जन्म फरवरी, जून, अक्टूबरादि महीनों का हो, वृक्ष से गिर कर भी चोट लग सकती है। यदि केतु कुम्भ राशिगत शनि दृष्ट हो, युक्त हो, या फिर शनि, मेष राशिगत राहु से युक्त छठें-आठवें भाव में सूर्य या मंगल से दृष्ट हो, अथवा वृहस्पति अष्टम स्थानगत मकर का, बुध से दृष्ट हो तो वायु पीड़ा से टखना में दर्द हो सकता है। सूर्य, बुध और शुक्र छठें, सातवें, आठवें और बारहवें भाव में संयुक्त हों तो भी टखनों में वायु पीड़ा से गठिया आदि की बीमारी हो सकती है।

ऐंड़ी :—ऐड़ी में विवाई पीड़ा लोगों को बहुत सताती है किसी ने कहा है कि—जिसकी पैर न फटी विवाई । वह क्या जाने पीर पराई ॥ विवाई फटने की पीड़ा अधिकतर नंगे पैर रहने-चलने वालों को बहुतायत से होती है। यह कोई अकाट्य नियम तो नहीं है क्योंकि कभी-कभी उन लोगों के भी विवाई फटने की पीड़ा हो जाती है जो कि कभी भी नग्न पग नहीं चलते। कहने का तात्पर्य यह है कि क्या नग्न पग चलने वाले निर्धनों और ढके पाँव चलने वाले सेठों के एक से ग्रह-गोचर कार्य करते हैं कारण स्पष्ट है कि जिस प्रकार राजयक्ष्मा, हैजा, प्लेग, ज्वरादि समान रूप से आ सकते हैं तो विवाई भी समान रूप से फट सकती है। अब रही ग्रहों की समानता जो कि इस प्रकार है। ग्रीष्मऋतु में जब मंगल और सूर्य अपने पूर्ण ग्रीष्म विकाश पर होते हैं तो तप्त भूमि पर नग्न पद चलने वालों की ऐड़ियों में धूल-मिट्टी भर जाती है। पानी का आश्रय पाते ही वह पैरों में घाव बना देती है यदि नीच का चन्द्रमा ऊँच के सूर्य से दृष्ट हो, अथवा मंगल से युक्त दृष्ट हो या फिर शुक्र का मंगल से राशि का सम्बन्ध हो, अथवा शुक्र-चन्द्र दोनों का सूर्य या मंगल का द्विर्द्वादश हो तो ऐड़ी में विवाई फट जाती है। जिसकी असह्य पीड़ा में ज्वर तक आ जाता है।

पदतल :—जिन्हें तलुये भी कहा जाता है, इसके अन्तर्गत पैर का अँगूठा उँगलियाँ उनके नाखून, छोटी-छोटी वर्तुल हड्डियों के जोड़, ऊपरी नसें इत्यादि सभी वस्तुयें आती हैं। नीच का मंगल यदि सूर्य से दृष्ट हो या नीच का सूर्य, मंगल से दृष्ट युक्त हो तो हड्डियों में चोट के कारण पीड़ा होती है नीच का बुध यदि शनि और मंगल से दृष्ट हो तो पैर के ऊपरी खाल

तथा नसों में पीड़ा होती है। बृहस्पति और बुध का संगम रक्त सञ्चालन में रुकावट डालता है। केतु और शनि के संयोग में अपने ही हाथ से नाखून काटते समय कच्चा नाखून कटने से पक जाता है मंगल दृष्ट होने पर पस या राद पड़ जाती है। कभी-कभी फुटबाल खेलते अथवा हाकी का स्टिक लग जाने से पैर का अँगूठा और उँगलियाँ उतर जाती हैं ऐसी दशा में शनि यदि मंगल से दृष्ट जन्मपत्र या वर्षफल में पड़ा हो अथवा राहु या केतु में से कोई भी शनि-बुध दृष्ट हो तो पैर में कील-सूई, काँटा चुभने से पीड़ा होती है।

द्वितीय अध्याय

रोग लक्षण और ग्रहपीड़ा

ग्रह-रोग—पीड़ादि का ज्ञान प्राप्त करने से पहले हमें अपने स्थूल शरीर की रचना या बनावट का थोड़ा सा ज्ञान प्राप्त कर लेना चाहिये कि शारीरिक देवालय के अन्दर कारीगर ने किस प्रकार एक के अन्दर एक वस्तु का निर्माण कर किस प्रकार इस मानव शरीर कों चलता-फिरता महल मय डाक गृह बनाया है। इसके यन्त्र स्वत: ही एक चालू मशीन की तरह अपना-अपना कार्य सुचारु रूप से निरन्तर रात-दिन करते रहते हैं। फिर भी जंग लग जाने पर जिस प्रकार मशीन कार्य करना बन्द कर देती है, ठीक उसी प्रकार सफाई, भोजनादि की दुर्व्यवस्था होने पर मानव की आन्तरिक शक्ति क्षीण हो जाती है और वह बीमार पड़ जाता है। शरीर में जिस धातु की कमी हो जाती है वही अङ्ग कार्य करना छोड़ देता है। अत: उसी की थोड़ी सी जानकारी के लिये हम यहाँ शरीर रचना का थोड़ा सा आभास पाठकों को कराकर अपने निर्दिष्ट विषय की ओर अग्रसर होंगे। यद्यपि यह रोग उसके लक्षण, निदान और चिकित्सा का विषय पूर्णतया डाक्टरों का है। फिर भी यदि ज्योतिषी लोग इसको अपनाकर ग्रह-पीड़ा के साथ रोगों के लक्षण शास्त्रीय पद्धति के साथ बतायें तो डाक्टरों, वैद्यों और हकीमों के उपचार में पूर्ण सहायता मिल सकती है और यदि डाक्टर समुदाय ज्योतिष को

अपना कर यदि किसी मरीज के मर्ज या रोग की चिकित्सा करें तो शीघ्र ही रोगी को रोग से मुक्त कर सकते हैं। वशर्ते कि इलाज करने वाला केवल अर्थार्थी न हो। यह उपर्युक्त वाह्याडम्बर, निम्नांकित शरीर की वाह्यान्तर बनावट का आभास मात्र कराने के लिये लिखा जा रहा है ताकि पाठक सुगमता से इस बात को समझकर अपने मनोवांछित का लाभ उठा सकें।

एक खड़े या पड़े मानव या विहङ्गम दृष्टिपात करते ही हमें सिर, आँख, कान, नाक, मुँह, हाथ, पैर, शरीर, पिण्डादि दृष्टिगोचर होते हैं। इसके साथ-साथ सर्वप्रथम हमें मानव ख़ाल जिसे त्वचा कहते हैं दिखाई देती है। इसी त्वचा या खाल के नीचे चर्बी की झिल्ली होती है जिसके अन्दर रुधिर वाहिका तन्त्रिका सूत्र होते हैं जिनके नीचे ढकने वाली झिल्ली होती है जिसके अन्दर रक्त वाहिनी तन्त्रिकायें होती है इन तन्त्रिकाओं और हड्डियों के बीच एक और झिल्ली होती है और अन्त में हड्डियों का नर कंकाल जिनके अन्दर भी गूदा, मज्जादि भरा रहता है। इन सभी बातों का विशेष विवरण जानने के लिए डाक्ट्री, वैद्यकादि की पुस्तकें पढ़ना अत्यन्त आवश्यक हैं अतः इन उपर्युक्त बातों की जानकारी प्राप्त करने के पश्चात् अपने ग्रह-रोग विषय की ओर आकर पाठक गण ग्रहों के गुणकर्म स्वभाव के अनुसार, प्रथम खण्ड तृतीय अध्याय के अन्तर्गत आये विषय की निम्नांकित बातों को यथेष्ट रूप से स्मृत रखने की चेष्टा करेंगे तो निश्चय पूर्वक ग्रहों द्वारा उत्पन्न रोगों का पूर्ण ज्ञान प्राप्त करने में सफल हो सकेगें। यहाँ इतना कह देना मैं अत्यन्त आवश्यक समझता हूँ कि पुस्तक ज्ञान के अतिरिक्त व्यावहारिक ज्ञान भी अवश्य प्राप्त करना चाहिए जो कि अनुभव जन्य है। कभी-कभी अपने अनुभव से आगे बात अधिक सत्य होती है उन पुस्तकों के ज्ञान की अपेक्षा जो केवल अर्थलाभ के लिये इधर-उधर की पुस्तकों को पढ़कर दिला दी जाती है। अनुभवजन्य यथार्थ ज्ञान प्राप्त हो जाने पर जो कुछ भी लिखा जायेगा सदैव सत्य होगा कल्पना के आधार पर सत्यता की खोज करना व्यर्थ सा ही है। कुछ व्यक्तियों का पुस्तकें लिखकर जीवन यापन करना ही पेशा है जिसमें सत्यता कम होती हैं। ग्रहों को देखकर,

रोग लक्षण तथा शुभाशुभ फलादेश कहना तो प्राचीन प्रथा है ही किन्तु अर्वाचीन प्रथा मस्तिष्क की तिकड़म वाजी से, जातक की परिस्थिति जान कर उसके फल कहना है जिससे सदैव बचे ही रहना चाहिए।

अजीर्ण—दूध पीते बच्चों को अजीर्ण उनकी माता की बदपरहेजी से होता है अतः उनको चाहिए कि ऐसे पदार्थों का सेवन करें जिससे उनके दूध में स्निग्ध पदार्थ कम हों और बच्चे को दूध सुचारु रूप से पच सके। फिर भी मंगल और सूर्य के सप्तम स्थान में बैठने पर या लग्न में होने से अथवा चन्द्रमा की कुदृष्टि होने पर यह रोग अक्सर बच्चों को हो जाया करता है। युवकों को अजीर्ण, अलाय, बलाय खाते रहने पर, शुक्रस्राव अधिक हो जाने पर मन्दाग्नि हो जाती है और अपच रहने लगता है जिस कारण भोजन नहीं पचता भूख बन्द हो जाती है शरीर दुर्बल हो जाता है। ऐसी दशा में समझना चाहिए कि सप्तम या लग्न में शुक्र मंगल या वृहस्पति से दृष्ट है अथवा चन्द्रमा की कुदृष्टि का प्रकोप है सप्तम या लग्न के चन्द्रमा को सूर्य, मंगल, गुरु या शनि देखता हो या फिर उपर्युक्त स्थानों के चन्द्रमा को राहु-केतु देखते हों ऐसी अवस्था में पूजनीय ग्रह की पूजा से आरोग्यता प्राप्त हो जाती है।

अतिरज—अधिक रजः स्राव हो जाने से स्त्रियों को मिचली, वमन, मूर्छादि के हो जाने से जीवन शक्ति का ह्रास होने लगता है अथवा ऋतु बन्द हो जाने पर भी यह रोग हो जाता है ऐसी अवस्था में समझना चाहिए कि मंगल और शुक्र-चन्द्रमादि ग्रहों का प्रकोप है। यदि जन्मपत्र में चतुर्थ या द्वादश स्थान में मंगल बली हो और शुक्र या चन्द्रमा सप्तम स्थान में बली-निर्बली अथवा शत्रु घर का ही क्यों न हो तो उपर्युक्त रोग महिलाओं को अक्सर हो जाता है। हो सकता है बच्चा पैदा होते समय शल्य चिकित्सा करानी पड़े ऐसी दशा में मंगल, शुक्र और चन्द्रमा पूजनीय ग्रह रहते हैं।

अतिसार—बच्चों को शिशुकाल में अतिसार का होना प्रथम तो माता की खान पान की बदपरहेजी से होता है दूसरे दांत निकलते समय अक्सर अतिसार होते हैं जो कि माता के परहेज से रहने पर अथवा छोटे-छोटे उपचारों से ही दूर हो जाते हैं। अब रहे युवकों, युवतियों तथा

बृद्धों के अतिसार जो कि बढ़ जाने पर संग्रहणी का रूप धारण कर लेते हैं आँतों में घाव कर देते हैं और उनका ही विशद रूप आँतों का राजयक्ष्मा, टी. वी या क्षय आदि का कारण बनकर जीवन समाप्त तक कर देता है। जिस मनुष्य के जन्मपत्र में सूर्य शनि मंगल बुध चतुर्थ स्थान में बैठे हों उसकी जवानी में यह रोग उत्पन्न हो जाता है यदि समय पर डाक्ट्री सहायता न प्राप्त हुई तो क्षय रोग उत्पन्न हो जाता है। मन को वश में किये बिना हठ पूर्वक इन्द्रियों को वश में करने वाले व्यक्तियों को स्वप्नदोष द्वारा मन्दाग्नि जिगर में खराबी किसी को तिल्लीं बढ़ जाने से कभी अजीर्ण कभी अतिसार और कभी रक्तातिसार प्रारम्भ हो जाते हैं। ऐसी अवस्था में शुक्र, वीर्य क्षय के लिये और मंगल रक्तातिसार के लिए दोषी होता है। डाक्ट्री या वैद्यक इलाज के साथ-साथ जो मनुष्य सूर्य, मंगल, शनि शुक्रादि ग्रहों का उपचार कर लेते हैं शीघ्र ठीक हो जाते हैं और जो केवल चिकित्सा पर ही निर्भर रहते हैं वे कभी ठीक हो जाते हैं तो फिर कुछ समय पश्चात् अस्वस्थ हो जाते हैं मरणपर्यन्त यही क्रम चलता रहता है। ज्योतिषी को यथेष्ट रूप से विचार कर ग्रह उपचार का अनुष्ठान करना चाहिये। लग्न में राहु बुध और सातवें भाव में शनि मंगल हो तो अतिसार रोग होता है।

अनिद्रा—यह एक मस्तिष्क सम्बन्धी रोग है जो अत्यधिक पढ़ने से, तथा धतुरा, मदिरा, मांसादि नशीली मादक बस्तुओं के अधिक प्रयोग से हो जाता है। इसका रोगी सारी-सारी रात जागकर काट देता है नींद न आने से शरीर पीला पड़ जाता है और बहकी बहकी बातें करने लगता है। जिस ममुष्य के जन्मपत्र में लग्न से सप्तम में नीच का चन्द्रमा राहु केतु युक्त हो या लग्न में शनि नीच सूर्य से दृष्ट हो, अथवा सूर्य चन्द्रमा लग्न में सप्तम स्थान में नीच के शनि या मंगल से दृष्ट युक्त हों तो अनिद्रा रोग हो जाता है।

अफरा—जिस मनुष्य के लग्न से सप्तम स्थान में राहु या केतु बैठा हो, या शनि लग्न में चन्द्रमा सप्तम स्थान में हो अथवा चन्द्रमा लग्न में शनि सप्तम स्थान में हो तो अफरा रोग होता है।

अर्बुद (ट्यूमर)—यह एक प्रकार का मस्सा होता है जो कि शरीर के किसी भी भाग में हो सकता है जैसे कान में, नाक में, मुह में, छाती में, गुदा में इत्यादि इत्यादि कहीं भी हो सकता है। इसके लिए यह आवश्यक है जो अर्बुद मुखाकृतिपर होते हैं उनमें कई तो सूर्य के अशुभ होने से होते हैं कितने ही मंगल के उग्ररूप धारण करने से होते हैं। जिस मनुष्य के लग्न में नीच का मंगल हो चतुर्थ स्थान में शनि हो अथवा वृष लग्न गत मंगल और शनि, सूर्य से दृष्ट हो तो सिर में, चन्द्रमा से दृष्ट हो तो मुख के अन्दर, तृतीय स्थान में मिथुन का वृहस्पति, अपने शत्रु ग्रह से दृष्ट हो तो बगल में, कन्या का शुक्र यदि छठे भाव से मंगल से दृष्ट हो तो पेट के अन्दर और यदि वृश्चिक राशि का मंगल सप्तम या अष्टम स्थान में सूर्य से दृष्ट हो तो गुह्य स्थान में अर्बुद होता है। शनि मंगल के लग्न में होने या यदि वे बुध से दृष्ट हों तो शरीर में कहीं भी छोटे-छोटे व दर्द बेर्बुद हो जाते हैं।

अर्श—जिन मनुष्यों के जन्मपत्र में मंगल, लग्न, चौथे, सातवें, आठवें और बारहवें (१,४,७,८,१२) स्थान में होता है उनको अर्श (बवासीर) अक्सर २८ वर्ष के बाद हो जाया करती हैं कई आचार्यों ने लिखा है यदि उपर्युक्त स्थानों में शनि राहु हों तो भौम (मंगल) के दोष का निवारण हो जाता है किन्तु बली मंगल अपना प्रभाव नहीं छोड़ता और अर्श रोग हुए बिना नहीं रहता है। जिनके जन्मपत्र में अष्टमेश सप्तम स्थान में पाप ग्रहों के साथ स्थित हो और किसी भी शुभ ग्रहों से दृष्ट न हो अथवा स्वयं ही मंगल, भाग्य स्थान में वृश्चिक राशि का हो या शनि लग्न में सप्तम स्थान में मंगल हो या द्वादश भाव में शनिश्चर, मंगल और लग्नेश बैठे हों या सप्तम स्थान को मंगल और लग्नेश देखते हों तो अर्श रोग होता हैं। बारहवें भाव में शनि, यदि मंगल या राहु दृष्ट हो या लग्नेश, चतुर्थ या बारहवें भाव में मंगल बुध से युक्त हो या मंगल, बुध और क्रूर ग्रह लग्नेश छठें भाव को देखते हों, सपाप षष्ठेश अष्टम स्थान में बैठकर गुह्य स्थान में रोग करता है यदि लग्नेश, मिथुन-कन्या राशि में छठे, सातवें, आठवें घर में, बुध से ही दृष्ट हो तो गुप्त स्थान में रोग होता है। लग्न में शनि और सप्तम स्थान में मंगल अथवा दोनों अन्योन्य स्थान में हो, केन्द्र गत शनि को मंगल

देखता हो अथवा केन्द्रगत मंगल को शनि देखता हो तो कुहू-पूर्णिमावसान लग्न में सूर्य चन्द्र और मंगल में से तीनों अथवा दो ग्रह एकत्रित हों अथवा चन्द्रयुक्त मंगल अथवा मंगल युक्त शनि अष्टम स्थान में हों या सूर्य मंगल और शनि तीनों सप्तम स्थान में हों तो भगन्दर रोग या बवासीर अवश्य होता है।

आधाशीसी दर्द—यह दर्द मनुष्यों के अथवा महिलाओं के हो जाया करता है। आधे सिर में दर्द रहने के कारण ही यह आधाशीसी दर्द कहलाता है। यह दर्द सूर्योदय से आरम्भ होता है और जैसे-जैसे सूर्य का प्रकाश बढ़ता जाता है यह दर्द भी बढ़ता जाता है और दिन के ढलने पर सिर दर्द भी कम होने लगता है। रोजाना का यही क्रम रहता है। जिसके लग्न में उच्च का सूर्य मंगल युक्त हो और शनि उसे पूर्ण दृष्टि से देखता हो अथवा नीच राशि गत शनि लग्न गत हो और उसे नीच का सूर्य देखता हो अथवा नीच राशि का सूर्य लग्न में हो और उसे नीच का मंगल देखता हो या लग्न गत राहु-केतु में से कोई हो उसे नीच का शनि, नीच का मंगल या नीचांश गत गया हुआ कोई भी ग्रह देखता हो तो आधाशीसी का दर्द अवश्य होता है।

आँख की बीमारी—मेष, वृष मिथुन राशि लग्न में हों, दूसरे हों या द्वादश भाव में हों तो आँखों में बीमारी होती है। इन तीनों राशियों का, उपर्युक्त तीनों भावों में होना साथ ही, सूर्य, मंगल और शनि इन तीनों ग्रहों का इन ही भावों में होना आँख में रोग उत्पन्न करता है। जिस मनुष्य के धन और द्वादश स्थान में पापग्रह सबल बैठे हों या लग्न के नवांश में स्थित हों तो उसको नेत्र रोग होता है। सूर्य चन्द्रमा शुक्र इन तीनों में से कोई भी अथवा तीनों ही नीच राशिगत हों अथवा दूसरा और बारहवाँ भाग उपर्युक्त राशि युक्त नीच ग्रहों से दृष्ट हो तो अवश्य नेत्र रोग होता है। यदि शुक्र नीच हो अस्त हो नीचास्त हो वृष या तुला राशि, दूसरे या द्वादश भाव में हो तो निश्चय ही बचपन में आँखें दुखती हैं और अपनी या राहु में शुक्रान्तर या सूर्य में शुक्रान्तर होने पर अथवा अपने शत्रु की दशान्तर्दशा में जाला, फूला, मोतियाविन्द आदि हो जाते हैं यदि यही शुक्र मंगल से दृष्ट हो तो शल्य चिकित्सा (Operation) करानी पड़ती है। सूर्य और चन्द्रमा

में से कोई भी नीच का ग्रह लग्न में बैठा हो और उसे कोई भी सबल शत्रु ग्रह देखता हो तो नेत्र रोग अवश्य होता है। दूसरे-बारहवें स्थान में पापग्रह हों, पाप क्रूर ग्रहों के साथ यदि सूर्य ५-९-१२ स्थान में हों या शुक्र उपर्युक्त स्थानों में हो या फिर शुक्र राशियां इन स्थानों में हों या सूर्य चन्द्रमा वक्री ग्रह की राशियों में पाप या नीचके ग्रहों से दृष्ट हो या फिर चन्द्रमा और मंगल अत्यन्त समीप के एक ही नवांश में बैठे हों या स्वक्षेत्री या मंगल क्षेत्री बुध को यदि मंगल देखता हो या फिर लग्नेश और अष्टमेश, छठे भाव में बैठे हों या शुक्रदेव छठे आठवें भाव मे बैठे हों या गुलिक युक्त, शनि-मंगल दूसरे या बारहवें भाव में बैठे हों या दूसरे बारहवें भावाधिपति के नवांशपति पापग्रह की राशि में हों या धनेश का शुक्र से योग होना भी नेत्र रोग उत्पन्न करता है। सूर्य-चन्द्र दोनों ही सिंह राशि के लग्न में हों और मंगल-शनि उसे देखते हों या फिर द्वितीयेश, द्वादशेश, शुक्र युक्त छटे भाव में हो तो नेत्र रोग अवश्य होता है। मंगल और चन्द्रमा लग्न में गुरु-शुक्र से दृष्ट हो या सिंह राशिगत सप्तम भाव में चन्द्रमा यदि मंगल दृष्ट हो या कर्क राशि गत सूर्य सप्तम भाव में मंगल दृष्ट हो अथवा चन्द्र-शुक्र युक्त दूसरे बारहवें अथवा सातवें स्थान में हो तो अवश्य नेत्र रोग होता है।

आँतों की बीमारी—आँतों की बीमारियाँ जानने से पहले आँत क्या वस्तु है इसका जानना अत्यन्त आवश्यक हो जाता है। आँत दो तरह की होती है एक बड़ी जिसकी लम्बाई कण्ठ से गुदा तक होती है और इससे जुड़ी हुई कई छोटी आँतें होती हैं। आँत का उतर जाना हार्निया (Hernia) कहलाता है। बड़ी आँत और छोटी आँतों के सन्धि स्थानों पर अर्बुद (टयूमर) अल्सर कैन्सर तथा और भी बहुत से भयंकर रोग हो जाते हैं। अब देखना यह है कि ये रोग सभी को क्यों नहीं होते किसी-किसी को ही क्यों होते हैं इसका कारण स्पष्ट है कि जन्मपत्र में जिसके कन्या राशि का प्रधानत्व हो और लग्न हो अथवा छटे, सातवें अथवा आठवें स्थान में सपाप बैठी हो अंक विद्यानुसार भी ६ नम्बर आँतों का ही स्वामी माना जाता है जिसका स्वामी बुध देवता है, बुध का शत्रु चन्द्रमा है अतः बुध की कन्या राशि का चन्द्रमा और चन्द्र-राशि कर्क में बुध दूषित प्रभाव वाले होते हैं इसी प्रकार सूर्य-शरीर, राहु-

केतु और चन्द्रराशि कर्क में बुध दूषित प्रभाव वाले होते हैं। इसी प्रकार सूर्य-शरीर, राहु-केतु भी अन्योन्याश्रय या दूषित प्रभाव वाले हो जाते हैं। जिस जगह शल्य चिकित्सा होती है वहाँ मंगल का प्रभाव प्रधान होता है जिसका स्पष्टी करण इस प्रकार से है—कन्या लग्न वाले मनुष्य के लग्न में यदि चन्द्रमा हो और उसे मंगल देखता हो तो निश्चय ही गले या कण्ठ में कोई न कोई बोमारी होगी और उसका ऑपरेशन कराना पड़ेगा। बुध की राशि का शनि मंगल लग्न में होने से गले या गुदा में बीमारी करता है या दोनों ही स्थानों में रोग उत्पन्न करता है और राहु-केतु के दृष्ट-युक्त होने पर लम्बी बीमारी के बाद ऑपरेशन कराना पड़ता है। धन राशि का लग्न में राहु, वृष राशि गत छठे भाव में गुरु और अष्टम भाव में कर्क का मंगल या शनि आँतों का कैंसर उत्पन्न करता है। अथवा द्वादश भावस्थ बुध की राशि का चंद्रमा राहु, वृश्चिक राशि गत सूर्य बुध, शत्रु राशिगत तुला का मंगल अपने शत्रु शुक्र के साथ, वृहस्पति दृष्ट, छठा भाव ये सबही कैंसर को उत्पन्न करनेवाले ग्रहयोग हैं। कन्या राशि का चन्द्रमा लग्न या सप्तम भाव में हो बुध-सूर्य से दृष्ट हो राहु मंगल अथवा मंगल शनि छठे या आठवें भाव में हों या फिर छठा स्थान, सातवाँ आठवाँ अथवा द्वादश भाव गुरु से पूर्ण हो तो हार्निया रोग होता है और यदि इन्हीं उपर्युक्त योगों में मंगल का दूषित प्रभाव सम्मिलित हो जाय तो अल्सर नामक रोग उत्पन्न हो जाता है। कन्या राशि अथवा बुध, छः, सात, आठ, बारह अथवा लग्न में स्थित कर्क के मंगल से दृष्ट या युक्त हो तो शल्य चिकित्सा करानी पड़ती है और शनि राहु-केतु से दृष्ट-युक्त होने पर अन्दर ही अन्दर लम्बी बीमारी भुगतनी पड़ती है कष्ट अधिक होता है। आँतों का उलझ जाना, बड़ी आँत से छोटी आँतों का पृथक् हो जाना इत्यादि-इत्यादि लक्षण भी आँतों की बीमारी के ही हैं। कर्क लग्न में शनि केतु, कन्या में बुध सूर्य, तुला में शत्रु राशि का व सप्तम स्थान में मकर का चन्द्रमा राहु और दशम में वृष राशिगत वृहस्पति तथा सिंह राशि में शुक्र शत्रु राशि का अल्सर के प्रत्यक्ष प्रमाण हैं। इनके अतिरिक्त भी और कई प्रमाण विद्वानों को प्राप्त होंगे जो कि भाव परिस्थिति के अनुसार बिलकुल ठीक कहे जा सकते हैं।

इन्फ्लुएञ्ज़ा—यह एक ऐसी बीमारी है कि जिसके नाम से ही आदमी

भयभीत हो जाते हैं सुनने में यही आया है कि पहले इस बीमारी से सहस्रों मनुष्य अपने प्राणों से हाथ धो बैठे हैं जिसका आतंक किम्वदन्तियों द्वारा आजतक भारतीय जनता के हृदय में बैठा हुआ है किन्तु इस वैज्ञानिक युग में इन्फ्लूएञ्जा नाम की कोई बीमारी नहीं रही। नजला, जुकाम और खाँसी इस बीमारी के प्रधान लक्षण हैं। गोचर और वर्ष फल के द्वारा भी इसका दूषित प्रभाव सहज ही प्राप्त हो जाता है। यह बीमारी अक्सर उन युवकों को विशेष रूप से होती है जिनकी शादी यथा समय नहीं होती और जबर्दस्ती का ब्रह्मचर्य धारण करते रहते हैं। देर से विवाह करने वालों को यह रोग लग जाता है। जिसके जन्मपत्र में सप्तम स्थान शनि मंगल से दृष्ट हो अथवा शुक्र नीच हो, अस्त हो अथवा नीचास्त हो, चन्द्रमा नीच हो, अस्त हो अथवा नीचास्त हो शनि से दृष्ट हो, शुक्र लग्न में, चन्द्रमा सप्तम में या एक दूसरे के विपरीत या ये दोनों ही अथवा चन्द्रमा ही राहु केतु से युक्त हो तो वीर्य के विकृत होने पर यह रोग दुरा ग्रह से हो जाता है। इसी में शीत का प्रकोप हो जाने पर मनुष्य को बुखार भी चढ़ जाता है। शरीर में विकलता या बेचैनी बढ़ जाने से दड़का हो जाती है और मनुष्य नाक सिनकते-सिनकते परेशान हो जाता है।

उन्मत्तता—इसका दूसरा नाम पागलपन है इसका सम्बन्ध मन मस्तिष्क बुद्धि तथा वाणी से है जिनके कारकों, भावों, स्थानों, ग्रहों आदि की दृष्टि-युति पर विशेष ध्यान देना होगा। जिस मनुष्य के जन्मपत्र में सपाप चन्द्रमा राहु सहित सूर्य से युक्त हो और तीसरे स्थान में स्थित गुरु, मंगल और शनि हो या सपाप चन्द्रमा राहु युक्त द्वादश भाव में हो और अष्टम भाव में दो शुभ ग्रह कम से कम हों या फिर लग्न, पञ्चम, नवम स्थान में सूर्य-चन्द्रमा हों, शनि-गुरु केन्द्रस्थ उन्हें देखते हों या शनि, मंगल लग्न में हों दशम बुध मीन राशिगत हो छठे भाव में चन्द्रमा सौम्य ग्रहों से दृष्ट युक्त न हो तो मनुष्य की बुद्धि में उन्माद होता है। केन्द्र में नीचस्थ चन्द्रमा बुध से दृष्ट हो, नीच या शत्रु राशि का शनि, राहु-केतु युक्त हो मंगल से दृष्ट हो, या छै. आठ-बारह भाव में बुध राहु या शनि से युक्त हो, अमा-वस्या का चन्द्रमा शनि दृष्ट समीपस्थ अंशों पर हो लग्न में शनि सप्तम नीच के

मंगल से दृष्ट हो या व्यय में सूर्य, पंचम-नवम में चन्द्र मंगल साथ हो, या शनि द्वितीयेश पाप ग्रह से युक्त हो, या चन्द्रमा या शुक्र पाप दृष्ट-युक्त, नीचास्त अथवा शत्रु राशिगत लग्न छठें और सातवें भाव में हो तो, मनुष्य को उन्माद होता है। लग्न में नीचस्थ चन्द्रमा आदि क्रमशः सूर्य मंगल और शनि से दृष्ट हो, या पञ्चम भाव में गुलिक शनि योग शुभ दृष्टि रहित हो, या पञ्चमस्थ शनि लग्नेश को देखता हो, या पाप दृष्ट सूर्य और गुलिक दूसरे घर में हो और तृतीयेश शनि से युक्त हो तो मनुष्य पागल सा होता है।

एक्जिमा—यह एक प्रकार का चर्म रोग है जिससे हाथ-पैर, मुँह, कान, लिंग आदि के पोरूओं के फटने से घाव से हो जाते हैं और कहीं-कहीं दाने से पड़ जाते हैं। इन दानों से दुर्गन्धपूर्ण पानी सा बहता है और विकृत होने पर पीप बनकर बहने लगता है। मुँह गत मुहासे भी एक्जिमा के अन्तगत आते हैं और अण्डकोषादि में भी एक्जिमा के दाने दिखाई देते हैं। दाद के चकत्ते पड़ जाना भी इसी का अङ्ग समझा जाता है। यदि तुला राशि का सूर्य बुध के साथ लग्न में हो और उसे वृहस्पति देखता हो, या फिर द्वितीय भावगत जल राशिगत चन्द्रमा शनि दृष्ट होने पर उपर्युक्त रोग होता है। सप्तम स्थान में यदि कर्क, वृश्चिक, मीन राशिगत चन्द्रमा, शनि मंगल से दृष्ट या युक्त हो, अथवा सूर्य, चन्द्र, मंगल बुध ये चारों सप्तम स्थान में हों, या फिर लग्नगत राहु, चन्द्रमा, शनि या मंगल या दोनों से ही दृष्ट हो अथवा वृष लग्न हो या मिथुन-कर्क-वृश्चिक-तुला-कुम्भ राशियों में लग्नेश हो और चतुर्थ स्थान में शनि हो तो मनुष्य दाद रोग से पीड़ित होता है।

अण्डकोष की बीमारियाँ—अण्डकोष में होने वाली अनेक बीमारियाँ हैं जैसे—दाद होना, अण्डकोष का सूज जाना, उनमें जल भर जाना, उनका फूलकर बढ़ जाना, जिससे मनुष्य चलने तक में बेचैनी महसूस करता है। यदि राहु लग्नगत मंगल से दृष्ट हो या फिर राहु छठें, सातवें या आठवें भाव में हो तो क्रमशः बायाँ-दायाँ और दोनों ही अण्डकोष में रोग लगता है, सूज जाते हैं अथवा खेल-कूद में चोट लगती है। यदि यही राहु-केतु जलचर राशि के होकर, शुक्र या चन्द्रमा से दृष्ट हों तो फोतों में पानी भर

जाता है जिससे तकलीफ होती है। जलचर राशि का चन्द्रमा लग्न, छठें, सप्तम, अष्टम या बारहवें भाव में, जलराशीश से दृष्ट हो, अथवा कर्क का वृहस्पति छठे भाव में और शुक्र अष्टम भाव में राहु दृष्ट युक्त हो तो अण्डकोष की बीमारियाँ होती हैं। जलचर राशिगत शुक्र लग्न में हो और जलचर राशि गत चन्द्रमा अष्टम भाव में हो जो कि शनि, राहु-केतु में से किसी एक से भी दृष्ट युक्त होने पर भी उपर्युक्त बीमारियाँ उत्पन्न करता है। अण्डकोष वृद्धि की किसी भी प्रकार की बीमारियों में शुक्र, चन्द्रमा, राहु-केतु और शनि का ही विशेष दोष जानना चाहिये। यदि लग्न में राहु-शनि बलवान हों, चन्द्रमा, मंगल और शुक्र, कुम्भ राशि के अष्टम भाव में हो, या लग्नेश नवांश स्वामी यदि राहु, मंगल, शनि गुलिक से युक्त हो, शनि त्रिकोण में राहु युक्त हो और ये दो षष्ठेश या अष्टमेश से दृष्ट हों, या मेष-वृश्चिक राशिगत मंगल, शुक्र या गुरु या शनि से दृष्ट हो तो अण्डकोष वृद्धि योग होता है।

कटिबात या कमर दर्द—यह रोग वृद्धावस्था में तो शायद सबही को हो जाता है। किन्तु जिनको बचपन तथा यौवन में दर्द होता है, उनके ग्रहों को देखना है कि वे कैसे होते हैं। जो कि अचानक दर्द से पीड़ा को प्राप्त होते हैं। जिन मनुष्यों का कन्या लग्न होता है और उसमें बुध बैठा हो या छठें, सातवें, आठवें स्थान में बुध-शनि युक्त हो अथवा इन स्थानों में राहु-केतु हो या लग्न में शनि, मंगल, राहु-केतु में से कोई ग्रह हो और लग्नेश छठें, आठवें भाव में पाप दृष्ट युक्त हो, या लग्न में स्वगृही शनि और छठें, आठवें भाव में राहु या केतु हो, निर्बल, नीच अथवा क्षीण चन्द्रमा-शनि युक्त हो तो, लग्नस्थ गुरु शनि दृष्ट हो तो, षष्ठेश यदि नीचास्त शनि से युक्त हो तो, क्षीण चन्द्रमा लग्न छठें, अष्टम भाव में पाप दृष्ट हो तो, बुध, चौथे-दसवें स्थान में नीच का शुक्र के साथ हो तो कटिवात अवश्य होता है। जिसके त्रिक स्थान में मंगल, लग्न में शनि और क्षीण चन्द्रमा हो उसको वातज रोग होता है।

कब्जियत—लोगों का यह कहना है कि गरिष्ठ भोजन करने, अधिक पकवान खाने, समय-असमय भोजन करने से पेट में कब्ज हो जाता है किसी हद तक यह बात बिल्कुल ठीक ही है किन्तु देखने में आया है कि इस प्रकार

से भोजन करने वाले बड़े-बड़े पहलवान हुये हैं और वह लोग जो बड़े ही परहेज से रहते हैं सदा नियमित भोजन करते हैं फिर भी कब्ज से बीमार रहते हैं आखिर ऐसा है क्यों? कारण स्पष्ट है कि ज्योतिष शास्त्र कहता है कि जब मनुष्य के जन्मपत्र में लग्न में शनि हो, या राहु-केतु में से कोई भी ग्रह हो तो पेट में शैशव से ही कब्ज रहता है। शुक्र के अधिक क्षीण हो जाने पर पेट में कब्ज रहने लगता है। नीचास्त शुक्र यदि चौथे, छठें, सातवें, आठवें और दशवें स्थान में हो और वह शत्रु ग्रह से दृष्ट हो तो भी पेट में कब्ज रहने लगता है। त्रिक स्थानों में पाप ग्रहों का होना कब्ज की निशानी है। शुभ ग्रहों के शत्रु राशियों में बैठकर अशुभ ग्रहों भावों को देखने पर भी पेट में कब्ज होकर मन्दाग्नि हो जाती है।

कण्ठमाला—यह एक गले में होने वाली बीमारी है। कण्ठ में गाठें पड़ जाती हैं जिनमें कुछ पित्त और कुछ जल भर जाने से उत्पन्न होती हैं और वे माला के दानों की तरह कण्ठ में दृष्टिगोचर होने लगते हैं शायद इसीलिये इसे कण्ठमाला नाम दिया गया है। अब देखना यह है कि ज्योतिषशास्त्र या ग्रह नक्षत्र से भी इसका कोई सम्बन्ध है या नहीं, तो देखने में अधिकतर यही आया है कि उच्च (मेष) और स्वगृही (सिंह) सूर्य के साथ यदि लग्नेश (६-८-१२) त्रिक स्थानों में बैठा हो तो दाह युक्त पित्त कण्ठमाला होती है इसी प्रकार यदि चन्द्रमा उच्च या स्वगृही (२-४) का लग्नेश के साथ (६-८-१२) में वृहस्पति या शुक्र दृष्ट हो तो जलपूर्ण कण्ठमाला हो जाती है। यदि लग्नेश, षष्ठेश और चन्द्रमा ये तीनों एकत्रित होकर (६-८-१२) भावों में से किसी भी भाव में बैठे हों तो, पीड़ा युक्त कण्ठमाला हो जाती है। यदि मकर राशि कारकांश लग्न हो और उसमें शनि चन्द्रमा बैठे हों तो गुरुतर कण्ठ-माला होती है। यदि तृतीयेश, बुध या शनि अथवा दोनों युक्त (६-८-१२) में हों तो, या फिर पाप-क्रूर ग्रह से दृष्ट नीचास्त ग्रह तीसरे भाव में हो तो, या फिर मंगल शनि दोनों ही (६-८-१२) में शुभ दृष्ट न हों तो कण्ठमाला रोग होता है। यदि सूर्य से केतु पर्यन्त कोई भी ग्रह नीच, शत्रु राशि का शुभ दृष्टि-युति रहित (६-८-१२) भाव में से किसी भी भाव में बैठा हो तो किसी न किसी प्रकार का कण्ठ रोग अवश्य उत्पन्न करता है।

कामला या पीलिया—यह रोग खाने पीने की अनियमितता से होता है। इस रोग में आँखों की पुतलियों में पीलापन आ जाता है उसके जिगर में खराबी आ जाने से मन्दाग्नि हो जाती है। सन् १९६२ में देहली में पानी की कमी के कारण वाटर वर्क्स वालों ने तमाम गन्दे नाले का पानी साफ कर यमुना जल के साथ नलों में सप्लाई कर दिया जिस कारण पीलिया रोग फैल गया और अनेक मनुष्य इस पीलिया रोग के रोगी हो गये थे। कारण यह था कि जिन मनुष्यों के जन्मपत्र में बुध की परिस्थिति दुर्बल थी या शनि राहु-केतु ग्रहों की सबलता थी उन ही लोगों पर इस कमलवायु का प्रभाव अधिक हुआ, बुध यदि नीच राशिगत छठे आठवें या बारहवें भाव में शनि, राहु-केतु से दृष्ट-युक्त हो तो, या फिर सूर्य-चन्द्रमा बारहवें भाव में नीच अस्त शत्रु राशि के बलहीन बैठे हों और उन पर शनि, राहुकेतु का कुप्रभाव पड़ रहा हो और वे शुभ ग्रह से दृष्ट न हों तो आँखों में कमलबायु रोग हो जाता है। छठे भाव गत बृहस्पति यदि नीच या शत्रु राशि का हो तो रक्त सम्बन्धी विकार उत्पन्न कर पीलिया रोग को बढ़ाता है। लग्नस्थ अमावास्या के चन्द्रमा को यदि नीच का मंगल देखता हो तो, ग्रहण के समय उत्पन्न मनुष्य के जन्मपत्र में यदि शनि, मंगल की राशि या लग्नेश को देखता हो तो भी पीलिया रोग हो जाता है। यदि मीन राशि लग्न हो उसमें बुध, गुरु से दृष्ट बैठा हो और ये दोनों ही शनि राहु केतु से किसी न किसी प्रकार दूषित हों तो पीलिया रोग हो जाता है।

कामोन्माद—यदि किसी के जन्मपत्र में मंगल-चन्द्रमा बृहस्पति और शुक्र लग्न में हो तो वह मनुष्य कामान्ध होता है। जिसके जन्मपत्र में मिथुन राशि के अन्तिम भाग में शुक्र अपने ही नवांश में सबल बैठा हो किसी पुरुष ग्रह से दृष्ट हो या फिर मंगल अपने ही नवांश में सिंह राशि के पूर्वार्द्ध में सबल, किसी स्त्री ग्रह या बुध से पूर्ण दृष्ट हो तो मनुष्य को कामोन्माद होता है। यदि सप्तमेश शुक्र वृश्चिक राशि का अष्टम स्थान में मंगल या गुरु से दृष्ट हो तो कामोन्माद होता है। चन्द्रमा-बुध, शुक्र-शनि यदि सप्तम स्थान में हों और उन्हें मंगल या गुरु देखता हो तो, या सप्तम भाव में शनि, लग्न में अपने ही नवांश पर मंगल हो तो, या फिर कन्या लग्न में शुक्र शनि

राहु-केतु युक्त, मंगल से दृष्ट हो तो, या फिर, शनि के नवांश गत धनु राशि का चन्द्रमा लग्न में हो तो मनुष्य को कामोन्माद होता है। यदि शुक्र ग्रह नीच राशि का लग्न या सप्तम भाव में मंगल से दृष्ट हो तो युवकों को स्वप्नदोष द्वारा धातु के अत्यधिक क्षीण हो जाने से विवाहितों को स्त्री सहवास तथा प्रसंग श्रवण मात्र से कामोन्माद की उत्तेजना उत्पन्न हो जाती है।

काँच निकलना—यह बीमारी बच्चों तथा बूढ़ों को अधिकता से उनकी शारीरिक दुर्बलता के कारण हो जाया करती है। खून आँव मिश्रित दस्तों का होना इसमें विशेष लक्षण है जिन बच्चों के जन्मपत्र में मङ्गल ग्रह अपने उच्च का हो नीच का हो नीचोन्मुख हो अथवा शत्रुराशि का हो अथवा शनि इसी प्रकार दुष्ट प्रकृति का शत्रु दृष्ट लग्न, सप्तम, छठे, आठवें भाव में पड़ा हो तो उसे बचपन में काँच निकलने का रोग होता है। अवस्था भेद से यही युवकों को अर्श भगन्दर का रूप धारण कर बुढ़ापे में फिर वही काँच निकलने का रोग पुनः दृष्टिगोचर होने लगता है। राहु-केतु, सूर्य-मङ्गल का दूषित सम्बन्ध भी उपर्युक्त रोग उत्पन्न करता है। क्षीण नीच शत्रु राशि का चन्द्रमा भी यदि वह मङ्गल या शनि से दृष्ट है व सात आठ भाव से निस्तेज शुभ दृष्ट नहीं है तो उपर्युक्त प्रकार के गुप्त रोग को उत्पन्न करता है। यदि इन रोगों का यथा समय उपचार चिकित्सा न की गई तो असाध्य हो जाते हैं और मरण पर्यन्त कष्ट देते हैं और मृत्यु का कारण भी यही रोग होता है।

कुष्ठ रोग श्वेत या कृष्ण—जिस जातक के जन्मपत्र में लग्नेश रहित, वृश्चिक राशि में राहु और चन्द्रमा लग्न में बैठे हों तो उसको श्वेत कुष्ठ होता है। जिस नमक को छिपकली चाटती या खाती हो उस नमक के खाने वाले को भी श्वेत कुष्ठ या चित्र कोढ़ हो जाता है। इसलिए नमक को सदैव ढककर छिपकली से बचाकर रखना चाहिए। उपर्युक्त योग में यदि राहु चन्द्रमा, शनि से दृष्ट हो तो कृष्ण कुष्ठ उत्पन्न हो जाता है और यदि नीचांशगत कन्या राशि का बुध लग्न में शनि-मङ्गल से दृष्ट या युक्त हो तो भी कुष्ठ रोग सम्भव है। मेष कर्क, मकर और मीन इन नवांशों में चन्द्रमा पाप ग्रहों के बीच स्थित

हो और उसे शनि मङ्गल देखते हों तो, या त्रिक स्थानों में वृष, कर्क, बृश्चिक मकरादि राशियों में शनि राहु केतु में से कोई ग्रह बैठा हो और उसे सूर्य या मङ्गल में से कोई या दोनों ही देखते हों तो, या शनि, मङ्गल चन्द्रमा दूसरे, या द्वादश भाव में स्थित हों और मङ्गल छठे भाव में शनि राहु-केतु से दृष्ट हो तो कुष्ठ रोग होता है। धन राशि के पंचम नवांश में यदि चन्द्रमा, शनि मङ्गल युक्त-दृष्ट हो तो कुष्ड रोग होता है। अथवा मेष वृष, कर्क मकरादि नवांशों में चन्द्रमा मङ्गल शनि से दृष्ट युक्त हो साथ ही शुभ ग्रह से दृष्ट युक्त न हो तो मनुष्य को कुष्ठ रोग होता है। जिसका लग्नेश, अष्टम स्थान में पाप ग्रहों से युक्त क्रूर ग्रहों से दृष्ट हो उसे यदि पूर्णतया श्वेत कुष्ट न भी हो तो दाद अवश्य ही होंगे। जिसके जन्मपत्र में मङ्गल युक्त चन्द्रमा अष्टम स्थान में हो उसे कुष्ट अर्श भगन्दरादि रोग होते हैं जिसके जन्मपत्र में लग्न में बुध हो मकर का चन्द्रमा हो छठे या आठवें स्थान में शनि मङ्गल हो तो, या फिर लग्नेश, बुध, चन्द्रमा राहु या केतु युक्त, छटे आठवें भाव में हो, या फिर त्रिक स्थानों में सूर्य-बुध-गुरु हो या लग्न में शुभग्रह और लग्न में स्वगृही मङ्गल और अष्टम स्थान में सूर्य और चतुर्थ में शनि, त्रिक स्थानों में शुभ ग्रह और लग्न में बली अशुभ ग्रह हो तो कुष्ट रोग होता है। यदि लग्न में नीचराशि गत चन्द्रमा, धन भाव में मङ्गल, मकर का सूर्य मिथुन का शनि हो तो, या ग्रहण समय का चन्द्रमा लग्न गत शनि से दृष्ट युक्त हो तो कृष्ण कोढ़ होता है। जिस मनुष्य के जन्मपत्र में छै ग्रही योग, छटे आठवें तथा लग्न में, राहु केतु, बुध लग्नेश मङ्गल चन्द्रमा शनि से मिलकर बना हो उसे चित्रकोढ़ होता है।

यदि लग्न में षष्ठेश सूर्य युक्त हो, अष्टम में शनि युक्त मङ्गल गुरु हो, कर्क वृष मकर-कुम्भ-मीन राशि में शत्रु ग्रह, शनि चन्द्रमा मङ्गल शुक्रादि से दृष्ट युक्त हो तो, या फिर शनि मङ्गल सूर्य का योग लग्न में या चौथे या आठवें भाव में हो तो, कुष्ट होता है। यदि षष्ठेश, लग्न में शत्रु या नीच राशि का शनि-मङ्गल सूर्य में किसी से भी युक्त हो तो रक्त विकार होता है। कारकांश लग्न से चतुर्थ स्थान में स्थित चन्द्रमा मङ्गल से दृष्ट होने

पर ग्रहण समय का चन्द्रमा कारकांश लग्न से चतुर्थ भाव में शनि-मङ्गल दृष्ट होने पर या शुक्र से दृष्ट होने पर या पाप ग्रहों से युक्त होने पर कुष्ठ रोग होता है। कहने का तात्पर्य यही है कि यदि क्रूर पाप शत्रु राशि गत लग्न में शुभग्रह हो और उन्हें पाप क्रूर ग्रह देखते हों अथवा शुभ राशि लग्न में पाप क्रूर ग्रह शत्रु राशिगत अपने शत्रु शुभ ग्रहों से दृष्ट हो तो शरीर में किसी न किसी प्रकार का रक्त विकार रहता है जो कि भविष्य में कुष्ठ या चित्र कोढ़ का रूप धारण कर लेता है।

कृमि—कृमि उन छोटे-छोटे कीड़ों को कहते हैं जो मीठा अधिक खाने वाले बच्चों के पेट में अक्सर पैदा हो जाते हैं जिनके कारण बच्चे सूखने लगते हैं रंग पीला पड़ जाता है ऐसे बच्चे सोते समय दाँत कटकटाया करते हैं। दूसरी प्रकार के बड़े कीड़े, जो कि केंचुए के समान एक फीट तक लम्बे होते हैं सदैव पेट में दर्द करते हैं, चावल (भात) खाते ही वे कीड़े काटना शुरू कर देते हैं और पेट में दर्द प्रारम्भ हो जाता है। जिन बच्चों के जन्मपत्र में मेष या मिथुन लग्न होता है उनको अक्सर पेट में कीड़ों की शिकायत हो जाती है। जिनके लग्न या सप्तम भाव में मंगल-शनि, मिथुन या तुला राशि के होते हैं उनको, या फिर सप्तम स्थान में राहु-केतु सबल बैठा हो तो, या लग्न में मंगल अष्टम में शनि बैठा हो, या फिर शनि लग्न में अष्टम स्थान में राहु हो तो, या षष्ठेश क्रूरग्रह लग्न में अपने शत्रु के साथ शत्रु राशि में सपाप बैठा हो तो दोनों प्रकार के कीड़े पेट में यथा समय उत्पन्न होते हैं। छठे, सातवें और आठवें स्थान में यदि चन्द्रमा और शुक्र एकत्रित हों और इनमें से कोई भी नीच का होकर शनि या मंगल से दृष्ट हो तो पेट में कृमि पीड़ा अवश्य होती है।

खाँसी, स्वास, कफ—खाँसी नामक रोग दूध पीते बच्चे से लेकर वृद्ध व्यक्ति तक को हो जाता है जिसमें काली खाँसी बहुत ही खतरनाक होती है। जिन जातकों के जन्मपत्र में छठें भाव का स्वामी लग्न में शनिश्चर दृष्ट या युक्त हो उन्हें कफवर्धक खाँसी होती है। जिनके जन्मपत्र में शनि और मंगल के बीच में चन्द्रमा बैठा हो मकर राशि में सूर्य अधिष्ठित हो या पाप-क्रूर ग्रहों के मध्य में चन्द्रमा, शनि दृष्ट हो तो मनुष्य को स्वास रोग अवश्य होता

है। यदि कर्क राशिगत मंगल और बुध छठें भाव में, वृहस्पति या शुक्र या दोनों से ही दृष्ट हो कफ युक्त खाँसी होती है। जिसके जन्मपत्र में चन्द्रमा कर्क राशि का राहु युक्त हो, शनि दृष्ट हो तो, या नवम भाव का चन्द्रमा यदि शुक्र को पूर्ण दृष्टि से देखता हो सूर्य, शनि से दृष्ट हो तो, अष्टम स्थान का राहु या केतु यदि बुध और गुरु के मध्य में मंगल से दृष्ट हो तो दमे की शिकायत हो जाती है। लग्न में शनि-सूर्य युति कफ युक्त खाँसी उत्पन्न करती है। शुभ ग्रहों की दृष्टि-युति से रहित यदि जन्म गुलिक छठें-आठवें भाव में पाप-क्रूर ग्रहों से युक्त या दृष्ट हो तो स्वास रोग अवश्य होता है।

खुजली—जिस मनुष्य के जन्मपत्र में चन्द्रमा, शुक्र दोनों ही लग्न, चतुर्थ, छठें, अष्टम स्थान में मंगल शनि से दृष्ट-युक्त बैठे हों, तो या ग्रहण समय का सूर्य या चन्द्रमा शनि से दृष्ट होने पर या फिर, नीच राशिगत नवम भवन का चन्द्रमा शनि युक्त मंगल से पूर्ण दृष्ट हो, तो या जलचर राशिगत चन्द्रमा शनिदृष्ट हो, यदि अष्टम स्थान में राहु-केतु में से कोई भी मंगल से दृष्ट युक्त हो तो, या फिर लग्न में मंगल, शनि से दृष्ट हो या सभी पाप ग्रह त्रिक स्थान में एकत्रित हों तो, या फिर वृहस्पति और शनि छठें आठवें भाव में मंगल दृष्ट हो तो खुजली रोग हो जाता है। लग्न में कुम्भ राशि का सूर्य जातक को दाद रोग लगाता है।

गठिया—यह एक वायु जनित रोग है जो कि शरीर की गाँठों अर्थात् जोड़ों में दर्द उत्पन्न कर मनुष्य को पीड़ा देता है और आदमी चलने-फिरने से मजबूर हो जाता है। जिस मनुष्य के जन्मपत्र में यदि चन्द्रमा दो पाप ग्रहों के बीच छठें, सातवें, आठवें भाव में धनु, मकर, कुम्भ राशि का किसी क्रूर ग्रह से दृष्ट हो तो, या फिर मेष का शनि क्षीण चन्द्रमा के साथ लग्न में मंगल से दृष्ट हो तो, या फिर छठें-आठवें भाव में जिस राशि का नवांश हो उसमें शनि-राहु-केतु में से कोई भी ग्रह हो और नवांशाधिपति स्वगृही हो अथवा त्रिकोण में विराजमान हो तो गठिया रोग होता है। तुला का सूर्य लग्न में यदि नीच के मंगल से दृष्ट हो तो सर्वत्र गाँठों में दर्द होता है। यदि पञ्चमेश छठें घर में और षष्ठेश पञ्चम स्थान में एक दूसरे के शत्रु हों तो या फिर लग्न में निर्बल शनि और अष्टम में निर्बल चन्द्रमा कृष्णपक्ष का षष्ठेश से

दृष्ट या युक्त हो तो, या फिर त्रिकाधिपति, त्रिकस्थानों में हो, या फिर ग्रहण समय का चन्द्रमा शनि से युक्त-दृष्ट अथवा मकर-कुम्भ का लग्न में होने से गठिया रोग उत्पन्न करता है। यदि बुध क्षीण चन्द्रमा के साथ त्रिकस्थानों में शनि दृष्ट हो तो जोड़ों की त्वचा में पीड़ा रहती है। यदि त्रिक स्थानगत क्षीण चन्द्रमा शनि, राहु-केतु युक्त सूर्य से दृष्ट हो तो हड्डी के अन्तर्गत जोड़ों में दर्द होता है और नीच के बृहस्पति से दृष्ट होने पर चर्बी की पर्त पर दर्द रहता है। मंगल से दृष्ट युक्त होने पर रक्त विकार द्वारा गुल्म पीड़ा होती है।

गर्भस्राव—यह महिलाओं से सम्बन्धित रोग है। जिस जातक के जन्मपत्र में बुध नीच राशिगत मंगल या शनि से दृष्ट हो या फिर पञ्चम भाव में जिस राशि का भी नवांश, यदि अशुभ दृष्ट, या शुभ दृष्टि रहित हो तो गर्भपात होते हैं। जिस जातक के सभी ग्रह नीच शत्रु राशि के होकर त्रिक स्थानों में विद्यमान हों तो गर्भस्राव हो जाता है। यदि पञ्चमेश सप्तम स्थान में हो और सप्तमेश पाप पीड़ित हो छः आठ में हो शुक्र निर्बली अस्तगत हो तो गर्भ गिरने का भय रहता है। जिस जातक के शुक्र नीच अस्त या नीचास्त राशि का सप्तम स्थान में मंगल से दृष्ट बैठा हो तो बच्चा शल्य चिकित्सा द्वारा निकाला जाता है या मंगल पञ्चम स्थान में बलवान अपने शत्रु ग्रहों से दृष्ट हो या नीच राशिगत चन्द्रमा सप्तम स्थान में शुभ दृष्ट न हो और मंगल उसे अवश्य देखता हो तो भी गर्भ स्थिर नहीं रहता। सप्तम स्थान में उच्च का मंगल शनि दृष्ट होने पर गर्भस्राव करता है। राहु-केतु ग्रसित चन्द्रमा यदि मंगल दृष्ट हो या नीच राशिगत शुक्र अपने नवांशपति से सप्तम स्थान में युक्त हो या नवांशाधिपति उसे देखता हो साथ ही मंगल शनि के बीच में हो या केन्द्रस्थ योग करता हो तो गर्भस्राव हुये बिना नहीं रहता। कहने का तात्पर्य यह है कि शुक्र चन्द्रमा का किसी प्रकार भी दूषित होना, नीच अस्त नीचास्त शत्रु राशि का यदि मंगल-शनि से दृष्ट-युक्त हो तो ऐसे योग वाले स्त्री-पुरुषों के सन्तान उत्पत्ति में बड़ा ही कष्ट होता है, गर्भ की स्थिति स्थिर नहीं रहती है।

चर्म रोग :—किसी भी शरीर पर फोड़े फुंसियाँ, चित्रकोढ़ अचानक पक आना इत्यादिचर्म रोग के अन्तर्गत आता है। यह रोग रक्त के दूषित

हो जाने या फिर शूगर जाने वाले व्यक्तियों को अत्यधिक कष्टसाध्य रहता है अतः केवल नक्षत्र ग्रहों पर निर्भर न रह कर डाक्टरी चिकित्सा शीघ्रातिशीघ्र लेनी चाहिये। जिस मनुष्य के जन्मपत्र में शनि सूर्य से दूसरे भाव में मंगल सातवें स्थान में और चन्द्रमा दसवें स्थान में स्थित हो तो उस मनुष्य को अंतहीन चर्म रोग होता है। जिसके जन्मपत्र में गुरु-शुक्र छठे स्थान में शनि मंगल आदि पाप क्रूर ग्रहों से दृष्ट हों उनके शरीर में सूजन हो जाती है यदि सूर्य और चन्द्रमा, कर्क या सिंह राशि में लग्न में या सप्तम स्थान में हो तो, या सूर्य अष्टम में चन्द्रमा छठे भाव में, मंगल दूसरे और शनि बारहवें भाव में बैठा हो तो शरीर सूखता जाता है। जिनके जन्मपत्र में मंगल लग्न, चौथे, सातवें आठवें और बारहवें भाव में शनि दृष्ट या पाप युक्त हों तो उनको चर्म रोग होता है। यदि बुध, लग्नेश होकर शत्रु चन्द्रमा के साथ छठे भाव से मंगल दृष्ट हो तो शरीर में चर्म रोग करता है। यदि शनि मिथुन कन्या का लग्न या सप्तम स्थान में मंगल से दृष्ट युक्त हो तो, कर्क का सूर्य लग्न में नीच राशि गत वृहस्पति सप्तम में, राहु अष्टम में हो, तो या फिर मिथुन राशि का बुध शनि बारहवें भाव में, चन्द्रमा लाभ मे नीच के गुरु से दृष्ट हो तो बल तोड़ से बहुत तकलीफ होती है। यदि केतु लग्न में, या सातवें-आठवें हो तो चर्म रोग होता है।

चेचक :—यह रोग शैशव से लेकर वृद्रावस्था तक किसी न किसी रूप में सभी को होता है इसका सम्बन्ध गर्भाशय से है। गर्भ के अन्तर्गत रहने के कारण बच्चे की गर्मी का उदय गर्भ से बाहर आने पर उदय चेचक रूप से होता है। जिसको हिन्दी में माता नाम से पुकारा जाता है। ये दो प्रकार की होती है, छोटी और बड़ी। छोटी माता को खसरा कहते हैं इनसे मिलते जुलते ही ददुरे निकलते हैं। बड़ी माता बहुत खतरनाक होती है जिसमें बच्चों के प्राण तक जाते हैं किन्तु इस युग में विज्ञान के चमत्कारी आविष्कार ने क्षय की तरह यथा समय टीका लग जाने पर बड़ी माता को नष्ट कर दिया है फिर भी चेचक का प्रभाव कम नहीं है अतः यहाँ हम उस प्रभावकारी ग्रह-नक्षत्र का योग लिखना अति आवश्यक समझते हैं जिसके कारण अत्यधिक वैज्ञानिक आविष्कार का प्रयोग किये जाने पर भी समूल

नष्ट आजतक नहीं हो सका है। जिस मनुष्य के जन्म लग्न में मंगल शनि युक्त हों अष्टम स्थान में राहु-केतु में से कोई हो तो ८½ वर्ष तक चेचक या शीतला का प्रकोप अवश्य भोगना पड़ता है। लग्न में पूर्णांशपर यदि सूर्य मंगल स्थित हो तो, चेहरे पर लालदाग या चेचक के दाग शनि दृष्ट होने पर होते हैं। अथवा सिंह लग्न में सूर्य मंगल दृष्ट हों और उसे पाप ग्रहों का महत्व भी प्राप्त हो, तो या फिर नीच राशि गत चन्द्रमा लग्न या अष्टम स्थान में बुध दृष्ट-युक्त हो मंगल-शनि के मध्य में पापत्व को प्राप्त हो तो चेचक आदि रोग होते हैं।

ज्वर या बुखार—वैद्यक ग्रन्थों में ज्वर (बुखार) २७ से ३० प्रकार तक के लिखे हैं हमें तो यह देखना है कि ज्योतिषानुसार किन-किन ग्रह नक्षत्रों के सम्मिश्रण से बुखार की उत्पत्ति होती है। अभी तक यही देखने में आया है कि अधिकतर यदि छठें भाव में मंगल हो लग्न में सूर्य जिसके जन्मपत्र में या वर्ष फल में विद्यमान हो तो उसी वर्ष में ताप ज्वर अवश्य आता है। जन्मपत्र में सूर्य, मंगल, शनि-राहु चतुर्ग्रही योग छठें, आठवें भाव में बना हो तो या फिर षष्ठेश अष्टम स्थान में राहु-केतु के साथ हो तो पारी का बुखार अवश्य आता है। जब लग्नेश सूर्य छठें, या आठवें भाव में शनि से युक्त या दृष्ट हो तो या चन्द्रमा नीच का लग्न, छठे, आठवें भाव में राहु युक्त मंगल दृष्ट हो तो, शनि मंगल लग्न में और राहु अष्टम स्थान में हो तो, या शुक्र नीचास्त का वृहस्पति से दृष्ट हो तो, या फिर मंगल सूर्य के घर में और सूर्य मंगल के घर में किसी प्रकार भी छठें आठवें भाव से सम्बन्धित हों तो, या शुक्र नीच राशिगत छठें आठवें भाव में मंगल से दृष्ट या युक्त हो तो, या फिर राहु-केतु छठें, सातवें, आठवें अथवा बारहवें भाव में मंगल या सूर्य युक्त दृष्ट हो तो विषम ज्वर आता है। उपर्युक्त विवरण से निष्कर्ष यही निकलता है कि नीच-शत्रुग्रह, अस्त, नीचास्त के सभी ग्रह, यदि त्रिक स्थानों में बैठ कर अपने शत्रु या पाप ग्रहों से दृष्ट या युक्त हों तो किसी न किसी प्रकार के ज्वर से मानव अवश्य पीड़ित रहता है।

दमा—यह एक दूराग्रही रोग है जो कि बहुत ही कठिनाई से

प्रारम्भिक अवस्था में ही दूर हो गया तो ठीक अन्यथा दमा दम के साथ ही जाता है किन्तु ज्योतिष शास्त्रनुसार ग्रहों नक्षत्रों का उपचार किये जाने पर यह असाध्य रोग भी साध्य हो जाता है। इसकी चिकित्सा यदि वैद्यक पद्धति से की जाय तो बिल्कुल ठीक हो जाता हैं। उस नुकसे विशेष को हम यहां खास तौर पर दे देना चाहते हैं ताकि जन साधारण उससे लाभ उठा सकें जो लोग उस नुक्से को व्यापारी दृष्टि से लाभ प्रद बनायेंगे उनके द्वारा दी गई दवाई विफल हो जायेगी यह एक सन्यासी प्रदत्त नुकसा है जोकि इस प्रकार से है जिसे बनाकर प्रत्येक दमा रोगी लाभ उठा सकता है। (१) फिटकरी २½ तोला (२) आक के फूलों के भीतर की लौंग (मींग या घुंडी) १० तोले (३) लौंग बाजारी साफ मय फूल घुंडी के केवल १० अदद, (४) तीन वर्ष से पुराना गुड़ एक पाव। सबसे पहले फिटकरी को गर्म तवे पर फुलाले फिर उसे बारीक कपड़छन पीसले तत्पश्चात उसे एक पाव गुड़ के साथ सिल बट्टे पर रगड़ कर एक जाम करले यह कार्य धीरे-धीरे करना चाहिये ताकि फिटकरी उड़े नहीं और गुड़ में एक जाम हो ज़ाय, इसके पश्चात् उपर्युक्त चारों वस्तुओं अर्थात् गुड़मिला फिटकरी चूर्ण, लौंगे और ऑक की लौंगे सभी वस्तुएँ एक छोटे मुंह की हाँड़ी भर दे तत्पश्चात् उन वस्तुओं के एक इंच ऊपर तक गंगा जल या फिल्टर्ड पानी भी भरदे तत्पश्चात् हाड़ी के ऊपर ढक्कन रखकर समस्त हांड़ी कपड़ा में लपेट दे और तत्पश्चात् ऊपर से मुल्तानी मिट्टी की कपडौटी कर दे। उसके पश्चात् उस हाँड़ी को ४० दिन तक जाड़ों में और २१ दिन तक कड़ी गर्मियों में गोबर की खाद में एक गज गहरे में दबा दे। यदि यह कार्य जाड़ों में किया है तो गर्मियों में करने की आवश्यकता नहीं है अर्थात् एक ही वार में कार्य पूर्ण हो जाता है। उपर्युक्त दिनों के पश्चात् हाँड़ी निकाल कर सभी वस्तुओं को खोल कर दो रत्ती की खुराक बनाले आधा तोले मक्खन में मिलाकर, दांत मुंह साफ कर अनहार मुंह खाये इसी प्रकार शाम को भी खाये। खट्टी, गर्म वादी वस्तुओं का परहेज जरुर करें।

केवल ११ दिन के इस प्रयोग से दमे का नामोनिशान भी न रहेगा। दमा ठीक

हो जाने पर आदमी को चाहिये कि कोई पुस्तक मूल्य १०) की कम से कम एक गरीब विद्यार्थी को जरूर दिला दे यही उसका दान है जिसके करने से दमा नहीं होगा जो होते हुए भी इस दान को दमा ठीक हो जाने पर नहीं करेगा उसे फिर कभी भी दमा दबा सकता है।

दमे का पूर्ण सम्बन्ध श्वास से है जोकि स्वास नली द्वारा, स्वास के आने-जाने की कठिनाई से प्रतीत हो जाता है जातक खाँसता है कफ निकलता है उल्टियाँ तक हो जाती है। कभी-कभी दम निकलने तक हो आता है किसी-किसी का तो साँस लौटता ही नहीं और मृत्यु हो जाती है। जिसके लग्न में गुरु नीच का शनि दृष्ट हो तो चौथे-दसवें भाव में शनि और मङ्गल क्रमशः बैठे हों दो में कोई भी नीच का हो और वह शत्रु तथा नीच राशिगत ग्रह से दृष्ट हो तो, या फिर त्रिक स्थानों में पाप क्रूर ग्रह शुभ दृष्ट युक्त न हो तो, या ग्रहण समय का सूर्य या चन्द्र लग्नस्थ किसी भी क्रूर-पाप ग्रह से दृष्ट हो तो या फिर नीचोन्मुख चन्द्रमा तृतीय स्थान में नीच के बुध से दृष्ट हो तो, या यदि लग्न में राहु तीसरे में शनि चौथे में नीच का कोई ग्रह गुलिक से दृष्ट-युक्त हो तो अवश्य दमा रोग होता है यदि चन्द्रमा पाप ग्रहों के मध्य में तीसरे या चौथे भाव में हो और शनि सातवें भाव में हो तो अवश्य स्वास या दमा होता है।

दाद—यह चर्म रोग के अन्तर्गत आता है जिस प्रकार पैरों में खलुए हो जाते हैं उसी प्रकार जो मनुष्य स्नान के पश्चात् अपने शरीर को पोंछ कर शुष्क नहीं कर लेते उनके वह पानी ही या उनका स्वेद ही दाद का कारण हो जाता है। जहाँ भी या जिस जोड़ पर पानी का ठहराव हो जाता है वही दाद बन जाता है। यह एक्जिमा की तरह सरना रोग है जो कि एक को दूसरे से प्राप्त हो जाता है। इसमें लाल, काले चकत्ते से पड़ जाते हैं पानी सा बहने लगता है खुजाट उठता है आदमी परेशान रहता है। जिस मनुष्य के जन्मपत्र में लग्नेश अष्टम स्थान में हो राहु-केतु के साथ हो और कोई शुभ ग्रह न देखता हो तो या, यदि लग्नेश मिथुन, कर्क, तुला, वृश्चिक, कुम्भ के अन्तिम चरणों में सप्तम स्थान में बैठा हो और शनि चतुर्थ स्थान में बैठा हो तो दाद रोग अवश्य होता है। सप्तम स्थान में सूर्य, बुध और चन्द्रमा तीनों एकत्रित

हों और इनमें से कोई भी ग्रह नीच का अवश्य हो और वह पाप ग्रह से दृष्ट हो तो, या शनि और चन्द्रमा जलचर राशिगत सूर्य या लग्नेश से दृष्ट-युक्त हो तो दाद रोग अवश्य होता है। लग्न में सूर्य और दूसरे भाव में जलचर राशि गत चन्द्रमा शनि दृष्ट हो तो कर्क-वृश्चिक और मीन राशिगत चन्द्रमा पाप दृष्ट हो तो उपर्युक्त रोग अवश्य होता है।

दाँत रोग—जिसके जन्मपत्र में लग्न या पाँचवें स्थान में राहु हो तो या फिर द्वितीयेश और षष्ठेश ये दोनों ही पाप युक्त तथा दृष्ट हों तो, या सप्तमेश से दूसरे स्थान में राहु या सप्तम स्थान में पाप ग्रहों को शुभ ग्रह न देखें या मेष-वृष या धन लग्न में पाप ग्रह स्वयं बैठे हों या उन्हें पाप ग्रह देखते हों या फिर सूर्य चन्द्रमा और शनि एक साथ लग्न या सातवें भाव में हों तो दाँत रोग होता है। यदि सप्तम भाव में षष्ठेश हो छठें में घर पाप ग्रह हो लग्न में वृहस्पति राहु और अष्टम भाव में शुक्र, शनि, लग्न में लग्नेश तथा मङ्गल, षष्ठेश होकर शनि दृष्ट युक्त हो, पञ्चम, अष्टम में राहु दन्त रोग करता है। यदि (६-८-१२) भाव में राहु या राहु अधिष्ठित राशि से गुलिक युक्त हो तो, या फिर धनेश और षष्ठेश एक साथ जिस राशि में हों उसका स्वामी अपने नवांशाधिपति से युक्त हो तो, या फिर उच्च का शनि तीसरे स्थान में सूर्य दृष्ट होने पर अपनी दशान्तर्दशा में अवश्य दन्त रोग या पीड़ा करता है।

७. ध्वजभंग नपुन्सकता—जिसके जन्मपत्र में लग्न में चन्द्रमा, दूसरे सूर्य, सातवें शनि और दशवें स्थान में मंगल बैठा हो तो, या पाप ग्रहों से दृष्ट मंगल पाँचवें या नवें भाव में हो तो, या फिर सूर्य से दूसरे स्थान में शनि सातवें स्थान में मंगल, और दशम स्थान में चन्द्रमा हो तो मनुष्य अङ्ग हीन होता है। यह तो ज्योतिषी लोग सभी जानते हैं कि बुध, शनि और राहु तीनों ही नपुंसक या क्लीव ग्रह हैं यदि शनि बुध की राशि का लग्न में हो और नीच का बुध सप्तम स्थान में राहु-केतु में से किसी के भी साथ हो अथवा शुक्र नीचास्त सप्तम भाव में बुध से दृष्ट हो या कि चन्द्रमा और शुक्र लग्न तथा सप्तम में अपने नीचांश पर हो या फिर बुध, राहु और शनि तीनों ही लग्न या सप्तम भाव में बलहीन बैठे हों तो यदि शुक्र लग्नेश और सप्तमेश

होकर लग्न या सप्तम स्थान में पापत्व को प्राप्त हो या पाप ग्रहों के मध्य में बलहीन अपने नवांश से दृष्ट या युक्त हो तो मनुष्य क्लीवता को प्राप्त होता है। यदि शुक्र और शनि दोनों ही आठवें या दशवें भाव में शुभ दृष्टि या शुभ रहित हों या सूर्य, चन्द्रमा, मंगल, बुध और शनि क्रमशः सम-विषम राशियों में स्थित हों, विषम राशि लग्न गत यदि बुध सम राशिगत मंगल से दृष्ट हो सम राशिगत चन्द्रमा विषम राशिगत बुध दोनों ही मंगल से दृष्ट हों या लग्न चन्द्रमा और शुक्र तीनों ही पुरुष राशि के नवांश में बैठे हों या शनि हो छठें, आठवें भाव में शुक्र, कारकांश लग्न में केतु, बुध शनि दोनों से दृष्ट हो सप्तमेश शुक्र अष्टम भाव में शनि से दृष्ट हो तो वह मनुष्य क्लीव या नपुंसक होता है।

पथरी की बीमारी—यह बीमारी पित्त पथरी के रूप में पाई जाती है मूत्र पथरी में दाहिनी ओर के मसाने में दर्द उठकर मूत्रद्वार तक चला जाता है पेशाब होते-होते रुक जाता है। कभी रुक-रुक कर बार-बार आता रहता है जिससे मरीज की परेशानी, दर्द और बेचैनी बढ़ जाती है यह रोग बच्चों, औरतों, युवकों तथा बूढ़ों तक को हो जाता है जो कि वात-पित्त-कफ त्रिदोष से ही नहीं एकाकी दोष द्वारा भी उत्पन्न होता है। जो पथरी शुक्र द्वारा उत्पन्न होती है वह अण्डकोषों में भी सूजन उत्पन्न कर देती है। जिस जातक के जन्मपत्र में नीच या शत्रु राशिगत सूर्य लग्न या छठें, सातवें भाव में शनि या मंगल से दृष्ट हो या शुक्र अपने नीचांश पर लग्न या त्रिक स्थानों में मंगल या बृहस्पति से दृष्ट हो तो शुक्रदोष कृत पथरी उत्पन्न हो जाती है। जब चन्द्रमा वृश्चिक राशिगत लग्न से छठें, सातवें भाव में हो मंगल से दृष्ट युक्त हो तो कफ जन्य पथरी उत्पन्न हो जाती है। शनि राहु में एक ग्रह लग्न और एक सप्तम भाव में हो और उसे बृहस्पति या मंगल देखते हों तो वात, समधातु जन्य पथरी उत्पन्न होती है। शुक्र और चन्द्रमा दोनों ही यदि एक साथ सप्तम भाव में तुला या वृश्चिक राशि के नीच के मंगल से दृष्ट हों तो पित्त-कफ शुक्रादि दोषों द्वारा पथरी को जन्म मिलता है। जिस मनुष्य के लग्न छठें या सप्तम भाव में एकत्रित सूर्य, मंगल, शुक्र, चन्द्रमा बैठे हों और वे शनि या राहु-केतु से दृष्ट हों तो पथरी की शल्य चिकित्सा करवानी पड़ती है यह एक दुराग्रह रोग है।

पक्षाघात फालिस या लकवा—यह एक ऐसा नामुराद रोग है जो कि मनुष्य को अपङ्ग बना देता है। स्नायुओं की शिथिलता के कारण मनुष्य का शरीर शिथिल हो जाता है किसी-किसी का अर्ध अंग किसी का हाथ, पैर मृत-प्राय हो जाता है और वह चलने-फिरने में अशक्त हो जाता है। जिस जातक के जन्मपत्र में छठें घर में शनि, राहु या केतु में से कोई ग्रह हो और षष्ठेश शनि से दृष्ट हो और किसी भी शुभ ग्रह दृष्ट से युक्त न हो तो पक्षाघात हो जाता है। कृष्ण पक्ष का क्षीण चन्द्रमा नीच राशिगत शनि से दृष्ट या युक्त हो तो, या सूर्य नीचांश पर शनि राहु-केतु के साथ त्रिक स्थानों में से कहीं भी बैठा हो तो भी पक्षाघात हो जाता है। यदि बुध मीन राशिगत लग्न में शनि और चन्द्रमा से दृष्ट हो या नीच राशिगत गुरु छठे भाव में नीच के शनि से दृष्ट हो या फिर ग्रहण समय का चन्द्रमा नीच के बुध अथवा नीच के शनि से दृष्ट हो तो पक्षाघात हो जाता है। कहने का तात्पर्य यह है कि ग्रहों के स्वरूप को जान कर अकाल पुरुष के अंगों में ग्रहों, नक्षत्रों, राशियों आदि के अंग स्थान द्वारा सिर, मस्तिष्क, हाथ, पैर इत्यादि का मानवीय अंग विभाग समझ कर पक्षाघात का निर्णय कर उसी ग्रह की उपासना तथा डाक्ट्री या वैद्य के इलाज से लाभ हो सकता है।

पेशाब की बीमारियाँ प्रमेहादि रोग—जिस जातक के जन्मपत्र में सप्तमेश मंगल सप्तम स्थान में बली हो और शत्रु पापग्रह से दृष्ट-युक्त हो तो पेशाब का मूत्रकृच्छ्र नाम का रोग होता है। इसके अतिरिक्त यदि नीच राशिगत बुध सप्तम भाव में विराजमान हो या फिर शुक्र सप्तम स्थान में नीच के मङ्गल से दृष्ट-युक्त हो या फिर शुक्र स्वयं नीच का कन्या राशि में लग्न या सप्तम स्थान में पापदृष्ट हो या राहु केतु युक्त हो तो मूत्र रोग उत्पन्न करता है। यदि जलचर राशि में चन्द्रमा हो और चन्द्र राशीश छठे भाव में हो जलचर राशिगत बुध उसको देखता हो या फिर छठें या सातवें भाव में सूर्य, मंगल, शनि, राहु, केतु में से कोई से चार ग्रह स्थित हों तो मूत्रकृच्छ्र रोग होता है। यदि सप्तम स्थान में नीच राशिगत शनि राहु दृष्ट युक्त हो या षष्ठेश यदि बुध के साथ लग्न में बैठा हो तो पेशाब से उत्पन्न रोग होते हैं। कहने का तात्पर्य यह है कि शुक्र, बुध, सहित क्रूर और पापग्रह

यदि त्रिक लग्न तथा सप्तम स्थान में नीचांश से युक्त शत्रु भाव से युक्त एक दूसरे से युक्त-दृष्ट हो तो किसी न किसी रूप में पेशाब सम्बन्धी रोग उत्पन्न अवश्य होता है।

प्रदर रोग—यह एक स्त्री जाति को होने वाला रोग है जो कि प्रसूति के बिगड़ जाने पर उत्पन्न होता है। जिस जातक के जन्मपत्र में सप्तम स्थान में नीच का मंगल, शुक्र के साथ सप्तम स्थान में बैठा हो या लग्न में सूर्य नीच राशिगत हो और सप्तग स्थान में नीच का शनि हो अथवा दोनों ही लग्न में या सप्तम स्थान में गये हों दशम स्थान वृहस्पति से दृष्ट हो या फिर चतुर्थ या छठें भाव में मङ्गल युक्त शनि बलवान बैठा हो या फिर शनि षष्ठेश युक्त छठें भाव में बलवान हो और सप्तम स्थान में चन्द्रमा शत्रु नीच राशि में से किसी का भी हो तो प्रदर रोग अवश्य होता है। पंचम भाव में जिस राशि का नवांश हो उस राशि को यदि अशुभ ग्रह देखते हों किन्तु शुभ ग्रह कोई भी न देखता हो या अशुभ क्रूर समस्त ग्रह बुध युक्त होने पर यदि पञ्चम या सप्तम स्थान में एकत्रित हों तो प्रदर रोग होता है। यदि पञ्चम भाव में सूर्य या मङ्गल बलवान हो और बुध से दृष्ट युक्त हो या लग्न में केतु और सप्तम स्थान में राहु हो शुक्र सप्तम स्थान में मङ्गल से दृष्ट हो ग्रहण का चन्द्रमा लग्न सप्तम में से कहीं पर हो और उसे स्वगृही या उच्च का शनि देखता हो या पञ्चमेश त्रिक स्थान में अपने उच्च का अपने शत्रु नीचस्थ से दृष्ट युक्त हो।

प्रमेह-सुजाक मधुमेह—यह पुरुष जन्य रोग है जो कि शुगर जाने वाले लोगों को अथवा अधिक विषैले मनुष्यों को हो जाया करता है। शुक्र के अतिशय स्राव हो जाने पर जिगर अपना कार्य करना छोड़ देता है मन्दाग्नि हो जाती है भोजन सुपाच्य नहीं होता छोटा सा घाव भी विकृत रूप धारण कर लेता है इत्यादि-इत्यादि। शत्रु या नीच राशिगत शुक्र लग्न या सप्तम स्थान में किसी भी पुरुष ग्रह सूर्य मङ्गल या गुरु से दृष्ट होने पर यह नामुराद रोग उत्पन्न हो जाता है। यदि नीच का चन्द्रमा सप्तम स्थान में मङ्गल से दृष्ट हो या ग्रहण समय का चन्द्रमा शनि दृष्ट हो, या नीचास्त शुक्र वृहस्पति से दृष्ट हो उच्च या स्वगृही बुध पापग्रह से दृष्ट युक्त हो और

चन्द्रमा के नवांश पति राशीश से दृष्ट हो तो उपर्युक्त रोग उत्पन्न होता है। जिस मनुष्य का यथा समय विवाह नहीं हो पाता और उसके जन्मपत्र में जितने भी स्त्री ग्रह हैं सबके सब यदि पुरूष ग्रहों से युक्त हों तो स्वप्नदोषादि रोगों के पश्चात् मधुमेहादि रोग उत्पन्न हो जाते हैं।

मृगी—जिस जातक के जन्म पत्र में सूर्य चन्द्रमा और मृत्यु भाव में वृश्चिक का मंगल पाप ग्रहों से दृष्ट हो या फिर छठे स्थान में क्षीण चन्द्रमा और लग्न में राहु हो, या ग्रहण समय का जन्म हो शत्रु भाव शनि मंगल युक्त हो, अथवा त्रिकोण-अष्टम में उपर्युक्त योग किसी भी शुभ ग्रह के दृष्टि-युतियोग से रहित हो, या शनि युक्त चन्द्रमा मंगल से दृष्ट लग्न में सबल बैठा हो, या अष्टम भाव में राहु-युक्त चन्द्रमा, पाप ग्रहों से दृष्ट हो अथवा चन्द्रमा-शुक्र का क्षीणांश पर चतुर्थ भाव में योग हो, या छठे आठवें भाव में शनि मंगल समीपांश पर हों, और या फिर सूर्य, चन्द्रमा और मंगल लग्न या अष्टम में राहु या शनि से दृष्ट हों तो मृगी का रोग अवश्य होता है। यदि त्रिक स्थानों में (६-८-१२) पाप ग्रह दो तीन-चार हों और एक चार सात दस में परिवेष युक्त वृहस्पति शनि से दृष्ट हो तो मृगी या अपस्मार रोग अवश्य होता है। जिसके जन्मपत्र में लग्न में नीच का चन्द्रमा पापांश में पापदृष्ट हो और छठे भाव में शुक्र पाप ग्रहों से युक्त हो, या त्रिकोण (५-९) में बली पाप ग्रह हों ६-८-१२ में सपाप सूर्य और मंगल हो और अष्टम स्थान में शनि तथा राहु में से कोई पाप ग्रह हो तो मृगी रोग से जातक वच नहीं सकता।

मोटापा—यह एक प्रत्यक्ष दिखाई देने वाली बड़ी ही नामुराद बीमारी है। इसमें कुछ तो वह मनुष्य फंस जाते हैं जो दिन में अपनी गद्दी पर बैठे रहते हैं और दूसरे वे जो कि स्निग्ध भोजन तो करते हैं किन्तु मेहनत बिल्कुल नहीं करते और कुछ लोग वे हैं जो रात दिन अच्छा खा पीकर अपने को मोटा ताजा देखना चाहते हैं किन्तु शतश: प्रयत्न करने पर भी मोटे नहीं हो पाते। आखिर इसका ग्रहों से कोई सम्बन्ध है या नहीं अब हमें देखना यही है। यह हम पुस्तक के प्रारम्भ में ही कह आये हैं कि वृहस्पति ग्रह कफप्रकृति हैं वसा यानि कि चर्बी का बढ़ाने वाला है इसी प्रकार बुध,

त्रिदोष प्रकृति वाला है और जिसका अधिकार त्वचा पर है राहु-केतु-शनि वायु प्रकृति हैं जिनका अधिकार जिगर-तिल्ली इत्यादि पर है। जिस मनुष्य के जन्मपत्र में लग्न में शनि त्रिकोण में नीच का मंगल और बारहवें भाव में क्षीण, शत्रु या अस्त का चन्द्रमा हो तो बात रोग द्वारा मोटापा होता है। यदि सूर्य, शनि-राहु-केतु सप्तम स्थान में नीच के बुध से दृष्ट हों तो शरीर में मुटापा हो जाता हैं। जिसके जन्मपत्र में सूर्य नवम स्थान में मंगल पंचम स्थान में हो और शनि, बुध के घर का छठे या आठवें भाव में तो उसकी जांघों में मुटापा भर जाता है। जिस मनुष्य के जन्मपत्र में मकर का बृहस्पति छठे आठवें भाव में शनि-राहु दृष्ट युक्त हो तो, या फिर कर्क राशि गत शनि को बुध और चन्द्रमा देखते हों जो कि त्रिक स्थान गत अपनी सत्ता रखते हों यदि छठे बृहस्पति अष्टम स्थान में नीच का चन्द्रमा शनि या मंगल से दृष्ट हो तो रक्त विकार द्वारा और बुध से दृष्ट-युक्त होने पर नसों के सूज जाने के कारण मोटापा छा जाता है। जिसके जन्मपत्र में केतु-राहु-शनि तीनों ही छै आठ-बारह भावों में बैठे हों उसके मन्दाग्नि द्वारा जिगर-तिल्ली की खराबी द्वारा शरीर में सूजन आ जाता है। जिसके जन्मपत्र में कन्या का शुक्र-मंगल दूसरे, सूर्य-शनि तीसरे, बुध चौथे, राहु छठे, बृहस्पति ग्यारहवे और चन्द्रमा केतु बारह भाव में हों तो वह मोटा होता है।

हृदय रोग—जिस जातक के जन्मपत्र में तुला का सूर्य-शनि और बृहस्पति के साथ चतुर्थ भाव में मंगल से दृष्ट बैठा हो तो उसे हृदय रोग होता है। जिस मनुष्य के जन्मपत्र में गुरु, मंगल से पूर्ण दृष्ट हीन बल छठे घर का अधिपति अशुभ युक्त हो और वृश्चिक राशि गत सूर्य अष्टम स्थान में हो तो उदर या हृदय में रोग होता है। यदि चतुर्थेश अष्टमेश दोनों ही चतुर्थ भाव में हों तो या चतुर्थ भाव में राहु-केतु अथवा शनि संयुक्त हो और चतुर्थेश पाप युक्त-दृष्ट छठे आठवें भाव में हो या चतुर्थेश, नीचास्त का त्रिक स्थानों में से किसी एक में हो, या त्रिक स्थानों में गये शनि मंगल-और गुरु नीच राशियों के नीचांश में या शत्रु के घर में बलहीन हो तो हृदय रोग होता है। जिसके जन्मपत्र में सभी शुभ ग्रह त्रिकस्थानों में और पाप-क्रूर ग्रह केन्द्र-त्रिकोण में सपाप बैठे हों तो उसे हृदय रोग होता है।

जिसके जन्म लग्न में शत्रु राशि का केतु, शनि दृष्ट हो, बुध-शुक्र अष्टम भाव में शत्रु राशि के हों नीच राशि गत चन्द्रमा द्वादश भाव में पाप या क्रूर दृष्ट हो तो हार्ट अटैक या हृदय रोग होता है। यह तो सभी ज्योतिषाचार्य जानते ही हैं कि चतुर्थ भाव, पंचम भाव, सूर्य-चन्द्रमा, राहु-केतु मंगल और शनि यह ग्रह ऐसे हैं जिनका किसी न किसी प्रकार हृदय से रक्त, वायु अचानक हादसा स्वाँस, प्रस्वाँस, स्वाँसनली और बुध का नसों से पूर्ण सम्बन्ध है। हृदय की स्पन्दन गति का रुक जाना ही हार्ट अटैक कहलाता है अब हमने देखना यह है कि वास्तव में हृदय गति अवरोध किन-किन ग्रहों के सम्बन्ध से होता है। ज्योतिष द्वारा हृदय रोग निदान के लेखक श्री सुभाष भारद्वाज ज्योतिष विज्ञान विशारद, नौरोजी नगर नई देहली-१६ द्वारा प्रस्तुत की गई स्व० लाल बहादुर शास्त्री भूतपूर्व प्रधान मन्त्री (भारत) की जन्म कुंडली इस प्रकार है।

हृदय-फुपफुसरोग-चिकित्सांक सुधानिधि, प्रकाशक, धन्वन्तरि कार्यालय विजयगढ़ (अलीगढ़) फरवरी-मार्च १९७८। पेज नं० १५७।

जन्म कुंडली

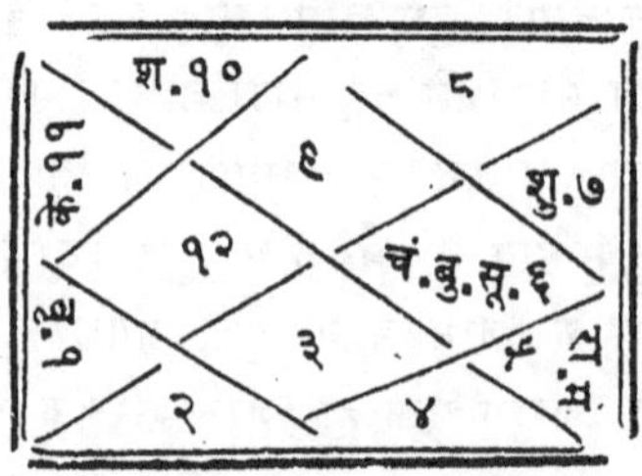

उपयोगी साहित्य माला—१ ज्योतिष और रोग

लेखक ज्योतिर्विद जगन्नाथ मसीन (रिटायर्ड एं० ओ०) भूतपूर्व प्रधान स्वामी रामतीर्थ मिशन दिल्ली, प्रकाशक गोयल एण्ड कम्पनी, दरीबा, दिल्ली ६। द्वितीय संशोधित संस्करण १९७१ पेज नं० १०८ पर स्वर्गीय श्री लाल० बहादुर शास्त्री की कुण्डली सं० ५७ इस प्रकार है—

जन्म कुंडली

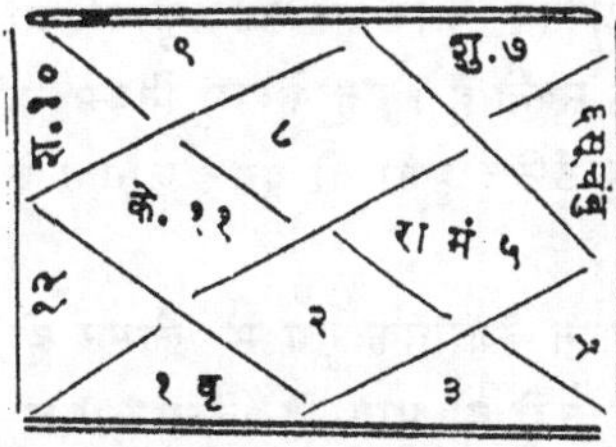

उपर्युक्त दोनों कुण्डलियों में लग्न बदल जाने से एक ही कुण्डली के फलादेशों में धरती-आकाश का अन्तर पड़ जाना चाहिये किन्तु दोनों ही ज्योतिर्विदों ने एक ही व्यक्ति के लग्नान्तर पर, अपने-अपने फलादेशों की पुष्टि कर, अपनी-अपनी कुण्डली को शास्त्री जी की हृदय गति रुकने (हार्टफेल होने) की सच्ची तस्वीर खींचकर पाठकों के सामने रक्खी है। पाठक स्वयं इस बात का निर्णय लें क्या दोनों कुण्डलियों की तारम्यता एक हो सकती है या नहीं।

अब ये काशीपुर जिला नैनीलाल की आँखों देखी हार्टफेल होने वाले व्यक्ति की कुण्डली प्रस्तुत करता हूं जो कि इस प्रकार है।

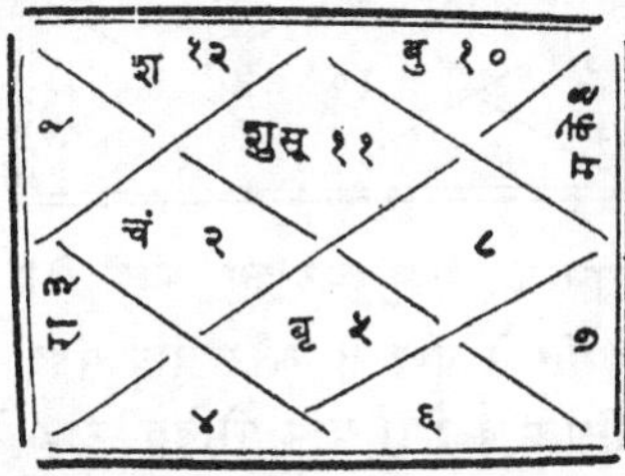

इस कुण्डली में चतुर्थ स्थान में चन्द्रमा शनि दृष्ट है और वही शनि मङ्गल को पूर्ण दृष्टि से देख रहा है पञ्चम स्थान में राहु जो मङ्गल दृष्ट है और मङ्गल पूर्ण दृष्टि से शनि को भी देख रहा है मारकेश बृहस्पति मारकस्थ बलवान सूर्य के घर में सूर्य से दृष्ट है और अपने शत्रु शुक्र ग्रह से भी दृष्ट है। सूर्य शत्रु के घर का लग्न में है जो कि शनि से द्विर्द्वादश योग करता है इसी प्रकार राहु चन्द्रमा का आपस में द्विर्द्वादश योग हानि कारक है और मङ्गल केतु का चन्द्रमा से षडष्टक योग भी दिल को कमजोर करने वाला है शनि और गुरु का

षडष्टक योग और गुरु का मङ्गल केतु से नव पञ्चम योग भी हृदय को दुर्बल बनाता है इसी प्रकार और भी कई कुण्डलियाँ हैं। जिनमें अचानक हार्टफेल के लक्षण मिल सकते हैं। यह केवल नियम नहीं है कि अमुक जातक का अमुक योगों द्वारा हार्टफेल हुआ तो दूसरे जातक के हार्टफेल होने के लिये भी वही नियम लागू है।

कैन्सर—इस वर्तमान वैज्ञानिक युग में कैन्सर ही एक ऐसा रोग है कि जिसका पूर्णतया इलाज नहीं हो पाया है कैन्सर एक प्रकार का फोड़ा ही समझना चाहिये जिसमें मांस नसें नाड़ियाँ आदि जलने लगती हैं यह शरीर के किसी भी भाग में उभर आता है जिन लोगों की प्रारम्भ में चिकित्सा यथा समय ठीक रूप से हो जाती है वे किसी न किसी प्रकार अंगहीन से जीवित रहते हैं अन्यथा यह असाध्य रोग प्राणों के साथ ही जाता है।

यह एक कैन्सर पीड़ित जातक का जन्मांक है।

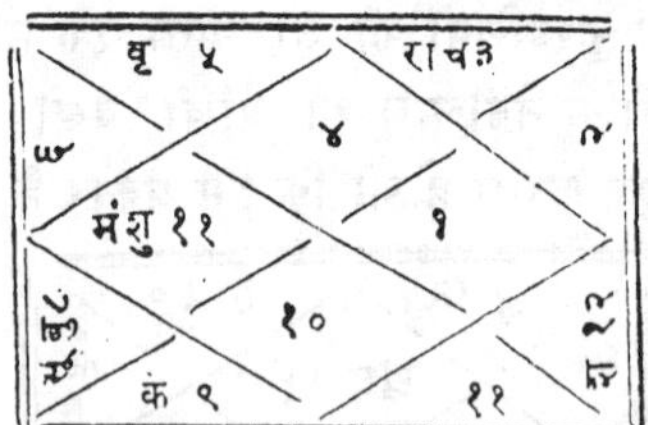

इस पत्री में छठे स्थान का शत्रु घर का केतु रोग कारक है जो कि रक्त विकारी अपने शत्रु बृहस्पति से दृष्ट है और वायु पीड़ा होनेवाले शनि से भी दृष्ट है। रुधिर से सम्बन्धित चन्द्रमा पाप पीड़ित राहु के साथ है जो कि केतु को पूर्ण दृष्टि से देख रहा है बुध-पञ्चम स्थान में अपने शत्रु की राशि का बली सूर्य के साथ है जो कि शरीर ताप बढ़ाता है। चतुर्थ घर मे मंगल अपने शत्रु के साथ उसी के क्षेत्र में है केतु का अपने शत्रु सूर्य से द्विर्द्वादश योग पीड़ा कारक है। बृहस्पति का केतु से नव-पंचम योग रक्त प्रकोप को बताता है मङ्गल रक्त विकारी सप्तम स्थान को पूर्ण दृष्टि से देख रहा है जो कि अकाल पुरुष का पेट माना गया है पाठक सभी योगों से निर्णय लें कि पेट का कैन्सर इन योगों में शक्य है या नहीं। उपर्युक्त कुण्डली वाले जातक को पेट में आँतों

का कैन्सर था चार वर्ष उस बीमारी से पीड़ित रहकर ता० ८-७-१९६४ को उनका निधन हुआ। इसी प्रकार दूसरी जन्म कुण्डली दूसरे जातक की है जिसका निधन ८-१०-१९६४ को हुआ।

इस जातक की खाने की नली में कैन्सर था जो कि खाना नहीं खा सकता था। इस कुण्डली में राहु लग्न में केतु सप्तम में प्रत्यक्षफल वाले ग्रह हैं बृहस्पति छठे घर में रक्त विकार और रक्त चाप के लिये शत्रु के घर में शत्रु भाव में बैठा है। इसी प्रकार क्रूर ग्रह मंगल के घर में शीघ्र रक्त श्राव करने के लिये बहुत उत्तेजित है अष्टम में शत्रु राशि का शनि मङ्गल के साथ द्विगुण मार्केश होकर बैठा है। बुध, आमाशय का स्वामी होकर भाग्य स्थान में है जिसका प्रभाव स्वांस रक्त वाहिनियों पर पड़ता है। रक्त विकारी गुरु का अपने शत्रु बुध की राशि तथा अपने शत्रु शुक्र से नव पञ्चम योग है शनि-मंगल का लग्न से तथा राहु से षडष्टक योग गले कण्ठ सिर पर प्रभाव डालने वाला है और साथ ही चन्द्रमा और गुरु का द्विर्द्वादश योग पूर्ण रूप से रक्त विकारी रक्तश्राव करने वाला है। पाठक हिसाब लगायें कि उपर्युक्त कुण्डली में खाने या सांस नली में कैन्सर बनता है या नहीं क्योंकि उपर्युक्त दोनों ही कुण्डलियों वाले जातकों के मुँह से रक्त के जमे हुए टुकड़े निकलते मैंने अपनी आंख से देखें हैं। इस दूसरी कुण्डली वाले जातक का निधन ८ महीने के ही अन्दर हो गया था जबकि पहली कुण्डली वाले जातक को ४ वर्ष तक बीमार रहना पड़ा था—देखने में यही आया है ८ तारीख दोनों की तटस्थ है जो कि अंक विद्या से पूर्ण सम्बन्ध रखती है जो कि केतु का नम्बर है। केतु ग्रह के लिये लिखा है कि केवल दुःखदायकम्। ये बीमारी चाहे जिसे हो उसकी लम्बी बीमारी में केतु का सम्बन्ध अवश्य होगा यह एक निश्चय सी बात है। पाठक भविष्य में

अनेक कुण्डली अनेक बीमारों की देखकर अपने अनुभव से अनेक सिद्धान्त निश्चय कर किसी भी निर्णय पर पृथक्-पृथक् पहुँच सकते हैं। यह सब कहने का तात्पर्य यही है कि शनि, राहु, केतु, मङ्गल, चन्द्रमा, बृहस्पति, सूर्य, बुध और शुक्र ये सभी यदि अपने शुभ की राशि को शत्रु भाव में दृष्ट युक्त होकर त्रिक स्थानों में सपाप बैठे हों या दृष्ट-युक्त हों तो हार्टफेल अर्बुद कैन्सरादि रक्त विकारी वीमारी उत्पन्न करते हैं। यहाँ शुक्र-वृहस्पति का संयोग शुगर जाने पर और भी रोगों को बढ़ावा देने वाला हो जाता है। पाठक ध्यान पूर्वक विवेक से कार्य करें तो शीघ्र रोग का निदान, उपचार कर चिकित्सकों की चिकित्सा में सहायक सिद्ध हो सकते हैं। जीवन-मरण यश अपयश विधि हाथ।

विशेष रोगों में ग्रह सम्बन्ध योग

यदि धन या व्यय भाव या धनेश व व्ययेश ६-८-१२ स्थान में होकर किसी प्रकार भी शुक्र से दृष्ट या नवांशादि से सम्बन्धित होने पर नेत्र विकार अवश्य होता है।

सूर्य के साथ शुक्र किसी भी स्थान में होने पर नेत्र रोग करता है।

दूसरे या बारहवें भाव में यदि चन्द्रमा और शुक्र हो तो नेत्र रोग होता है।

त्रिकोण गत राहु को यदि नीच का सूर्य देखता हो अर्थात् तुला राशिगत ग्रहण समय का जन्म हो तो नेत्र पीड़ा अवश्य होती है।

सप्तम स्थान के शनि, राहु और केतु दाँतों में खराबी उत्पन्न करते हैं।

यदि तीसरे स्थान में शनि राहु केतु हों तो गले में रोग, दाँतों में रोग, पायेरिया कानों में रोग उत्पन्न करते हैं।

यदि पञ्चमेश वृहस्पति के साथ ६-८ स्थान में हो तो बच्चा बहुत बड़ी उम्र में जाकर बोलता है कोई-कोई मूक भी रह जाता है। जब पञ्चमेश २ या ८ भाव में हो तो उस योग वाले को स्वांस या दमे का रोग होता है।

सूर्य, चन्द्र, मङ्गल और बुध यदि लग्न, चतुर्थ और सप्तम स्थान में से किसी भी भाव में हों तो मुख में रोग होता है। यदि सूर्य छठे घर में हो तो सिर में, चन्द्रमा छठे घर में हो तो मुख में, मङ्गल छठे घर का गले में, बुध छठे घर का नाभि में, गुरु छठे घर का नाक में, शुक्र छठे घर का आँख में,

शनि छठे घर का पैर में और राहु-केतु छठे घर का बगल में घाव या पीड़ा करता है।

जिसके जन्मपत्र में नवें घर में शनि, तीसरे गुरु, आठवें या १२ भाव में सूर्य, सात-आठ में चन्द्र मंगल हो तो उसे शल्य चिकित्सा रोग (फोड़ादि) होता है। यदि कर्म स्थान में राहु-शनि-बुध हों सूर्य पर गुरु-शुक्र की पूर्ण दृष्टि हो या सूर्य शनि, मङ्गल राहु से युक्त हो तो पैर में घाव होता है यदि क्षीण चन्द्र, शनि छठे भाव में राहु दृष्ट हो तो सिर में पीड़ा या घाव होता है।

यदि छठे घर में सूर्य हो सिंह राशि का शनि राहु केतु मङ्गल से दृष्ट हो तो पित्त प्रकोप से चन्द्रमा से दृष्ट होने पर बात-कफ से बुध से दृष्ट होने पर कफ से वृहस्पति से दृष्ट होने पर रक्त विकार से कैन्सर, कार्वन्कल ट्यूमरादि की प्रकार का फोड़ा होता है शुक्र से दृष्ट होने पर अतिसार और शनि से दृष्ट होने पर ताप, तिल्ली मन्दाग्नि तथा जिगर में खराबी होती है।

जिसके जन्मपत्र में सू. च. मंगल तीनों छठे घर में एकत्रित हों तो शूल पीड़ा होती है छटे स्थान में मं. बु. सूर्य हों उसे चन्द्रमा शुक्र देखते हों तो उसे राजक्ष्मा रोग होता है यदि लग्नेश शत्रु या नीच राशिगत हो शनि मंगल छठे घर में हों सूर्य-राहु बारहवें भाव में हों तो वंश परम्परागत रोग होते हैं।

जिसके छठे भाव में शनि, बारहवें भाव में सूर्य-राहु, तीसरे या एकादश में सबल मङ्गल हो और उसे कोई भी शुभ ग्रह न देखता हो तो स्वास या क्षय होता है यदि छठे भाव में चन्द्रमा, लग्नेश क्रूर ग्रह और शनि ८-१२ में से किसी भी स्थान में हो तो उसे पीनस या नजला जुकाम खाँसी सदैव रहती है।

यदि षष्ठेश, छठे घर में जलचर राशि गत चन्द्रमा से दृष्ट हो तो उसे मूत्रकृच्छ रोग होता है। यदि बलहीन षष्ठेश मंगल के साथ लग्न में हो तो सिर-मुख, गुह्यादि में रोग होता है। छठे घर में चन्द्रमा बुध, शुक्र और वृहस्पति अरिष्ट कारक दुखदाई होते हैं। यदि सप्तम स्थान में शनि और बुध हों किन्तु एक नीच का अवश्य हो तो चित्रकोढ़ होता है। अस्तगत ग्रह की दशा में पेट-छाती, गुह्यादि में यथा स्थान होने पर रोग अवश्य होता है

छठे स्थान स्थित ग्रह की दशा ८-१२ स्थान के स्वामी का योग पाकर बीमारी करती है।

जिसके जन्मपत्र में नीच का मंगल सप्तम और मकर का वृहस्पति लग्न में बैठा हो तो उसे मृगी या उन्माद रोग होता है। यदि शनि और वृहस्पति दोनों एक साथ लग्न में हों तो मनुष्य आलसी होता है। जिसके शनि से चौथे बुध हो और षष्ठेश ६-८-१२ में किसी भी स्थान में हो तो वह मनुष्य बहरा होता है। बुध और षष्ठेश लग्न में बलवान हों तो मनुष्य गूंगा या हकलाने वाला होता है।

छठे घर में नीच का शुक्र हो लग्न में मंगल हो तो नाक में पीड़ा या शल्य चिकित्सा हो। जब छठे भाव में सूर्य, मंगल तथा शनि में से कोई भी नीच का हो तीनों एकत्रित हों तो मनुष्य के पैर में पीड़ा या लंगड़ा या लूला पन होता है।

जब अष्टमेश लग्न, छै आठ बारह में से किसी भी भाव में हो तो वह सदा रोगी रहता है ६-८-१२ भाव में नीच का चन्द्रमा अरिष्ट कारक होता है। जब क्षीण या अस्त का चन्द्रमा या शुक्र बारहवें भाव में हों तो नेत्र-ज्योति क्षीण होती है त्रिकोण गत राहु पर सूर्य की दृष्टि नेत्रज्योति क्षीण करती हैं। यदि मंगल लग्नेश हो अथवा बुध की राशि का हो मंगल और बुध से दृष्ट हो तो नेत्र रोग रहता है।

सप्तम स्थान में गये पाप ग्रह दाँतों को खराब करते हैं सप्तम स्थान में शनि बुध का योग कोढ़ उत्पन्न करता है। शनि चन्द्र लग्न में बुध सप्तम में हो तो बुद्धि भ्रमित रहती है। यदि शनि से चतुर्थ स्थान पर बुध नीच का और षष्ठेश, त्रिक स्थान में हो या फिर रात्रि के जन्म में छठे भाव में बुध, और दशम शुक्र हो या फिर शनि दृष्ट, षष्ठेश त्रिक स्थान में बैठा हो तो आदमी ऊँचा सुनने वाला बहरा होता है। यदि शनि मंगल धन भाव में और धनेश लग्न में या धनेश और षष्ठेश लग्न में और शनि मंगल १२ वें भाव में हों तो बहरा हो या कर्णछेद कराना पड़े।

सिंह राशि गत सूर्य और बुध छठे या लग्न में हों तो जिह्वा बोलते समय अटकती है। जिसके जन्मपत्र में शुक्र और मङ्गल अष्टम स्थान में हो

या वृश्चिक राशि के हों तो या चन्द्रमा और, मेष या वृश्चिक राशि के शनि गुरु से दृष्ट हों या फिर कारकांश लग्न में युक्त हो और वह केवल बुध से दृष्ट हो तो अंडकोष वृद्धि को प्राप्त होते हैं।

जिस जातक के पूर्ण चन्द्रमा मङ्गल के साथ वृश्चिक राशि का बैठा हो तो या फिर शनि मङ्गल बारहवें स्थान में मेष राशि के बैठे हों तो पिडलियों में पीड़ा रहती है।

सप्तम स्थान में शनि यदि राहु या केतु से युक्त होकर मेष राशि का हो या चन्द्रमा और शनि कर्क राशिगत क्रूर या पाप दृष्ट हो या अष्टम और नवमेश चतुर्थ स्थान में शत्रु राशि के हों या शनि और षष्ठेश बारहवें स्थान में शत्रु राशि के हों तो या सूर्य मङ्गल शनि यदि मीन राशि गत छठे भाव में एकत्रित हों या फिर मेष, कर्क, वृश्चिक, मकर और मीन राशि गत चन्द्रमा और शनि, राहु-केतु युक्त यदि त्रिकोण में बैठे हों तो जातक को पैर में खोट होता है पंगु या लंगड़ा हो सकता है। यहाँ देखना यह है कि शनि ग्रह, मीन राशि और बारहवाँ स्थान विराट पुरूष के पैर का स्थान माना गया है इनके संयोग से और पाप दृष्टि पड़ने से पैर पर चोट लग कर या जन्म जात खोट हो सकता है।

यदि वृश्चिकेश मङ्गल लग्न में शुभदृष्ट न हो, या शनि केतु सप्तम भाव में हों, या लग्नेश मङ्गल ये दोनों ६-८-१२ में हों तो, शनि राहु-केतु युक्त मङ्गल षष्ठेश होकर यदि लग्न में है तो, या शनि मङ्गल, लग्न, छठें बारहवें स्थान में हों तो, षष्ठेश सूर्य युक्त होकर लग्न अथवा अष्टम स्थान में हो तो लग्नेश मङ्गल पाप युक्त-दृष्ट पंचम भाव में हो तो या लग्न में मङ्गल सातवें गुरु शुक्र हो तो कहने का तात्पर्य यह है कि मङ्गल यदि लग्न चौथे छठे, सातवें आठवें बारहवें भाव में सूर्य-शनि आदि ग्रहों से युक्त दृष्ट हो तो शरीर में कहीं न कहीं घाव आवश्यक बनाता है।

जिस जातक के जन्मपत्र में शनि-राहु-मंगल तीनों एकत्रित लग्न, छठे, सातवें व आठवें स्थान में हों और इनमें से कोई भी नीच राशिगत हो तो, या तृतीयेश के नवांश पति जिस राशि के नवांश में हो उसका अधिपति यदि केन्द्रवर्ती हो तो मस्तक रोग उत्पन्न करता है।

जिसके बुध युक्त मंगल हो, लग्नेश छठे सातवें या आठवें भाव में हो तो या, दूसरे स्थान में सूर्य मंगल योग मेष, सिंह, या वृश्चिक राशि में हो तो मुख में रोग या लाल आकृति होता है।

यदि तृतीयेश, क्रूर षष्ठ्यांश में हो या, कारकेश लग्न में गये हुए केतु को चन्द्र, राहु केतु देखते हों, या गुलिक शनि तीसरे भाव में अशुभ दृष्ट न हो तो कान में रोग या पीड़ा होती है।

यदि लग्न में किसी के भी राहु और बृहस्पति एक साथ बैठे हों या छठे सातवें आठवें भाव में राहु-केतु-शनि में से कोई हो शुभ दृष्ट न हों तो दाँतों में रोग होता है।

जिस जातक के जन्मपत्र में षष्ठेश, तीसरे या सातवें भाव में नीच का बैठा हो शुभ दृष्ट न हो चाहे अशुभ क्रूर दृष्ट हो या न हों तो उसको नाभि सरकने या नल पीड़ा निकलने का रोग होता है।

जिस जातक के जन्मपत्र में सिंह राशिगत चन्द्रमा लग्न या सप्तम स्थान में शनि राहु-केतु से युक्त दृष्ट हो तो, या एकादशेश, पराक्रम भाव में नीच का पड़ा हो या पराक्रम में नीच का गुरु हो और शुक्र त्रिकोण में बलहीन हो तो, या शनि-मंगल त्रिक स्थान में हों दोनों में से कोई भी नीच का हो तो अवश्य ही मनुष्य को शूल रोग का सामना करना पड़ता है।

जिस जन्मपत्र में लग्नेश, सप्तम भाव में शुभ दृष्टि रहित, क्रूर अशुभ दृष्ट हो तो, या षष्ठेश चन्द्रमा पाप युक्त चौथे या दशम स्थान में हो तो, या चन्द्रराशीश और षष्ठेश ये दोनों ही यदि सूर्य और मंगल से दृष्ट हों तो, या शनि मंगल के मध्य चन्द्रमा, मकर राशि के सूर्य से दृष्ट हो तो, या पंचम स्थान में बृश्चिक का चन्द्रमा शनियुक्त हो तो तिल्ली बढ़ने का रोग होता है।

जिस मनुष्य के जन्मपत्र में दूसरे तीसरे, सातवें आठवें स्थान में राहु या केतु हो और वह मंगल से दृष्ट हो तो राहु में राहु के अन्तर पर या राहु के अन्तर्गत मंगलदशा में या फिर चन्द्रमा मंगल त्रिक स्थान में, तथा धन भाव गत राहु-गुलिक युक्त हो या फिर तृतीयेश युक्त राहु लग्न में हो तो उस मनुष्य को जीवन में सर्प भय होता है।

यदि किसी जातक के जन्मपत्र में पाप और क्रूर ग्रह एक ही अंश के होकर लग्न में बैठे हों या षष्ठेश सूर्य, मंगल से युक्त होकर या षष्ठेश मंगल से युक्त होकर अग्नि राशि में बैठे हों तो, यः १-६-७-१२ वें स्थान में मंगल गुलिक युक्त हो तो, या फिर सूर्य मंगल, लग्न, छठे सातवें आठवें मेष में एक साथ सबल बैठे हों तो, ऐसे योग वाले जातक को फोड़े फुन्सियां बहुत निकलती हैं और उसे अग्नि से भय रहता है।

जिसके जन्मपत्र में दूसरे स्थान में शनि पाप युक्त तथा क्रूर दृष्ट हो तो, या द्वितीयेश शनि से युक्त-दृष्ट हो तो, या धनस्थान में षष्ठेश सूर्य से युक्त हो तो, या धनस्थान में मंगल और गुलिक हो या अष्टम स्थान में द्वितीयेश से दृष्ट हो तो, या ग्रहण समय कर्क या सिंह राशि हो और उसे षष्ठेश देखता हो तो, या तृतीयेश और वृहस्पति, ये दोनों ही लग्न में हों तो, या षष्ठेश शनि, राहु-केतु से युक्त हो तो, या षष्ठेश, लग्नेश ये दोनों ही वृहस्पति से दृष्ट हो तो, या चन्द्रमा से दृष्ट हो तो निश्चय पूर्वक उपर्युक्त लक्षणों वाले मनुष्य को चतुष्पद जानवर से भय रहता है।

यदि किसी के जन्मपत्र में षष्ठेश सूर्यादि ग्रह अष्टम स्थान में नीच-शत्रु राशि के हों तो ग्रहान्तर्दशा में जातक की स्त्री को अनेक प्रकार के रोग उत्पन्न हो जाते हैं अतः स्वः के ही ग्रहों का फल अपने को न लगकर स्त्री को बच्चों को तथा स्त्री बच्चों के ग्रहों का फल भी अपने को लगकर कष्ट पहुँचता है इसलिये यदि ज्योतिषी जी को जातक जन्मपत्र से रोग समझ न आता हो तो सर्वाधीन स्त्री-बच्चों की जन्मपत्री, दशान्तर्दशा देखकर अपने फलादेश की पुष्टि करनी चाहिये। घबराकर बहकना नहीं चाहिये।

जिस मनुष्य के जन्मपत्र में शनि राहु एक ही स्थान में लग्न या सप्तम में हों अष्टमेश ६-८-१२ में हो छठे घर में क्रूर या पाप ग्रह और षष्ठाधिपति त्रिक स्थानों में से कहीं हो पाप क्रूर दृष्ट युक्त बैठा हो तो ऐसे लक्षणों से युक्त मनुष्य सदैव किसी न किसी रोग से पीड़ित रहता है यदि षष्ठेश मंगल शनि के साथ लग्न में अष्टमेश होकर बैठा हो और अष्टम स्थान राहुयुक्त हो तो वह भी सदा किसी न किसी रोग से पीड़ित रहता है।

जिसके जन्मपत्र में लग्न पाप युक्त हो और शुक्र से दृष्ट हो और षष्ठ

भाव में वृहस्पति अशुभ ग्रहों से युक्त हो तो, या लग्न पाप दृष्ट और लग्नेश नीच अस्त नीचास्त हों साथ ही अष्टम स्थान शनि-शुक्र और सूर्य संयुक्त हो और मंगल युक्त दशम स्थान शनि से दृष्ट हो तो उस मनुष्य को प्रमेह मधुमेह रोग अवश्य होता है।

जब जन्मपत्र में छठे स्थान में पाप ग्रह हों षष्ठेश पापाक्रान्त हो शुभ दृष्ट न हो और चन्द्रमा नीचास्त का चौथे या दशवें भाव में हो तो, या चन्द्रमा शनि से इसराफ योग करता हो और जातक का जन्म कृष्ण पक्ष का अष्टमी से अमावस्या या कुहु काल तक हों तो भी लकुआ या अधरंग नाम की बीमारी होती है।

जिसके जन्मपत्र में शनि राहु-केतु दृष्ट युक्त चन्द्र छठे स्थान पर हो तो, शीत जन्य रोग, मंगल के छठे घर पर दूषित होने पर रक्त पित्त जन्य रोग, और बुध के दूपित होने पर त्रिदोष युक्त (वात पित्त कफ) रोग, बृहस्पति के दूषित होने पर रक्त, बात जन्य रोग, शुक्र के छठे घर में दूपित होने पर बीर्य, कफ बात जन्य रोग, शनि के दूषित होने पर पर बात, कफ दोषयुक्त रोग और सूर्य के दूषित होने पर मंगल के समान रक्त पित्तादि दोष जन्य रोग उत्पन्न होते हैं। राहु-केतु के सपाप, शत्रु घर के छठे सातवें आठवें स्थान पर होने में बात पित्त-कफ शूल युक्त, मृगी, हिस्टिरिया के दौरे, शीतला प्रकोप, अण्डकोष वृद्धि, अर्श, पैत्रिक रोगों में वृद्धि करने वाले कम्पन जन्य रोग उत्पन्न होते हैं अतिसार, हैजा, संग्रहणी, गुल्मादिरोग के साथ-साथ भूत पिशाचादि जनित कष्ट भी उठाने पड़ते हैं।

जिसके जन्मपत्र में ३-६-११ भाव में पाप दृष्ट मंगल और १२ वें भाव में शुक्र चन्द्रमा हो जो कि बुध से दृष्ट हो तो, या लग्न गत नीच का मंगल, सूर्य या शुक्र से दृष्ट हो तो शरीर में शल्य चिकित्सा द्वारा घाव बनता है। जब मंगल की महादशा में शनि का अन्तर आता है तो चोरों लुटेरों डाकुओं या इसी प्रकार के दूषित कर्म करने वालों द्वारा जातक को सिरादि में घाव दिये जाते हैं।

जिसके जन्मपत्र में लग्नेश छठे स्थान में और षष्ठेश लग्न में हो तो शत्रुओं से कष्ट मिलता है। षष्ठेश मंगल यदि लग्न में पाप युक्त पाप दृष्ट

हों तो शत्रुओं से सदा ही भय बना रहता है। यदि षष्ठेश पाप ग्रहों से युक्त, त्रिक स्थान में निर्बल बैठा हो तो भी शत्रुओं से सदैव भय रहता है।

तुला राशि गत सूर्य पंचम हो या, मेष लग्न वाले का षष्ठेश युक्त सूर्य ६-८ में हो तो हड्डी का क्षय, होता है।

लग्न में सूर्य, सप्तम मंगल, विशेष कर सिंह का सूर्य लग्न में, कुम्भ का मंगल सप्तम में हो तो जातक उन्मादी होता है। यदि मेष लग्न में शनि हो और कन्या का सूर्य हो तो जातक आजन्म रोगी रहता है।

जिसके जन्मपत्र या वर्षफल में सूर्य के साथ शुक्र हो तो उसे ज्वर, सिर दर्द, शूल रोग, श्वास, अतिसार रोग होते हैं। सूर्य के साथ राहु के होने पर मूत्रकृच्छ्र रोग होता है। सूर्य बुध के साथ होने पर ज्वर, शत्रुपीड़ा, बुध चन्द्रमा के साथ होने पर स्वास, दाद, खुजली पीड़ा और पशु पीड़ा होती है। बुध मङ्गल के साथ होने पर सिर तथा बाहुओं में असाध्य रोग होते हैं। बुध शनि के साथ होने पर प्रमेहादि रोग होते हैं। बुध राहु के साथ होने पर चित्त में भ्रम तथा वायु पीड़ा सताती है। गुरु सूर्य के साथ होने पर वातव्याधि के साथ-साथ सिर में पीड़ा तथा ज्वर-बुखार पीड़ा होती है। गुरु मङ्गल के साथ होने पर ज्वर, गुरु बुध साथ होने पर सिर में दर्द, यदि वर्षफल में वृहस्पति के साथ राहु नीच का हो तो बन्धन, बुखार, मन में सन्ताप होता है। सूर्य शुक्र लग्न त्रिक या दूसरे भाव में हों तो पेट नेत्र शरीर में पीड़ा होती है। शुक्र शनि साथ होने पर शीत ज्वर वात-विकार जल पीड़ा होती है। शुक्र राहु साथ होने पर नाखून दाँत सिर में पीड़ा शीत ज्वरादि होते हैं। शुक्र केतु साथ होने पर फोड़ा फुन्सियाँ सर्दी तथा विषैले जानवरों से कष्ट होता है। शनि के साथ सूर्य होने पर सिर में दर्द मन में उद्वेग तथा अग्नि वायु से पीड़ा होती है। शनि चन्द्रमा के साथ होने पर वात कफ नजला जुकाम खूब होते हैं। शनि मङ्गल के साथ होने पर रक्त वात विकार, चोरी से भय होता है। शनि राहु के साथ होने पर सन्निपात रोग, शीतला रोग, पित्त प्रकोप, अङ्ग प्रत्यङ्ग पीड़ा, जल सर्प भय रहता है। शनि केतु साथ होने पर किसी प्रकार का भी रोग हो सकता है। जन्मपत्र पर उपर्युक्त योगों के होने के अतिरिक्त वर्षफल में

भी उपर्युक्त योगों का पूर्ण प्रभाव पड़ता है जो कि अपना प्रभाव अपनी दशा में दिखाये बिना नहीं रहता है।

वर्षफल में आये ग्रहों द्वारा रोग

जिसके वर्षफल में सूर्य लग्न में हो तो उसे सिर आंख मुख में पीड़ा होती है। पञ्चम स्थान का सूर्य पुत्र को रोगी बनाता है। सप्तम स्थान गत सूर्य पेट छाती सिर तथा स्त्री को रोगी करता है। अष्टम स्थान का सूर्य नेत्र रोग के साथ-साथ पित्त पीड़ा सर्प भय भी करता है। द्वादश भाव का सूर्य दृष्टि-नेत्र रोग उत्पन्न करता है।

जिसके वर्षफल में चन्द्रमा लग्न में हो उसे नजला जुकाम खाँसी स्वास कफ मुख आंख में रोग करता है। छठे स्थान का चन्द्रमा भी उपर्युक्त रोग करता है। अष्टम स्थान का चन्द्रमा कफ उत्पन्न कर नेत्रों में पीड़ा करता है। बारहवें भाव का चन्द्रमा मन्दाग्नि नेत्र रोग तथा घर में कलह करता है।

जिसके वर्षफल में मङ्गल लग्न में हो तो मुख में आंखों में रक्त पित्त प्रकोप के कारण पीड़ा होती है सिर में दर्द रहता है। पञ्चम स्थान का मङ्गल स्त्री पुत्रादि को पीड़ा देता है। अष्टम स्थान का मङ्गल रक्त पित्त प्रकोप से पीड़ा चोट में रक्त पात तथा अग्नि से भय उत्पन्न कर कष्ट पहुँचाता है। बारहवें भाव का मङ्गल आंखों में रोग पुलिस का भय और शरीर को कष्ट देता है रक्त पित्त विकार उत्पन्न करता है।

जब वर्षफल के लग्न में बुध होता है तो पीलिया रोग उत्पन्न करता है। छठे घर का बुध शत्रुओं द्वारा कष्ट पहुँचाता है और अनेक रोग उत्पन्न करता है। त्रिक स्थान में बुध त्रिदोष रोग कारक होता है।

जब वर्षफल में छठे घर में गुरु हो तो चित्त में उद्वेग रक्त विकार वायु पीड़ा तथा पुराने रोगों को उभारता है। अष्टम बृहस्पति स्त्री पुत्रादि को कष्ट करता है यदि व्यय स्थान में बृहस्पति है तो कफ खाँसी रक्त पुट सहित क्षय रोग उत्पन्न करता है।

जिसके वर्षफल में शुक्र तीसरे घर में हो तो मनुष्य को मित्रों से कष्ट

होता है। छठे घर का शुक्र वात कफ क्षयरोग नजला जुकामादि करता है। त्रिक स्थानों तथा लग्न का शुक्र नजला जुकाम कफ खांसी उत्पन्न करता है।

जब वर्षफल में शनि लग्न में हो तो वायु कफ विकार सिर पेट मुख में पीड़ा जल भय रहता है। दूसरे भाव का शनि मुख नेत्र में पीड़ा कर स्त्री पुत्रादि को कष्ट देता है। पञ्चम स्थान का शनि उदर में वात पीड़ा जिगर तिल्ली में खराबी करता है। अष्टम स्थान का शनि महा व्याधि रोग पीड़ा जोड़ों में दर्द गठियादि रोग उत्पन्न करता है। नवम स्थान का शनि बुद्धि को भ्रमित करता है। दशम स्थान का शनि शरीर में बेचैनी करता है व्यय स्थान का शनि पैर आँख हृदय में पीड़ा करता है और वायु सम्बन्धी प्रत्येक पीड़ा उत्पन्न करता है दिल बेचैन रहता है।

जिसके वर्षफल में राहु लग्न में हो उसे वायु पीड़ा सताती है स्त्री को वायुगोला दर्द हो सकता है। दूसरे स्थान का राहु अनेक रोग नेत्रपीड़ा मुख में छाले तथा खाना खाते समय जीव कटना आदि करता है। चतुर्थ स्थान का राहु बन्धन भय के साथ-साथ चतुष्पद पशुओं से कष्ट दिलाता है। पञ्चम राहु पेट पीड़ा देता है। सप्तम स्थानगत राहु वात रोग करता है कमर में पीड़ा स्त्री को कष्ट पेट में दर्द और मन को वेचैन करता है। अष्टम राहु चेचक शीतला भय वात प्रकोप बन्धुओं से कष्ट दिलाता है। नवम राहु शरीर पीड़ा नेत्र कष्ट करता है। दशम राहु शारीरिक कष्ट के अतिरिक्त मानसिक पीड़ा भी देता है। और बारहवें भाव का राहु वायु पीड़ा से बेचैन कर शरीर को कष्ट देता है पेट में कीड़े तथा लगातार दर्द उत्पन्न करता है।

नमस्कृत्य ततो विष्णुं

शुक्लाम्बरधरं विष्णुं शशिवर्णं चतुर्भुजम्।
प्रसन्नवदनं ध्यायेत्सर्वविघ्नोपशान्तये ॥
लाभस्तेषां जयस्तेषां कुतस्तेषां पराजयः।
येषामिन्दीवरश्यामो हृदयस्थो जनार्दनः ॥

हरिं च केशवं चैव पद्मनाभं च वामनं। वेदगर्भं, वासुदेवं, वराहं मधुसूदनम् ॥
श्रीकृष्णं श्रीधरं पुण्डरीकाक्षं च जनार्दनं। यः प्रातः पठते नित्यं सर्वपापैः प्रमुच्यते ॥

पूजाविधि

आदौ विनायकः पूज्यः

प्रत्येक संस्कार के प्रारभ में सर्व प्रथम काष्ठ चौकी अथवा ग्रहों की वेदी बनाकर उसमें गणेश जी की मूर्ति की स्थापना करनी चाहिये। उस मूर्ति के दक्षिण भाग में उत्तराभिमुख बैठकर, अपने दाहिने हाथ दोनों घुटनों के अन्दरकर, स्वस्ति पद्मासन पर बैठ दूध, गंगाजल मिश्रित जल अपने दाहिने हाथ की अञ्जलि में इस तरह भरे कि उसकी कोई बूंद पृथ्वी पर न गिरे अथवा उस दाहिने हाथ को किसी थाली के ऊपर करले ताकि जो बूंद भी गिरे सो थाली में ही जाय। तत्पश्चात् उस दाहिने हाथ के जल में अक्षत-पुष्प, रोली और यथा साध्य दक्षिणा रखकर, निम्न लिखित मन्त्र से संकल्प-प्रतिज्ञा रूप में इस प्रकार करना चाहिये।

ॐ विष्णुर्विष्णुर्विष्णुः। ॐ तत्सदद्य श्रीमद्भगवतो महापुरुषस्य विष्णोराज्ञया प्रवर्तमानस्याद्य श्रीब्रह्मणो द्वितीये परार्धे विष्णुपदे श्रीश्वेत-वाराहकल्पे, वैवस्वतमन्वन्तरेऽष्टाविंशतितमे कलियुगे कलिप्रथमचरणे, जम्बू-द्वीपे भरतखण्डे भारते वर्षे········उत्तरप्रदेशे श्रीगंगायमुनयोः उत्तर·· ······दिग्भागे नर्मदायाः दक्षिणे प्रदेशे षष्टिसंवत्सराणां मध्ये······अमुक नाम संवत्सरे श्रीमन्नृपविक्रमार्कसमयतः·········संवत्सरे गताब्दगणे······ अमुक अयने अमुक·········ऋतौ·········अमुकमासे·········अमुकपक्षे··· ······अमुकतिथौ·········अमुकवासरे अमुक······नक्षत्रे अमुक राशि··· ················स्थिते चन्द्रे अमुकराशिस्थिते श्रीसूर्ये, अमुकराशिस्थिते देवगुरौ। शेषेषु ग्रहेषु यथा यथा राशि स्थान स्थितेषु सत्स्वेवंगुणविशेषण-विशिष्टायां·········शुभ-पुण्य-तिथौ अमुक गोत्र·········शर्मावर्मादि अहं मम आत्मनोऽशेषपापक्षयार्थं श्रुतिस्मृतिपुराणोक्तफलप्राप्त्यर्थमस्माकं, सर्वेषां सकुटुम्बानां क्षेत्रस्थैर्यायुरारोग्यैश्वर्यदीर्घायुर्विपुलधनधान्यस्थिरलक्ष्मीपुत्र-पौत्राद्यभिवृद्धिपूर्वकं मम जन्मनि जन्मान्तरे वा कृतकायिकवाचिकमानसिक-सांसर्गिकसमस्तपापक्षयार्थं (·········अमुक देवता प्रीतये, अमुक·········) कर्म करिष्ये। तदङ्गत्वेन गणपतिपूजनं स्वस्ति पुण्याह-वाचनं, मातृकापूजनं,

वसोर्धारा नान्दीश्राद्धादि देवतास्थापनादि कर्म करिष्ये।

अमुक रिक्त स्थान पर यथोचित नामों का पाठ करना चाहिये।

उपर्युक्त संकल्प कर लेने के पश्चात् निर्मित वेदी पर, यथाशक्ति, स्वर्ण, चाँदी अथवा मिट्टी से बनी हुई गणेश जी की प्रतिमा (मूर्ति) निम्नांकित मन्त्रों द्वारा स्थापित करनी चाहिये जिसका ध्यान इस प्रकार है। ध्यान—

श्वेतांगं श्वेतवस्त्रं सितकुसुमगणैः पूजितं श्वेतगन्धैः।
क्षीराब्धौ रत्नदीपैः सुरतरुविमले रत्नसिंहासनस्थम्॥
दोर्भिः पाशांकुशेष्टाभयद्युतिविशदं चन्द्रमौलिं त्रिनेत्रम्।
ध्यायेच्छांत्यर्थमीशं गणपतिममलं श्रीसमेतं प्रसन्नम्॥

ॐ भूर्भुवः स्वः। सिद्धिबुद्धिसहितमहागणपतये नमः

१. आवाहन—हे-हेरम्ब! त्वमेह्येहि अम्बिकात्र्यम्बकात्मज।
सिद्धिबुद्धिपते-त्र्यक्ष लक्ष्यलाभपितुः पिता॥
नागास्य नागहारस्त्वं गणराज चतुर्भुज।
भूषितः स्वायुधैर्दिव्यैः पाशांकुशपरश्वधः॥
आवाहयामि पूजार्थं रक्षार्थं च मम क्रतोः।
इहागत्य गृहाण त्वं पूजां क्रतुं च रक्ष मे॥

ॐ गणानां त्वा गणपतिं हवामहे प्रियाणां त्वा प्रियपतिं हवामहे निधीनां त्वा निधिपतिं हवामहे वसो मम आहमजानि गर्भधमात्वमजासि गर्भधम्। ॐ भूर्भुवः स्वः। सिद्धिबुद्धिसहितमहागणपतये नमः।

(आवाहनं समर्पयामि)

२. आसनं—रम्यं सुशोभनं दिव्यं सर्वसौख्यकरं शुभम्।
आसनं च मया दत्तं गृहाण परमेश्वर॥
ॐ वर्ष्मोऽस्मि समानानामुद्यतामिव सूर्यः।
इमन्तमभि तिष्ठामि यो मां कश्चाभिदासति॥
ॐ भूर्भुवः स्वः.........नमः (आसनं समर्पयामि)

३. पाद्यं—उष्णोदकं निर्मलं च सर्वसौगन्ध्यसंयुतम्।
पादप्रक्षालनार्थाय दत्तं ते प्रतिगृह्यताम्॥

ॐ एतावानस्य महिमातो ज्यायांश्च पूरुषः ।
पादोऽस्य विश्वा भूतानि त्रिपादस्यामृतन्दिवि ॥
ॐ भूर्भुवः स्वः नमः.........नमः (पाद्यं समर्पयामि)

४. अर्घ्यं—ॐ ताम्रपात्रे स्थितं तोयं गन्धपुष्पफलान्वितम् ।
सहिरण्यं ददाम्यर्घ्यं गृहाण परमेश्वर ॥
ॐ धामन्ते विश्वम्भुवनमधिश्रितमन्तः समुद्रे हृद्यन्तरायुषि ।
अपामनीके समिधे य आभृतस्तमश्याम मधुमन्त ऊर्मिम् ॥
ॐ भू.........(नमः अर्घ्यं समर्पयामि) ।

५. आचमनं—ॐ सर्वतीर्थसमायुक्तं सुगन्धिं निर्मलं जलम् ।
आचमनार्थं मया दत्तं गृहाण परमेश्वर ॥
ॐ इमम्मे वरुण श्रुधी हवमद्या च मृडय, त्वामवस्युराचके ।
ॐ भू............... नमः (आचमनं समर्पयामि)

६. स्नानं—यहाँ पर पञ्चामृत स्नान कराना चाहिये जिसमें १ दूध गाय का कच्चा; २–दही गाय का, ३–घी, ४–शहद और ५–देशी खाँड़ (शर्करा) इन पाँचों वस्तुओं को एक शुद्ध बर्तन में मिलाकर पञ्चामृत बना ले और तत्पश्चात् थोड़ा सा गङ्गाजल मिलाकर उसे सुगन्धित चन्दनादि से रंजित करके, निम्नांकित मन्त्रों से स्नान कराये जो कि इस प्रकार है :—

कामधेनुसमुद्भूतं सर्वेषां जीवनं परम् ।
पावनं यज्ञहेतुश्च पयः स्नानार्थमर्पितम् ॥
पयसस्तु समुद्भूतं मधुराम्लं शशिप्रभम् ।
दध्यानीतं मया देव स्नानार्थं प्रतिगृह्यताम् ॥
नवनीतसमुत्पन्नं सर्वसंतोषकारकम् ।
घृतं तुभ्यं प्रदास्यामि स्नानार्थं प्रतिगृह्यताम् ॥
तरुपुष्पसमुद्भूतं सुस्वादु मधुरं मधु ।
तेजःपुष्टिकरं दिव्यं स्नानार्थं प्रतिगृह्यताम् ॥
इक्षुसारसमुद्भूता शर्करा पुष्टिकारिका ।
मलापहारिका दिव्यस्नानार्थं प्रतिगृह्यताम् ॥

नानासुगन्धद्रव्यं च चन्दनं रजनीयुतम् ।
उद्वर्तनं मया दत्तं गृहाण परमेश्वर ॥
कावेरी नर्मदा वेणी तुङ्गभद्रा सरस्वती ।
गङ्गा च यमुना तीर्थं मया स्नानार्थमर्चितम् ॥
ॐ भूर्भुवः स्वः सिद्धिबुद्धिसहितमहागणाधिपतये नमः ।
शुद्धोदकस्नानमभिषेकं च समर्पयामि ॥
ॐ शान्तिः ३ ॥ सुशांतिर्भवतु ॥

७. बस्त्रं—ॐ सर्वभूषादिके सौम्ये लोकलज्जानिवारणे ।
मयोपपादिते तुभ्यं वाससी प्रतिगृह्यताम् ॥
ॐ भू ············ नमः (वस्त्रं समर्पयामि)

८. यज्ञोपवीतं—ॐ नवभिस्तन्तुभिर्युक्तं त्रिगुणं देवतामयम् ।
उपवीतं मया दत्तं गृहाण परमेश्वर ॥
ॐ यज्ञोपवीतं परमं पवित्रम्प्रजापतेर्यत्सहजं पुरस्ताद् ।
आयुष्यमग्रयम्प्रतिमुञ्च शुभ्रं यज्ञोपवीतं बलमस्तु तेजः ॥

९. सुगन्धं—यहाँ चन्दन, अक्षत केसरादि सुगन्धित वस्तुएँ समर्पित करनी हैं।
ॐ श्रीखंडं चंदनं दिव्यं केसरादिसमन्वितम् ।
विलेपनं सुरश्रेष्ठ चन्दनं प्रतिगृह्यताम् ॥
अक्षताश्च सुरश्रेष्ठ कुंकुमाक्ताः सुशोभिताः ।
मया निवेदिता भक्त्या गृहाण परमेश्वर ॥

१०. पुष्पं—ॐ सुमाल्यानि सुगन्धीनि मालत्यादीनि वै प्रभो ।
मयाहृतानि पूजार्थं पुष्पाणि प्रतिगृह्यताम् ॥
दूर्वांकुरान्सुहरितानमृतान्मंगलप्रदान् ।
आनीतांस्तव पूजार्थं गृहाण परमेश्वर ॥
हरिद्रा-कुङ्कुमं चैव सिंदूरादि-समन्वितम् ।
सौभाग्यद्रव्यसंयुक्तं गृहाण परमेश्वर ॥
सुगंधौषधिपूर्णं च नानापरिमलानि च ।
नानासुगन्धतैलानि अतः शान्ति प्रयच्छ मे ॥
ॐ भू············नमः (नानापरिमलद्रव्याणि समर्पयामि)

११. धूपं--ॐ वनस्पतिरसोद्भूतो गन्धाढ्यो गन्ध उत्तमः ।
आघ्रेयः सर्वदेवानां धूपोऽयं प्रतिगृह्यताम् ॥
ॐ भू.......... नमः (धूपं समर्पयामि)

१२. दीपं—ॐ साज्यं च वर्तिसंयुक्तं वह्निना योजितं मया ।
दीपं गृहाण देवेश त्रैलोक्यतिमिरापह ॥

ॐ अग्निर्ज्योतिर्ज्योतिरग्निः स्वाहा । सूर्यो ज्योतिर्ज्योतिः सूर्यः स्वाहाः ।
अग्निर्वर्च्चो ज्योतिर्व्वर्च्चः स्वाहा । सूर्यो वर्च्चो ज्योतिर्व्वर्च्चः स्वाहा ॥
ज्योतिः सूर्यः सूर्यो ज्योतिः स्वाहा ॥

१३. नैवेद्यं—शर्कराघृतसंयुक्तं मधुरं स्वादु चोत्तमम् ।
उपहारसमायुक्तं नैवेद्यं प्रतिगृह्यताम् ॥
इदं फलं मया देव स्थापितं पुरतस्तव ।
तेन मे सुफलावाप्तिर्भवेज्जन्मनि जन्मनि ॥
ॐ भू.......... नमः (नैवेद्यं फलं समर्पयामि)

१४. ताम्बूलं—ॐ पूगीफलं महद्दिव्यं नागवल्लीदलैर्युतम् ।
एलादिचूर्णसंयुक्तं ताम्बूलं प्रतिगृह्यताम् ॥
ॐ भू.......... नमः (ताम्बूलं समर्पयामि)

१५. पुष्पाञ्जलिः—ॐ नानासुगन्धपुष्पाणि यथाकालोद्भवानि च ।
पुष्पांजलिर्मया दत्तो गृहाण परमेश्वर ॥
कदलीगर्भसंभूतं कर्पूरं च प्रदीपितम् ।
आरार्तिकमहं कुर्वे पश्य मे वरदो भव ॥
हिरणयगर्भगर्भस्थं हेमबीजं विभावसोः ।
अनन्तपुण्यफलदमतः शान्ति प्रयच्छ मे ॥
ॐ भू...... नमः (पुष्पांजलि, कर्पूरनीराजनं, दक्षिणां समर्पयामि

१६. प्रदक्षिणा विशेषार्घ्यं च—
ॐ यानि कानि च पापानि ज्ञाताज्ञातकृतानि च ।
तानि सर्वाणि नश्यन्ति प्रदक्षिणपदे पदे ॥
रक्ष रक्ष गणाध्यक्ष रक्ष त्रैलोक्यरक्षक ।
भक्तानामभयं कर्त्ता त्राता भव भवार्णवात् ॥

द्वैमातुर कृपासिन्धो षाण्मातुराग्रज प्रभो।
वरद त्वं वरं देहि वांछितं वांछितार्थद ॥
अनेन सफलार्घ्येण फलदोऽस्तु सदा मम ॥

ॐ भूर्भुवः स्व सिद्धिबुद्धिसहितमहागणाधिपतये नमः प्रदक्षिणां, विशेषार्घ्यं समर्पयामि

होमार्थे समिधः—अर्कः पलाशः खदिरस्त्वपामार्गोऽथ पिप्पलः।
उदुम्बरः शमी दूर्वा कुशाश्च समिधः क्रमात् ॥

गणेश-प्रार्थना

नमस्ते ब्रह्मरूपाय विष्णुरूपाय ते नमः।
नमस्ते रुद्ररूपाय करिरूपाय ते नमः ॥
विश्वरूपस्वरूपाय नमस्ते ब्रह्मचारिणे।
भक्तप्रियाय देवाय नमस्तुभ्यं विनायक ॥
लम्बोदर नमस्तुभ्यं सततं मोदकप्रिय।
निर्विघ्नं कुरु मे देव सर्वकार्येषु सर्वदा ॥
त्वां विघ्नशत्रुदलनेति च सुन्दरेति,
भक्तप्रियेति सुखदेति वरप्रदेति।
विद्याप्रदेत्यघहरेति च ये स्तुवंति,
तेभ्यो गणेश वरदो भव नित्यमेव ॥

(श्रीगणपतिपूजन समाप्तम्)

कलशस्थापनः—जिस स्थान पर गणेश पूजन किया गया है उस चौकी या वेदी के पूर्व भाग में रोली और यव (जौ) के आटे से अष्टदलकमल की आकृति बनायें और उन कमल के पत्तों को रंग-बिरंगे सुगन्धित, सुशोभित अबीर से भरकर, उस पर एक दर्शनीय कलश वह चाहे सोने, चाँदी, ताँबा, पीतल अथवा मिट्टी का ही क्यों न हो, बिना छिद्र का होना चाहिये जिसमें पानी न रिसता हो उस कलश या घड़े को उपर्युक्त अष्ट दल कमल में स्थापित करते समय यह मन्त्र उच्चारण करें।

मन्त्रः—ॐ मही द्यौः पृथिवी च न इमं यज्ञम्मिमिक्षतां पिपृतान्नो भरीमभिः ॥

इसके पश्चात् कलश को रोकने के लिये उसके चारों तरफ चावल लगा दे फिर उसमें गङ्गा जल दूध मिश्रित जल भरें तत्पश्चात् उस जल में खस

चन्दन सुगन्धित वस्तुएँ डाल दें फिर उसमें दूब, पञ्चपल्लव, [(सर्वौषधियें; सात प्रकार की मट्टी डालें, जिसके पास है वह सोना, चाँदी, केसर आदि डालकर कलावा लपेट दे। तत्पश्चात् वरुणदेव का आह्वान करे।

कलशस्य मुखे विष्णुः कण्ठे रुद्रः समाश्रितः।
मूले तस्य स्थितो ब्रह्मा मध्ये मातृगणः स्मृतः॥
कुक्षौ तु सागराः सप्त सप्तद्वीपा वसुन्धरा।
ऋग्वेदोऽथयजुर्वेदः सामवेदो ह्यथर्वणः।
अङ्गैश्च सहिताः सर्वे कलशन्तु समाश्रिताः॥
सर्वे समुद्राः सरितस्तीर्थानि जलदा नदाः।
आयान्तु मम शान्त्यर्थं दुरितक्षयकारकाः॥

नमो नमस्ते स्फटिकप्रभाय सुश्वेतहाराय सुमंगलाय।
सुपाशहस्ताय झषासनाय जलाधिनाथाय नमो नमस्ते॥

ॐ

आदित्याय नमः

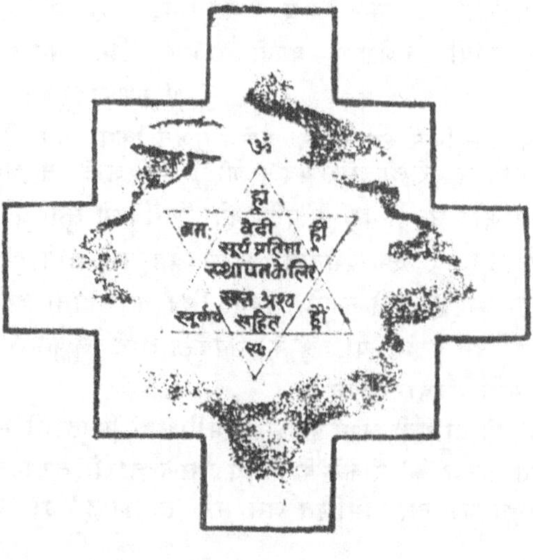

सूर्य यन्त्र

९	८	१३
१४	१०	६
७	१२	११

यह यन्त्र अनार की कलम से, असली केसर, कपूर, काला अगर, गोरोचन, श्वेत चन्दन, लाल चन्दन, हाथी मद, (यदि हाथी मद न मिले तो हल्दी प्रयोग में लानी चाहिये) की रोशनाई बनाकर शुक्ल पक्ष रविवार, पुष्य नक्षत्र में भोजपत्र पर लिख कर रखना चाहिये। सेठ लोग स्वर्ण पत्र पर उपर्युक्त योग पर अंकित करवा कर वेदी के समीप सूर्य प्रतिमा पार्श्व में रख कर अनुष्ठान सामग्री, गणेश पूजन के समान जुटाकर, एक अँगूठी सात माशे सोने की जिसमें सात रत्ती का माणिक जड़ा हो अपनी अनामिका उँगली को छूता हो, उस नग सहित अँगूठी को धारणकर, सर्व प्रथम कुश का आसन, उस पर, ऊनी आसन उसपर यदि मिल जाय तो कृष्ण अथवा पीत मृगचर्म और हो सके तो बाघ चर्म सर्वोपरि रखकर उस आसन पर उत्तराभिमुख होकर एकान्त शान्त स्थान पर मन को, काम, क्रोध मद, मोह, लोभ से वंचित रखता हुआ तीस हजार आठ सौ जाप करे, जप की समाप्ति भी सूर्य वार शुक्ल पक्ष में ही होनी चाहिये। जप संख्या अपने समय, सुभीते, और शक्ति के अनुसार प्रारम्भ करनी चाहिये क्योंकि नियत संख्या जाप, प्रथम दिन से दूसरे, तीसरे दिन घटाकर या बढ़ाकर पूर्ण करने का विधान नहीं है। अतः पहले ही सोच समझकर जप संख्या नियत समय पर प्रारम्भ करनी चाहिये। ब्राह्म मुहूर्त, उषा काल, अथवा सूर्य लग्नोदय राशि पर आने के पश्चात् जप प्रारम्भ करना चाहिये, आसन को बिना स्पर्श किये कमरे या देवस्थल को बिना झाड़ू, किसी कपड़े से साफ करना चाहिये और जूते पहन

कर, उस कमरे या स्थान तक किसी को नहीं ज़ाना चाहिये। प्रथम अमावस को एक नारियल में चावल की किनकी, काले तिल और चीनी भरकर, जहाँ चींटियां रहती हों वहाँ गाड़ आना चाहिये ताकि चींटियाँ उसे खाती रहें और आपको आशीर्वाद (दुवाएँ) देती रहें। इस प्रकार यज्ञ का अनुष्ठान करने वाला मनुष्य अपने प्रत्येक कार्य में सफल होगा। रोगी के निमित्त किया गया अनुष्ठान रोग निवारण करेगा, मुकदमें में जीत करेगा, सन्तान निमित्त किये जाने पर सन्तान प्राप्त होगी, सभी इच्छायें पूर्ण करनेवाला यह सूर्य अनुष्ठान सर्व श्रेष्ठ है, त्रुटिपूर्ण होने पर हानि भी हो सकती है। अतः बड़ी ही सावधानी की आवश्यकता है ऐसा प्राचीन आचार्यों का मत है जिनके द्वारा पुत्रेष्टि यज्ञ कराये जाने पर पुत्र, लक्ष्येष्टि को लक्ष्मी, सरस्वती-इष्टि को विद्या, शक्ति-इष्टि को शक्ति स्वतः ही प्राप्त हो जाती थी। अब तो न वैसे आचार्य ही हैं, न वैसे एकनिष्ठ शिष्य। सफलता हो तो कहाँ से हो दृढ़ विश्वास किये जाने पर अब भी सफलता प्राप्त होती है, यह तो अपना अनुभव पूर्णरूप से चरितार्थ है। इसीलिए जनकल्याण के निमित्त, साथियों की हठ को पूर्ण करने के लिये इस ग्रंथ की रचना प्रारम्भ हुई अन्यथा अपना अब कोई ऐसा विचार नहीं है कि कोई भी पुस्तक लिखी जाय। केवल अंक-चन्द्र-प्रकाश, जो कि पूर्ण रूप से अपने में पूर्ण है, प्रकाशक की अभिरुचि के अनुसार यदि हो सका तो छोटा करके निकालने का विचार शेष है अन्यथा तृप्ति हो चुकी है क्योंकि बन्धन में बांध कर लिखी गई पुस्तक एक कारागार के कैदी के समान ही है जो कि अपने को रुचिकर नहीं है। पाठक मेरा तात्पर्य स्वयं समझ ही जायेंगे।

सूर्यावाहन—वेदी के मध्य में गोल वृत्त में सूर्य की स्थापना निम्नांकित मन्त्र से करें।

ॐ आकृष्णेन रजसा वर्त्तमानो निवेशयन्नमृतं मर्त्यञ्च।
हिरण्ययेन सविता रथेना देवो याति भुवनानि पश्यन्॥
ॐ भूर्भुवः स्वः। काश्यपसगोत्र सूर्य इहागच्छ इह तिष्ठ।
ॐ सूर्याय नमः॥

रवि-स्तुति—ग्रहणामादिरादित्यो लोकरक्षणकारकः ।
विषमस्थानसम्भूतां पीडां दहतु मे रविः ॥

सूर्य का ध्यान—जपापुष्पोपमांगद्युते द्विभुजपद्माभयहस्तसिंदूरवर्णाम्बरमाल्यानुलेपन ज्वलन्माणिक्यखचितसर्वांगाभरण भास्कर तेजोनिधे त्रिलोकप्रकाशक त्रिदेवतामयमूर्ते नमस्ते ॥ सन्नद्धारुणध्वजपताकोपशोभितेन सप्ताश्वरथवाहनेन मेरुं प्रदक्षिणीकुर्वन्नागच्छ ।

सबीज वैदिक मन्त्र—ॐ ह्रां ह्रीं ह्रौं सः सूर्याय नमः ।

एकाक्षरी बीज मन्त्र—ॐ घृणिः सूर्याय नमः ।

विनियोग—आकृष्णेति मन्त्रस्य हिरण्यस्तूपांगिरस ऋषिः सूर्योदेवता त्रिष्टुप् छन्दः सूर्यमन्त्रजपे विनियोगः ।

सूर्यकवचम्

श्रृणुष्व मुनिशार्दूल सूर्यस्य कवचं शुभम् ।
शरीरारोग्यदं दिव्यं सर्वसौभाग्यदायकम् ॥ १ ॥
दैदीप्यमानमुकुटं स्फुरन्मकरकुण्डलम् ।
ध्यात्वा सहस्रकिरणं स्तोत्रमेतदुदीरयेत् ॥ २ ॥
शिरो मे भास्करः पातु ललाटं मेऽमितद्युतिः ।
नेत्रे दिनमणिः पातु श्रवणे वासरेश्वरः ॥ ३ ॥
घ्राणं वर्मघृणिः पातु वदनं वेदवाहनः ।
जिह्वां मे मानदः पातु कण्ठं मे सुरवन्दितः ॥ ४ ॥
स्कन्धौ प्रभाकरः पातु वक्षः पातु जनप्रियः ।
पातु पादौ द्वादशात्मा सर्वाङ्गं सकलेश्वरः ॥ ५ ॥
सूर्यरक्षात्मकं स्तोत्रं लिखित्वा भूर्जपत्रके ।
दधाति यः करे तस्य वशगाः सर्वसिद्धयः ॥ ६ ॥
सुस्नातो यो जपेत् सम्यग् योधीते स्वस्थामानसः ।
स रोगमुक्तो दीर्घायुः सुखं पुष्टिं च विन्दति ॥ ७ ॥

सूर्यमङ्गलस्तोत्रम्

भास्वान्, काश्यप-गोत्रजो-ऽरुणरुचिर्यः सिंहराशीश्वरः,
षट्त्रिस्थो दश शोभनो गुरु-शशी भौमेषु मित्रं सदा।
शुक्रो मन्दरिपुः कलिङ्गजनितश्चाऽग्नीश्वरौ देवते,
मध्ये वर्त्तुल-पूर्व दिग्-दिनकर, कुर्यात् सदा मङ्गलम् ।।

सूर्यदान—सूर्य का दान सूर्योदय के समय रविवार को यदि पुनर्वसु हो तो श्रेष्ठ है करना चाहिये जिसमें माणिक, स्वर्ण, तांबा, गेहूँ, गुड़, घी, लाल कपड़ा, कमल फूल, लाल पुष्प, केसर. लाल चन्दन, सवत्सा पीत धेनु विधि पूर्वक दान करें अनुष्ठान दिनों में प्रत्येक दिन आॅक की समिधा के साथ हवन सामग्री से हवन कर पूर्णाहुति भी रविवार को करनी चाहिये। मन्त्र जाप संख्या सात हजार है। तत्पश्चात् प्रसाद वितरण करना चाहिये।

जिस मनुष्य की सामर्थ स्वर्ण मुद्रा में माणिक पहनकर यज्ञ आरम्भ करने की नहीं है उसे चाहिये श्वेत पुष्प आॅक की जड़ के नस्से की सात तह बना कर अपने दाहिने हाथ के भुजदंड में बाँध ले और ऊपर से पीत वस्त्र धारण कर अपना अनुष्ठान, यज्ञ आदि कार्य आरम्भ करें तो सूर्य के दुष्ट प्रभाव का निवारण शीघ्र हो जाता है।

ॐ

सोमाय नमः

वेदी सूर्य के समान बनाकर उसमें चाँदी की प्लेट पर मृगारूढ़ चन्द्रमा की प्रतिमा स्थापित करें।

चन्द्र-यन्त्र

१०	१५	८
९	११	१३
१४	७	१२

चन्द्रावाहन—ॐ इमं देवाऽ असपत्न ँ सुवध्वम्महते क्षत्राय ।
महते ज्यैष्ठ्याय महते जानराज्यायेन्द्रस्येन्द्रियाय ॥
इमममुष्य पुत्रममुष्यै पुत्रमस्यै विश एष वोमी राजा ।
सोमोऽस्माकं ब्राह्मणाना ँ राजा ॥

ॐ भूर्भुवः स्वः आत्रेयसगोत्र चन्द्र इहागच्छ, इह तिष्ठ ॐ चन्द्राय नमः सोमाय नमः ।

चन्द्र स्तुति—ॐ रोहिणीशः सुधामूर्तिः सुधागात्रो सुधाशनः ।
विषमस्थानसम्भूतां पीड़ां दहतु मे विधुः ॥

चन्द्रध्यान—ॐ श्वेतः श्वेताम्बरधरो श्वेतमाल्यविःभूषणः ।
गदापाणिर्द्विबाहुश्च स्मर्तव्यो वरदः शशी ॥

ॐ अप्सुमे सोमो अब्रवीदन्तर्विश्वानि भेषजा । अग्नि च विश्वशंभुवम् ।

सवीजवैदिक मन्त्र—ॐ श्रां श्रीं सः-ॐ भूर्भुवः स्वः ॐ
ॐ स्वः भुवः भूः ॐ सः श्रौं, श्रीं श्रां सोमाय नमः
ॐ श्रां श्रीं श्रौं सः चन्द्राय नमः

एकाक्षरी बीज मन्त्र—ॐ सों सोमाय नमः ।

विनियोग—ॐ इमन्देवा इति मन्त्रस्य वरुण ऋषिः सोमो देवता सोममन्त्र-जपे विनियोगः ।

चन्द्रकवचम्

सोमं चतुर्भुजं वन्दे केयूरमुकुटोज्ज्वलम् ।
वासुदेवस्य नयनं शङ्करस्य च भूषणम् ॥ १ ॥
एवंध्यात्वा जपेन्नित्यं शशिनः कवचं शुभम् ।
शशी पातु शिरोदेशं भालं पातु कलानिधिः ॥ २ ॥
चक्षुषी चन्द्रमाः पातु श्रुती पातु निशापतिः ।
प्राणं क्षीणकरः पातु मुखं कुमुदबान्धवः ॥ ३ ॥
पातु कण्ठं च मे सोमः स्कन्धे जैवातृकस्तथा ।
करौ सुधाकरः पातु वक्षः पातु निशाकरः ॥ ४ ॥
हृदयं पातु मे चन्द्रो नाभिं शङ्करभूषणः ।
मध्यं पातु सुरश्रेष्ठः कटिं पातु सुधाकरः ॥ ५ ॥

ऊरू तारापतिः पातु मृगाङ्को जानुनी सदा।
अब्धिजः पातु मे जङ्घे पादौ पातु विधुः सदा ॥ ६ ॥
सर्वाण्यन्यानि चाङ्गानि पातु चन्द्रोऽखिलं वपुः।
एतद्धि कवचं दिव्यं भुक्ति-मुक्तिप्रदायकम्।
यः पठेच्छृणुयाद् वाऽपि सर्वत्र विजयी भवेत् ॥ ७ ॥

चन्द्रमङ्गलस्तोत्रम्

चन्द्रः कर्कटकप्रभुः सितनिभश्चात्रेय-गोत्रोद्भव-
श्चाग्नेयश्चतुरस्र-वारुणमुखश्चापोऽप्युमाधीश्वरः ।
षट् सप्तानि दशैक-शोभनकरः शौरिः प्रियोऽर्कों गुरुः
स्वामी यामुनदेशजो हिमकरः कुर्यात् सदा मङ्गलम् ॥

चन्द्रदान—चन्द्रमा का दान सोमवार को शुभ मुहूर्त में सायंकाल को निम्नांकित वस्तुओं का करना चाहिये। सुगन्धित चावल, कपूर, मोती, श्वेत-वस्त्र, दही, दूध, चाँदी, घी, धवल बैल, सच्चा मोती आदि। अनुष्ठान की समाप्ति सोमवार की शाम को ही करनी चाहिये अनुष्ठान की समाप्ति पर पलाश की समिधा से हवन करना चाहिये तत्पश्चात् प्रसाद वितरण करना चाहिये। जप संख्या ग्यारह हजार है।

ॐ

भौमाय नमः

वेदी सूर्यवत् बनाकर उसमें मेढ़ारूढ़ मंगल की प्रतिमा ताम्रपत्र पर स्थापित करें।

मंगलयन्त्र

८	१३	६
७	९	११
१२	५	१०

भौमावाहनं—ॐ अग्निर्मूर्द्धा दिवः ककुत्पतिः पृथिव्याऽअयम् अपा ँ रेता ँ सि जिन्वति ॐ भूर्भुवः स्वः। भारद्वाजसगोत्र भौम इहागच्छ, इहतिष्ठ। ॐ भौमाय नमः ॥

भौमस्तुतिः—ॐ भूमिपुत्रो महातेजा जगतोभयकृत्सदा।
वृष्टिकृद्-वृष्टिहर्ता च पीड़ां दहतु मे कुजः ॥

भौमध्यानं—ॐ रक्तमाल्यांबरधरः शक्तिशूलगदाधरः।
चर्तुर्भुजो मेषगणो वरदः श्रीधरासुतः ॥

सबीजवैदिकमन्त्र—ॐ क्रां क्रीं क्रौं सः भौमाय नमः। ॐ भूर्भुवः स्वः ॐ अग्निर्मूर्द्धा दिवः ककुत्पतिः पृथिव्याऽअयम् अपा ँ रेता ँ सि जिन्वति ॐ स्वः भुंवः भूः ॐ सः क्रौं क्रीं क्रां भौमाय नमः।

एकाक्षरी मन्त्र—ॐ अं अंगारकाय नमः।

जपसंख्या—दस सहस्र (आचार्यों द्वारा निर्मित संख्या ४५ हजार)

विनियोग—ॐ अग्निर्मूर्धा इति मन्त्रस्य विरूपांत्रिरस ऋषिः अग्निर्देवता गायत्री छन्दः भौमाय मन्त्र जपे विनियोगः।

भौमकवचम्

रक्ताम्बरो रक्तवपुः किरीटी चतुर्भुजो मेषगमो गदाभृत्।
धरासुतः शक्तिधरश्च शूली सदा मम स्याद् वरदः प्रशान्तः ॥ १ ॥
अङ्गारकः शिरो रक्षेन् मुखं वै धरणीसुतः।
श्रवौ रक्ताम्बरः पातु नेत्रे मे रक्तलोचनः ॥ २ ॥
नासां शक्तिधरः पातु मुखं मे रक्तलोचनः।
भुजौ मे रक्तमाली च हस्तौ शक्तिधरस्तथा ॥ ३ ॥
वक्षः पातु वराङ्गश्च हृदयं पातु रोहितः।
कटिं मे ग्रहराजश्च मुखं चैव धरासुतः ॥ ४ ॥
जानुजङ्घे कुजः पातु पादौ भक्तप्रियः सदा।
सर्वाण्यन्यानि चाङ्गानि रक्षेन्मे मेषवाहनः ॥ ५ ॥
य इदं कवचं दिव्यं सर्वशत्रुनिवारणम्।
भूत-प्रेतपिशाचानां नाशनं सर्वसिद्धिदम् ॥ ६ ॥

सर्वरोगहरं चैव सर्वसम्पत्प्रदं शुभम् ।
भुक्ति-मुक्तिप्रदं नृणां सर्वसौभाग्य-वर्धनम् ।
रोगबन्धविमोक्षं च सत्यमेतन्न संशयः ।। ७ ।।

भौममंगलस्तोत्रम्

भौमो दक्षिणदिक्-त्रिकोण-यमदिग्-विघ्नेश्वरो रक्तभः-
स्वामी वृश्चिक-मेषयोः सुरगुरुश्चार्कः शशी सौहृदः ।
ज्ञोऽरिः षटत्रिफलप्रदश्च वसुधास्कन्दो क्रमाद्देवते-
भारद्वाजकुलोद्भवः क्षितिसुतः कुर्यात् सदा मङ्गलम् ।।

मंगलदान—मंगल का दान मंगल के दिन सूर्योदय के १ घण्टे के पश्चात करना चाहिये जिसमें मूंगा, गेहूं, मसूर, लाल बैल, गुड़, सोना, लालवस्त्र लाल कनेर के फूल तथा ताँबे की तस्तरी में सामग्री रखनी चाहिये अनुष्ठान मङ्गल को ही समाप्त करके खदिर (खैर) की लकड़ी की समिधा से हवन कर प्रसाद वितरण करे । जप संख्या दस हजार है ।

बुधाय नमः

वेदी सूर्य के समान उस पर सोने या मिट्टी की बुध प्रतिमा सिंहवाहन पर स्थापित करे ।

बुध यन्त्र

५	१०	३
४	६	८
९	२	७

बुधावाहनं—ॐ उदबुध्यस्वाग्ने प्रति जागृही त्वमिष्टापूर्ते स ँ सृजेथामयश्च ।
अस्मिन् सधस्थेऽध्युत्तरस्मिन् विश्वेदेवा यजमानश्च सीदत ।।
ॐ भूर्भुवः स्वः । आत्रेयसगोत्र बुध इहागच्छ, इहतिष्ठ । ॐ बुधाय नमः ।

बुधस्तुतिः—ॐ उत्पातरूपी जगतां चन्द्रपुत्रो महाद्युतिः ।
सूर्यप्रियकरो विद्वान्, पीड़ां दहतु मे बुधः ॥

बुधध्यानम्—ॐ पीतांमाल्यांबरधरः सर्पाकारसमद्युतिः ।
खड्गचक्रगदापाणिः सिंहस्थो वरदो बुधः ॥

सवीज वैदिक मन्त्र—ॐ ब्रां ब्रीं ब्रौं सः बुधाय नम, ॐ भूर्भुवः स्वः
ॐ उद्‌बुध्यस्वाग्ने प्रति जागृहि त्वमिष्टापूर्ते स ँ सृजेथा-मयञ्च अस्मिन्त्सधस्थे अध्युत्तरस्मिन् विश्वेदेवा यज-मानश्च सीदत ॐ स्वः भुवः भूः ॐ सः ब्रौं ब्रीं, ब्रां ॐ सौम्याय नमः ।

एकाक्षरीवीजमन्त्रः—ॐ बुं बुधाय नमः ।

जप संख्या—नौ सहस्र (किसी-किसी के विचार से ४० हजार ७ लाख करना चाहिये) ।

विनियोग—उद्‌बुध्यस्वेति परमेष्ठी ऋषिस्त्रिष्टुप्छन्दः बुधो देवता । बुधप्रीतये सौम्यमन्त्रजपे विनियोगः ।

बुधकवचम्

बुधस्तु पुस्तकधरः कुंकुमस्य समद्युतिः ।
पीताम्बरधरः पातु पीतमाल्यानुलेपनः ॥ १ ॥
कटिं च पातु मे सौम्यः शिरोदेशं बुधस्तथा ।
नेत्रे ज्ञानमयः पातु श्रोत्रे पातु निशाप्रियः ॥ २ ॥
घ्राणं गन्धप्रियः पातु जिह्वां विद्याप्रदो मम ।
कण्ठं पातु विधोः पुत्रो भुजौ पुस्तकभूषणः ॥ ३ ॥
वक्षः पातु वराङ्गश्च हृदयं रोहिणीसुतः ।
नाभिं पातु सुराराध्यो मध्यं पातु खगेश्वरः ॥ ४ ॥
जानुनी रौहिणेयश्च पातु जङ्घेऽखिलप्रदः ।
पादौ मे बोधनः पातु पातु सौम्योऽखिलंवपुः ॥ ५ ॥
एतद्धि कवचं दिव्यं सर्वपापप्रणाशनम् ।
सर्वरोगप्रशमनं सर्वदुःख-निवारणम् ॥ ६ ॥

आयुरारोग्यशुभदं पुत्र-पौत्र-प्रवर्धनम् ।
यः पठेच्छृणुयादवाऽपि सर्वत्र विजयी भवेत् ॥ ७ ॥

बुधमंगलस्तोत्रम्

सौम्योदङ्मुख-पीतवर्ण-मगधश्चात्रेय-गोत्रोद्भवो
वाणेशानदिशः सुहृच्छनिभृगुः शत्रुः सदा शीतगुः ।
कन्यायुग्मपतिर्दशाष्ट-चतुरः षण्नेत्रकः शोभनो
विष्णुः पौरुषदेवते शशिसुतः कुर्यात् सदा मङ्गलम् ॥

बुध का दान—बुध का दान शुक्लपक्ष में बुध के दिन सूर्योदय के २ घंटे बाद करना चाहिये । जिसमें पन्नानग, सोना, कांसा, मूंग, आज्य, गारुत्मत, हरा कपड़ा, हाथी का दांत, नीला बैल सब प्रकार के फूल, खांड़, घी, कपूर, शस्त्र, अनेक फल का दान अनुष्ठान के अन्तिम दिन बुधवार को ही करना चाहिये । अनुष्ठान समाप्ति पर अपामार्ग (चिरचिटे) की समिधा से हवन करना चाहिये । तत्पश्चात प्रसाद वितरण करना चाहिये । जप संख्या नौ हजार है ।

बृहस्पतये नमः

वेदी सूर्य के समान बनाकर उसमें गजारूढ़ बृहस्पति की चतुर्भुज मूर्ति स्थापित करें ।

बृहस्पति (गुरु) यन्त्र

३	८	१
२	४	६
७	०	५

गुरु आवाहनम्—ॐ बृहस्पतेऽति यदर्यो अर्हाद्यु मद्विभाति क्रतुमज्जनेषु ।
यद्दीदयच्छवसऽऋतप्रजात तदस्मासु द्रविणं धेहि चित्रम् ॥
ॐ भूर्भुवः स्वः आङ्गिरस सगोत्र बृहस्पते इहागच्छ इह तिष्ठ ।
ॐ बृहस्पतये नमः ।

गुरु स्तुति—ॐ देवमन्त्री विशालाक्षः सदा लोकहिते रतः ।
अनेकशिष्यसम्पूर्णः पीड़ां दहतु मे गुरुः ॥

गुरु ध्यानं—ॐ कार्यो देवगुरुस्तद्वत्पीतवस्त्रश्चतुर्भुजः ।
दंडी च वरदः कार्य साक्षसूत्रकमंडलुः ॥

सबीज वैदिक मन्त्र—ॐ ह्रां ह्रीं ह्रौं सः ॐ भूर्भुवः स्वः ॐ बृहस्पतेऽअति-
यद्र्योऽअर्हाद्युमद्विभाति क्क्रतुमज्जनेषु । यद्दी-
दयच्छवसऽऋतप्रजात तदस्मासु द्रविणन्धेहि
चित्रम् । ॐ स्वः, भुवः, भूः ॐ सः ह्रौं, ह्रीं ह्रां
ॐ बृहस्पतये नमः ।
ॐ ग्रां ग्रीं ग्रौं सः गुरवे नमः किंवा ह्रां ह्रीं ह्रौं सः
गुरवे नमः ।

एकाक्षरीबीजमन्त्रः—ॐ बृं बृहस्पतये नमः ।

जपसंख्या—उन्नीस सहस्र (१९०००) किसी आचार्यमत से ८५ हजार ।

विनियोगः—अस्य श्री बृहस्पतिमन्त्रस्य गृत्समदऋषिः ब्रह्मा देवता त्रिष्टु-
प्छन्दः बार्हस्पत्यमन्त्रजपे विनियोगः ।

बृहस्पतिकवचम्

अभीष्टफलदं देवं सर्वज्ञं सुरपूजितम् ।
अक्षमालाधरं शान्तं प्रणमामि बृहस्पतिम् ॥ १ ॥
बृहस्पतिः शिरः पातु ललाटं पातु मे गुरुः ।
कर्णौ सुरगुरुः पातु नेत्रे मेऽभीष्टदायकः ॥ २ ॥

जिह्वां पातु सुराचार्यो नासां मे वेदपारगः ।
मुखं मे पातु सर्वज्ञो कण्ठं मे देवतागुरुः ॥ ३ ॥
भुजावाङ्गिरसः पातु करौ पातु शुभप्रदः ।
स्तनौ मे पातु वागीशः कुक्षिं मे शुभलक्षणः ॥ ४ ॥
नाभिं देवगुरुः पातु मध्यं पातु सुखप्रदः ।
कटिं पातु जगद्वन्द्य ऊरू मे पातु वाक्पतिः ॥ ५ ॥
जानुजङ्घे सुराचार्यो पादौ विश्वात्मकस्तथा ।
अन्यानि यानि चाङ्गानि रक्षेन्मे सर्वतो गुरुः ॥ ६ ॥
इत्येतत् कवचं दिव्यं त्रिसन्ध्यं यः पठन्नरः ।
सर्वान् कामानवाप्नोति सर्वत्र विजयी भवेत् ॥ ७ ॥

बृहस्पतिमंगलस्तोत्रम्

जीवश्चाङ्गिर-गोत्रजोत्तरमुखो दीर्घोत्तरा संस्थितः,
पीतोऽश्वत्थ-समिच्च-सिन्धुजनितश्चापोऽथ मीनाधिपः ।
सूर्येन्दु-क्षितिज-प्रियो बुध-सितौ शत्रू समाश्चापरे,
सप्ताङ्कद्विभवः शुभः सुरगुरुः कुर्यात् सदा मङ्गलम् ॥

गुरुदान—गुरु का दान गुरुवार को ही प्रातः या सन्ध्या किसी भी समय पुखराजनग, सोना, काँसी, चने की दाल, खांड़, घी, पीतवस्त्र, हल्दी, पीतपुष्प, पुस्तक, पीला घोड़ा, पीले फल, केसर का चन्दन, नमक आदि बृहस्पतिवार को अनुष्ठान समाप्ति पर दान करें तत्पश्चात् अश्वत्थ (पीपल) की समिधा से हवन करें, पूर्णाहुति हो जाने पर प्रसाद वितरण करें, जप संख्या उन्नीस हज़ार है ।

शुक्राय नमः

वेदी सूर्यवत बनाकर उसमें चाँदी की प्लेट (चाँदीपत्र) पर घुड़सवार शुक्र प्रतिमा की स्थापना करें ।

शुक्र यन्त्र

११	१६	९
१०	१२	१४
१५	८	१३

शुक्रावाहनं—ॐ अन्नात् परिस्रुतो रसं ब्रह्मणा व्यपिवत्क्षत्रम्पयः सोमं प्रजापतिः ऋतेन सत्यमिन्द्रियं विपानꣳ शुक्रमन्धसऽइन्द्रस्येन्द्रियमिदम् पयोमृतम्मधु । ॐ भूर्भुवः स्वः । भार्गवसगोत्र शुक्र इहागच्छ; इहतिष्ठ ॐ शुक्राय नमः ।

शुक्रस्तुतिः—ॐ दैत्यमन्त्री गुरुस्तेषां प्राणदश्च महाद्युतिः ।
प्रभुस्ताराग्रहाणां च पीड़ां दहतु मे भृगुः ॥

शुक्रध्यानं—ॐ श्वेतः श्वेताम्बरधर किरीटी च चतुर्भुजः ।
दैत्यगुरुः प्रशान्तश्च साक्षसूत्रकमण्डलुः ॥

सवीज वैदिकमन्त्र—ॐ द्रां द्रीं द्रौं सः ॐ भूर्भुवः स्वः ॐ अन्नात्परिस्रुतो रसं ब्रह्मणा व्यपिबत्क्षत्रं पयः सोमं प्रजापतिः ऋतेन सत्यमिन्द्रियं विपानꣳ शुक्रमन्धसऽइन्द्रस्येन्द्रियमिदं पयोऽमृतं मधु ॐ स्वः भुवः भूः ॐ सः द्रां द्रीं द्रौं शुक्राय नमः ।

एकाक्षरी बीज मन्त्र—ॐ शुं शुक्राय नमः ।

जप संख्या—सोलह सहस्र (कई आचार्य मत १,१०,००० जप करने का)

विनियोग—ॐ अन्नात्परिस्रुत इति मन्त्रस्य प्रजापतिर्ऋषि अश्विसरस्वतीन्द्रा देवताः जगती छन्दः शुक्रमन्त्रजपे विनियोगः ।

शुक्रकवचम्

मृणाल-कुन्देन्दु-पयोज-सुप्रभं पीताम्बरं प्रसृतमक्षमालिनम् ।
समस्तशास्त्रार्थविधिं महान्तं ध्यायेत् कविं वांछितमर्थसिद्धये ॥ १ ॥

शिरो मे भार्गवः पातु भालं पातु ग्रहाधिपः ।
नेत्रे दैत्यगुरुः पातु श्रोत्रे मे चन्दन-द्युतिः ॥ २ ॥
पातु मे नासिकां काव्यो, वदनं दैत्यवन्दितः ।
वचनं चोशना पातु कण्ठं श्रीकण्ठभक्तिमान् ॥ ३ ॥
भुजौ तेजोनिधिः पातु कुक्षिं पातु मनोजवः ।
नाभिं भृगुसुतः पातु मध्यं पातु महीप्रियः ॥ ४ ॥
कटिं मे पातु विश्वात्मा ऊरू मे सुरपूजितः ।
जानू जाड्यहरः पातु जङ्घे ज्ञानवतां-वरः ॥ ५ ॥
गुल्फौ गुणनिधिः पातु पातु पादौ वराम्बरः ।
सर्वाण्यङ्गानि मे पातु स्वर्णमालापरिष्कृतः ॥ ६ ॥
य इदं कवचं दिव्यं पठति श्रद्धयान्वितः ।
न तस्य जायते पीड़ा भार्गवस्य प्रसादतः ॥ ७ ॥

शुक्रमंगलस्तोत्रम्

शुक्रो भार्गवगोत्रजः सितनिभः प्राचीमुखः पूर्वदिक्,
पञ्चाङ्गो वृषभस्तुलाधिप-महाराष्ट्राधिपोदुम्बरः ।
इन्द्राणीमघवानुभौ बुध-शनी मित्रार्क-चन्द्रौ रिपू,
षष्ठो द्विर्दश-वर्जितो भृगुसुतः कुर्यात् सदा मङ्गलम् ॥

शुक्र दान—शुक्र का दान शुक्रवार को सूर्योदय के समय ही करना चाहिये । सामग्री इस प्रकार है—हीरा, चांदी, सोना, चावल, मिश्री, दूध, घी, दही, श्वेत वस्त्र, श्वेत पुष्प, केसर, श्वेत घोड़ा, श्वेत चन्दन, छींट इत्यादि

शुक्रवार प्रातः अनुष्ठान समाप्ति पर उदुम्बर की समिधा से हवन करे होमाहुति समाप्ति पर प्रसाद वितरण करे, जप संख्या सोलह हजार है।

शनैश्चराय नमः

वेदी सूर्य के समान बनाकर उसमें स्वर्ण या लोह पत्र पर वृषभारूढ़ शनि की चतुर्भुज मूर्ति प्रतिमा स्थापित करे।

शनि यन्त्रः

६	११	४
५	७	९
१०	३	८

शनिआवाहनं—ॐ शन्नो देवीरभीष्टय आपो भवंतु पीतये। शंयोरभिस्रवन्तु नः। ॐ भूर्भुवः स्वः। काश्यप गोत्र शनैश्चर इहागच्छ, इहतिष्ठ। ॐ शनैश्चराय नमः।

शनिस्तुतिः—ॐ सूर्यपुत्रो दीर्घदेहो विशालाक्षः शिवप्रियः।
मन्दचारःप्रसन्नात्मा पीड़ां दहतु मे शनिः॥

शनि ध्यानम्—ॐ इन्द्रनीलद्युतिः शूली वरदो धृतवाहनः।
नानाबाणासनधरः कर्तव्योऽर्कसुतः सदा॥

सवीज वैदिक मन्त्रः—ॐ खां खीं खौं सः ॐ भूर्भुवः स्वः—ॐ शन्नोदेवीरभीष्टयऽआपोभवन्तु पीतये शंय्योरभिस्रवन्तुनः। ॐ स्वः भुवः भूः सः खौं खीं खां ॐ शनैश्चराय नमः। ॐ प्रां प्रीं प्रौं सः शनैश्चराय नमः किंवा, ॐ श्रां श्रीं श्रौं शनैश्चराय नमः

एकाक्षरी बीज मन्त्रः—ॐ शं, शनैश्चराय नमः

जप संख्याः—(तेइस सहस्र) (किसी आचार्यमतानुसार सात लाख)

विनियोग:—ॐ शन्नो देवी इति मन्त्रस्य, दध्यङ्गाथर्वण ऋषिः आपो-
देवता, गायत्रीछन्दः शनिमन्त्र जपे विनियोगः —

शनि–कवचम्

नीलाम्बरो नीलवपु: किरीटी गृध्रस्थितस्त्रासकरो धनुष्मान् ।
चतुर्भुजः सूर्यसुतः प्रसन्नः सदा मम स्यात् वरदः प्रशान्तः ॥ १ ॥

शृणुध्वमृषयः सर्वे शनिपीडाहरं महत् ।
कवचं शनिराजस्य सौरेरिदमनुत्तमम् ॥ २ ॥
कवचं देवतावासं वज्रपञ्जरसंज्ञकम् ।
शनैश्चरप्रीतिकरं सर्वसौभाग्यदायकम् ॥ ३ ॥
ॐ श्री शनैश्चरः पातु भालं मे सूर्यनन्दनः ।
नेत्रे छायात्मजः पातु पातु कर्णौ यमानुजः ॥ ४ ॥
नासां वैवस्वतः पातु मुखं मे भास्करिः सदा ।
स्निग्धकण्ठश्च मे कण्ठं भुजौ पातु महाभुजः ॥ ५ ॥
स्कन्धौपातु शनिश्चैव करौ पातु शुभप्रदः ।
वक्षः पातु यमभ्राता कुक्षिं पात्वसितस्तथा ॥ ६ ॥
नाभिं ग्रहपतिः पातु मन्दः पातु कटिं तथा ।
ऊरू ममान्तकः पातु यमो जानुयुगं तथा ॥ ७ ॥
पादौ मन्दगतिः पातु सर्वाङ्गं पातु पिंगलः ।
अङ्गोपाङ्गानि सर्वाणि रक्षेन्मे सूर्यनन्दनः ॥ ८ ॥
इत्येतत् कवचं दिव्यं पठेत् सूर्यसुतस्य यः ।
न तस्य जायते पीड़ा प्रीतो भवति सूर्यजः ॥ ९ ॥
व्ययजन्म-द्वितीयस्थो मृत्युस्थानगतोऽपि वा ।
कलत्रस्थो गतो वापि सुप्रीतस्तु सदा शनिः ॥ १० ॥

अष्टमस्थे सूर्यसुते व्यये जन्मद्वितीयगे।
कवचं पठते नित्यं न पीड़ा जायते क्वचित् ।। ११ ।।
इत्येतत् कवचं दिव्यं सौरेर्यन्निर्मितं पुरा।
द्वादशाष्टम-जन्मस्थदोषान्नाशयते सदा।
जन्मलग्नस्थितान् दोषान् सर्वान्नाशयते प्रभुः ।। १२ ।।

शनिमङ्गलस्तोत्रम्

मन्दः कृष्णनिभस्तु पश्चिममुखः सौराष्ट्रजः काश्यपः
स्वामी नक्रम-कुम्भयोर्बुध-सितौ मित्रे समश्चाङ्गिराः।
स्थानं पश्चिदिग प्रजापति-यमौ देवौ धनुष्यासनः
षट्त्रिस्थः शुभकृच्छनी रविसुतः कुर्यात् सदा मङ्गलम् ।।

शनिदान—शनिश्चर के दिन दोपहर के समय निम्नांकित सामग्री से करना चाहिये। नीलमनग, सोना, लोहा, उर्द, कुल्थी, तेल, काला कपड़ा, कृष्ण पुष्प, जूता, कस्तूरी, कृष्ण गाय, भैंस, इत्यादि, तत्पश्चात्, शमी की समिधा से हवन करना चाहिये हवन के पश्चात प्रसाद वितरण करना चाहिये। शनि जप संख्या तेइस हजार है।

राहवे नमः

वेदी सूर्य के समान बनाकर उसमें काष्ठ की प्रतिमा बिना हाथ पैर की केवल शीर्ष गर्दन बाघ की जुती हुई गाड़ी में स्थापित करे।

राहु यन्त्रः

४	९	२
३	५	७
८	१	६

राहु-आवाहनम्—ॐ कया नश्चित्रऽआभुवदूती सदावृधः सखा। कया शचिष्ठया वृता। ॐ भूर्भुवः स्वः पैठीनस गोत्र राहो इहागच्छ, इहतिष्ठ। ॐ राहवे नमः।

२. राहु ध्यान—ॐ करालवदनः खड्गचर्मशूली वरप्रदः।
नीलसिंहासनस्थश्च राहुरत्र प्रशस्यते॥

१. राहुस्तुतिः—ॐ महाशीर्षो महावक्त्रो महादंष्ट्रो महायशाः।
अतनुश्चोर्ध्वकेशश्च पीड़ां दहतु मे तमः॥

सवीजाक्षरी वीजमन्त्र—ॐ भ्रां भ्रीं भ्रौं सः ॐ भूर्भुवः स्वः ॐ कयानश्चित्रऽआभुवदूती सदा वृधः सखा। कया शचिष्ठया वृता ॐ स्वः, भुवः भूः ॐ सः ॐ भ्रौं भ्रीं भ्रां, ॐ राहवे नमः।

ॐ क्ष्मां, क्ष्मीं, क्ष्मौं राहवे नमः

एकाक्षरीवीज मन्त्र—ॐ रां राहवे नमः

जपसंख्या—अठारह सहस्र, किसी-किसी आचार्य के मतानुसार एक लाख से सात लाख तक।

विनियोग—ॐ कयानश्चित्र इति मन्त्रस्य वामदेव ऋषिः राहुर्देवता गायत्री छन्दः राहु मन्त्रे जपे विनियोगः।

राहुकवचम्

प्रणमामि सदा राहुं शूर्पाकारं किरीटिनम्।
सैंहिकेयं करालास्यं लोकानामभयप्रदम्॥ १॥
नीलाम्बरः शिरः पातु ललाटं लोकवन्दितः।
चक्षुषी पातु मे राहुः श्रोत्रे त्वर्धशरीरवान्॥ २॥
नासिकां मे धूम्रवर्णः शूलपाणिर्मुखं मम।
जिह्वां मे सिंहिकासूनुः कण्ठं मे कठिनांध्रिकः॥ ३॥

भुजङ्गेशो भुजौ पातु नीलशाल्याम्बरः करौ ।
पातु वक्षःस्थलं मन्त्री पातु कुक्षिं विधुन्तुदः ॥ ४ ॥
कटिं मे विकटः पातु ऊरू मे सुरपूजितः ।
स्वर्भानुर्जानुनी पातु जंघे मे पातु जाड्यहाः ॥ ५ ॥
गुल्फौ ग्रहपतिः पातु पादौ मे भीषणाकृतिः ।
सर्वाण्यङ्गानि मे पातु नीलचन्दनभूषणः ॥ ६ ॥

राहोरिदं कवचमृद्धिदवस्तुदं यो,
भक्त्या पठत्यनुदिनं नियतः शुचिः सन् ।
प्राप्नोति कीर्तिमतुलां श्रियमृद्धिमायु—
रारोग्यमात्मविजयं च, हि तत्प्रसादात् ॥ ८ ॥

राहुमंगलस्तोत्रम्

राहुः सिंहलदेशजश्च निऋतिः कृष्णाङ्गशूर्पासनो
यः पैठीनसिगोत्रसम्भवसामद् दूर्वामुखो दक्षिणः ।
यः सर्पाद्यधिदैवते च निऋतिः प्रत्याधिदेवः सदा
षट्त्रिस्थः शुभकृच्च सिंहिकसुतः कुर्यात् सदामङ्गलम् ॥

राहुदान—बुध के या शनि के दिन रात्रि के समय करना चाहिये गोमेदनग, उर्द, सोना, सीसा, तिल, सरसों तेल, नीलवस्त्र, काले फूल, खड्ग, काला कम्बल, काला घोड़ा, लोहा, इत्यादि, तत्पश्चात् दूब की समिधा से हवन करें हवनाहुति की समाप्ति पर प्रसाद वितरण करें । जप संख्या, अठारह हजार ।

केतवे नमः

वेदी सूर्य के समान बनाकर उसमें लकड़ी सिर रहित, मूर्ति जो कि सर्प या मछली के अन्दर से निकली हो हाथ में ढाल तलवार लिये स्थापित करें ।

केतु यन्त्र

७	१२	५
६	८	१०
११	४	९

केतु अवाहनं—ॐ केतुं कृण्वन्नकेतवे पेशो मर्याऽपेशसे । समुषद्भिरजायथाः । ॐ भूर्भुवः स्वः पैठीनसगोत्र केतो इहागच्छ, इहतिष्ठ । ॐ केतवे नमः ।

केतु स्तुतिः—ॐ अनेकरूपवर्णश्च शतशोऽथ सहस्रशः ।
उत्पातरूपी घोरश्च पीड़ां दहतु मे शिखी ॥

केतु ध्यानं—ॐ धूम्रो द्विबाहुकश्चैव गाहनो विकृताननः ।
गृध्रासनगतो नित्यं केतुः सर्ववरप्रदः ॥

सवीजवैदिक मन्त्र—ॐ प्रां प्रीं प्रौं सः- ॐ भूर्भूवः स्वः ॐ केतुङ् कृण्वन्न केतवे पेशो मर्य्याऽअपेशसे समुषद्भिरजायथा । ॐ स्वः भुवः, भूः ॐ सः प्रौं प्रीं प्रां ॐ केतवे नमः ।
ॐ स्त्रां स्त्रीं स्त्रौं सः केतवे नमः, ॐ क्रां क्रीं क्रूं केतवे नमः ।

एकाक्षरी वीज मन्त्र—ॐ कें केतवे नमः ।

जपसंख्या—सत्तरह सहस्र (१७०००) अन्यमतानुसार ८५ हजार ।

विनियोग—ॐ केतुं कृण्वन्निति मन्त्रस्य मधुच्छन्दा ऋषिः
केतुर्देवता गायत्री छन्दः केतुमन्त्रजपे विनियोगः ॥

केतु कवचम्

केतुं करालवदनं चित्रवर्णं किरीटिनम् ।
प्रणमामि सदा केतुं ध्वजाकारं ग्रहेश्वरम् ॥ १ ॥
चित्रवर्णः शिरः पातु भालं धूम्रसमद्युतिः ।
पातु नेत्रे पिङ्गलाक्षः श्रुती मे रक्तलोचनः ॥ २ ॥
घ्राणं पातु सुवर्णाभश्चिबुकं सिंहिकासुतः ।
पातु कण्ठं च मे केतुः स्कन्धौ पातु ग्रहाधिपः ॥ ३ ॥
हस्तौ पातु सुरश्रेष्ठः कुक्षिं पातु महाग्रहः ।
सिंहासनः कटिं पातु मध्यं पातु महासुरः ॥ ४ ॥
ऊरू पातु महाशीर्षो जानुनी मेऽतिकोपनः ।
पातु पादौ च मे क्रूरः सर्वाङ्गं नरपिङ्गलः ॥ ५ ॥
य इदं कवचं दिव्यं सर्वरोगविनाशनम् ।
सर्वशत्रुविनाशं च धारणाद् विजयी भवेत् ॥ ६ ॥

केतुमङ्गल स्तोत्रम्

केतुर्जैमिनि गोत्रजः कुशसमिद् वायव्यकोणे स्थित-
श्चित्राङ्गध्वज-लाञ्छनो हिमगुहो यो दक्षिणाशामुखः ।
ब्रह्मा चैव सचित्र-चित्रसहितः प्रत्याधिदेवः सदा
षट्त्रिस्थः शुभकृच्च बर्बरपतिः कुर्यात् सदा मङ्गलम् ॥

केतुदान—शनिवार को निम्नांकित वस्तुओं का दान करें, वैडूर्य, लहसुनिया सोना, लोहा, तिल, सप्तधान्य, तेल, धूम्रवस्त्र, धूम्रपुष्प, नारियल, कंबल, काला बकरा, शस्त्र, इत्यादि रात्रि के समय इन वस्तुओं को दान कर कुश की समिधा से हवन करें तत्पश्चात प्रसाद वितरण कर उत्सव मनायें इसकी जप संख्या सत्तरह हजार है ।

नवग्रहस्तोत्रम्

जपा-कुसुम-सङ्काशं काश्यपेयं महाद्युतिम् ।
तमोऽरिं सर्वपापघ्नं प्रणतोऽस्मि दिवाकरम् ॥ १ ॥
दधि-शङ्ख-तुषाराभं क्षीरोदार्णव-सम्भवम् ।
नमामि शशिनं सोमं शम्भोर्मुकुटभूषणम् ॥ २ ॥

धरणीगर्भसम्भूतं विद्युत्कान्तिसमप्रभम् ।
कुमारं शक्तिहस्तं तं मङ्गलं प्रणमाम्यहम् ॥ ३ ॥
प्रियङ्गुकलिकाश्यामं रूपेणाप्रतिमं बुधम् ।
सौम्यं सौम्यगुणोपेतं तं बुधं प्रणमाम्यहम् ॥ ४ ॥
देवानां च ऋषीणां च गुरुं काञ्चनसन्निभम् ।
बुद्धिभूतं त्रिलोकेशं तं नमामि बृहस्पतिम् ॥ ५ ॥
हिमकुन्द-मृणालाभं दैत्यानां परमं गुरुम् ।
सर्वशास्त्रप्रवक्तारं भार्गवं प्रणमाम्यहम् ॥ ६ ॥
नीलाञ्जनसमाभासं रविपुत्रं यमाग्रजम् ।
छायामार्तण्डसम्भूतं तं नमामि शनैश्चरम् ॥ ७ ॥
अर्धकायं महावीर्यं चन्द्रादित्यविमर्दनम् ।
सिंहिकागर्भसम्भूतं तं राहुं प्रणमाम्यहम् ॥ ८ ॥
पलाश-पुष्प-सङ्काशं तारकाग्रहमस्तकम् ।
रौद्रं रौद्रात्मकं घोरं तं केतुं प्रणमाम्यहम् ॥ ९ ॥
इति व्यासमुखोद्गीतं यः पठेत् सुसमाहितः ।
दिवा वा यदि वा रात्रौ विघ्नशान्तिर्भविष्यति ॥ १० ॥
नरनारी-नृपाणां च भवेद् दुःस्वप्ननाशनम् ।
ऐश्वर्यमतुलं तेषामारोग्यं पुष्टिवर्धनम् ॥ ११ ॥
ग्रहनक्षत्रजा पीडास्तस्कराऽग्नि-समुद्भवाः ।
ताः सर्वाः प्रशमं यान्ति व्यासो ब्रूते न संशयः ॥ १२ ॥

नवग्रह पीड़ा हर स्तोत्रम्

ग्रहाणामादिरादित्यो लोकरक्षणकारकः ।
विषमस्थानसम्भूतां पीड़ां हरतु मे रविः ॥ १ ॥
रोहिणीशः सुधामूर्तिः सुधागात्रः सुधाशनः ।
विषमस्थानसम्भूतां पीडां हरतु मे विधुः ॥ २ ॥
भूमिपुत्रो महातेजा जगतां भयकृत् सदा ।
वृष्टिकृद् वृष्टिहर्ता च पीड़ां हरतु मे कुजः ॥ ३ ॥

उत्पातरूपो जगतां चन्द्रपुत्रो महाद्युतिः ।
सूर्यप्रियकरो विद्वान् पीड़ां हरतु मे बुधः ॥ ४ ॥
देवमन्त्री विशालाक्षः सदा लोकहिते रतः ।
अनेकशिष्यैः सम्पूर्णः पीड़ां हरतु मे गुरुः ॥ ५ ॥
दैत्यमन्त्री गुरुस्तेषां प्राणदश्च महामतिः ।
प्रभुस्ताराग्रहाणां च, पीड़ां हरतु मे भृगुः ॥ ६ ॥
सूर्यपुत्रो दीर्घदेहो विशालाक्षः शिवप्रियः ।
मन्दचारः प्रसन्नात्मा पीड़ां हरतु मे शनिः ॥ ७ ॥
महाशिरा महावक्त्रो दीर्घदंष्ट्रो महाबलः ।
अतनुश्चोर्ध्वकेशश्च पीड़ां हरतु मे शिखी ॥ ८ ॥
अनेकरूपवर्णश्च शतशोऽथ सहस्रशः ।
उत्पातरूपो जगतां पीड़ां हरतु मे तमः ॥ ९ ॥

एकश्लोकी नवग्रहस्तोत्रम्

ब्रह्मा मुरारिस्त्रिपुरान्तकारी, भानुः शशी भूमिसुतो बुधश्च ।
गुरुश्च शुक्रःशनि-राहु-केतवः कुर्वन्तु सर्वे मम सुप्रभातम् ॥

नवग्रह कवच

ॐ शिरो मे पातु मार्तण्डः कपालं रोहिणीपतिः ।
मुखमंगारकः पातु कंठं च शशिनंदनः ॥
बुद्धिं जीवः सदा पातु हृदयं भृगुनंदनः ।
जठरं च शनिः पातु जिह्वां मे दितिनंदनः ॥
पादौ केतुः सदा पातु वाराः सर्वांगमेवच ।
तिथयोऽष्टौ दिशः पान्तु नक्षत्राणि वपुः सदा ॥
अंसौ राशिः सदा पातु योगश्च स्थैर्यमेवच ॥
सुचिरायुः सुखी पुत्री युद्धे च विजयी भवेत् ॥
रोगात् प्रमुच्यते रोगी बद्धो मुच्येत बंधनात् ।
श्रियं च लभते नित्यं रिष्टस्तस्य न जायते ॥
यः करे धारयेन्नित्यं तस्यारिष्टिर्न जायते ।

पठनात्कवचास्यास्य सर्वपापात्प्रमुच्यते ।।
मृतवत्सा च या नारी काकबन्ध्याच-या भवेत् ।
जीववत्सा पुत्रवती भवत्येव न संशयः ।
एतां रक्षा पठेद् यस्तु अंगं स्पृष्ट्वापि वा पठेत् ।।

राशी परत्वें बीजें

मेष	—ॐ ऐं, क्लीं, सौः,	तुला	—ॐ ह्रीं क्लीं, श्रीं
वृषभ	—ॐ ह्रीं, क्लीं, श्रीं,	वृश्चिक	—ॐ ऐं, क्लीं, सौः
मिथुन	—ॐ श्रीं, ऐं, सौः,	धन	—ॐ ह्रीं, क्लीं, सौः
कर्क	—ॐ ऐं, क्लीं, श्रीं,	मकर	—ॐ ऐं, क्लीं, ह्रीं, श्रीं, सौः
सिंह	—ॐ ह्रीं, श्रीं, सौः,	कुम्भ	—ॐ ह्रीं, ऐं, क्लीं, श्रीं
कन्या	—ॐ श्रीं, ऐं, सौः,	मीन	—ॐ ह्रीं, क्लीं, सौः

राशी परत्वें पञ्चदशी यन्त्रें

मेप	४	९	२
सिंह	३	५	७
धन	८	१	६

मिथुन	६	७	२
तुला	१	५	९
कुम्भ	८	३	४

वृषभ	२	७	६
कन्या	९	५	१
मकर	४	३	८

कर्क	८	१	६
वृश्चिक	३	५	७
मीन	४	९	२

सम्वत् २०३५ शाके १९०० सन् १९७८–

नोट—यह तो निर्विवाद सिद्ध हो ही चुका है कि ग्रह अपना प्रभाव किसी न किसी रूप में दिखाये बिना नहीं रहते, कोई भी व्यक्ति, चाहे वह किसी भी जाति धर्म से सम्बन्धित क्यों हो शुभाशुभ ग्रहों के प्रभाव में आकर ही उन्नति अवनति के पथ में प्रवृत्त होता है। रहीमदास जी ने अपनें नीति के दोहों में कहा है कि—भले भले कह छोड़िये खोटे ग्रह में दान।

अशुभ ग्रह जब अपने कुप्रभाव द्वारा मनुष्य को तंग कर देते हैं तो उनके दुष्ट प्रभाव को निवारण करने के लिये सनातन धर्मी सज्जन पूजा पाठ, जप, दान आदि करते हैं जिनके करने से दुष्ट ग्रहों का प्रभाव कम होते गाया जाता है। नवग्रह दान सामग्री जो कि प्रत्येक ग्रह के साथ लिखी गई है वास्तव में बहुत ही कीमती है उसका यथोचित रूप से दान करना जन साधारण के बस की बात नहीं है यह दान विधि तो सर्व समर्थ राजा महा-राजा, सेठ, साहूकारों द्वारा ही की जानी शक्य है तो क्या गरीब और असमर्थ लोगों द्वारा उपर्युक्त दान न किये जाने पर, अशुभ ग्रहों के उपचारों का किसी प्रकार निराकरण हो सकता है ? तो शास्त्रकार इस बात की आज्ञा देते हैं कि दान वित्त समान ही होना चाहिये अतः पाठकों से प्रार्थना है कि समर्थ धनी पुरुषों के लिये नवग्रह दान विधि ग्रहों के साथ दी गई सामग्री को अपनायें और जो निर्धन गरीब हैं उनको तुला दान, तिलपात्र, घृत छाया, इत्यादि सूक्ष्म विधि वता कर, नाम मात्र के दान से अशुभ ग्रहों के शमनार्थ प्रयत्न की चेष्टा कर दुखों से मुक्त बनाने का हर सम्भव प्रयत्न करें, न कि निजी स्वार्थ के वशीभूत अपने यजमान का रक्त शोषण करने का प्रयत्न करें। जितनी जिसकी सामर्थ हो वह अपने वित्तानुसार दान कर लाभ उठाये ।

सूर्यादि ग्रहों का दान, जप, होम, पूजन आदि उन्हीं के वारों में करना चाहिये । अपने वार में किये गये उपचार से प्रत्येक ग्रह शीघ्र प्रसन्न हो जाता है और सन्तुष्ट होकर शीघ्र शुभ फल प्रदान करता है। विशेष रूप से जब मंगलवार को भरणी नक्षत्र हों, उस दिन चतुर्दशी या अष्टमी कृष्ण पक्ष की हो तो पाप ग्रहों के वारों में दुष्ट ग्रहों का दान करना चाहिये। अमावस्या के दिन, यदि सोमवती हो तो दान का सौगुना फल होता है। तिथि क्षय में उससे भी दस गुना, संक्रान्ति को उससे भी सौगुना, चन्द्र-सूर्य ग्रहण में उससे भी सौगुना और व्यतीपात में उससे भी सौगुना दान का फल कहा गया है अतः इन दिनों का ध्यान रखकर दान दिया जाय तो सर्व-श्रेष्ठ है ।

गुरु स्तुति

अखण्ड-मण्डलाकारं व्याप्तं येन चराऽचरम् ।
तत्पदं दर्शितं येन तस्मै श्री गुरवे नमः ॥ १ ॥
अखण्डानन्द-बोधाय शिष्य-सन्ताप-हारिणे ।
सच्चिदानन्दरूपाय तस्मै श्री गुरवे नमः ॥ २ ॥
अज्ञान-तिमिरान्धस्य ज्ञानाञ्जनशलाकया ।
चक्षुरुन्मीलितं येन तस्मै श्री गुरवे नमः ॥ ३ ॥
गुरुर्ब्रह्मा गुरुर्विष्णुर्गुरुर्देवो महेश्वरः ।
गुरुः साक्षात् परब्रह्म तस्मै श्री गुरवेनमः ॥ ४ ॥

अन्नपूर्णा स्तुति

अन्नपूर्णे सदापूर्णे शङ्कर-प्राणवल्लभे ।
ज्ञान-वैराग्य-सिद्धयर्थं भिक्षां देहि च पार्वति ॥

काली स्तुति

मन्त्र—ॐ ह्रीं श्रीं क्लीं नमो भगवती माहेश्वरी अन्नपूर्णे स्वाहा ॐ ।
काली काली महाकाली कालिके परमेश्वरि ।
सर्वानन्दकरे देवि नारायणि ! नमोऽस्तु ते ॥

महाकाली स्तुति

या कालिका रोगहरा सुवन्द्या वैश्यैः समस्तैर्व्यवहारदक्षैः ।
जनैर्जनानां भयहारिणी च सा देवमाता मम सौख्यदात्री ॥
मन्त्र—ॐ क्लीं महाकालिकायै नमः ।

महालक्ष्मी स्तुति

वन्दे लक्ष्मीं परशिवमयीं शुद्धजाम्बूनदाभां,
तेजोरूपां कनकवसनां सर्वभूषोज्ज्वलाङ्गीम् ।
बीजापूरं कनक-कलशं हेमपद्मं दधाना-
माद्यां, शक्ति सकलजननीं विष्णुवामाङ्कसंस्थाम् ॥ १ ॥
सुराऽसुरेन्द्रादि-किरीट-मौक्तिकैर्युक्तं सदा यत्तव पादपङ्कजम् ।
परावरं पातु वरं सुमङ्गलं नमामि भक्त्या तव कामसिद्धये ॥ २ ।

भवानि त्वं महालक्ष्मि सर्वकामप्रदायिनि ।
सुपूजिता प्रसन्ना स्या महालक्ष्म्यै नमोऽस्तुते ॥ ३ ॥

स्तोत्रम्

त्रैलोक्य-पूजिते देवि ! कमले विष्णुवल्लभे ! ।
यथा त्वमचला कृष्णे तथा भव मयि स्थिरा ॥ १ ॥
ईश्वरी कमला लक्ष्मीश्चला मूर्त्तिर्हरिप्रिया ।
पद्मा पद्मालया सम्यगुच्चैः श्रीपद्मधारिणी ॥ २ ॥
द्वादशैतानि नामानि लक्ष्मीं सम्पूज्य यः पठेत् ।
स्थिरा लक्ष्मीर्भवेत् तस्य पुत्र-दारादिभिः सह ॥ ३ ॥

मन्त्र—ॐ ह्रीं श्रीं क्लीं जगत्प्रसूत्यै नमः
ॐ ह्रीं महालक्ष्म्यै देव्यै नमः
ॐ ह्रीं महालक्ष्मीं च विद्महे विष्णुपत्नीं च
धीमहि तन्नो लक्ष्मीः प्रचोदयात् ह्रीं ॐ ।
ॐ ऐं लक्ष्मी श्रीं कमलधारिणीं कलहंसी स्वाहा ।

महासरस्वतीस्तुति

शुक्लां ब्रह्म-विचार-सार-परमामाद्यां जगद्व्यापिनीं,
वीणा-पुस्तक-धारिणीमभयदां जाड्यान्धकारापहाम् ।
हस्ते स्फाटिकमालिकां विदधतीं पद्मासने संस्थितां ।
वन्दे तां परमेश्वरीं भगवतीं बुद्धिप्रदां शारदाम् ॥ १ ॥
या कुन्देन्दु-तुषार-हार-धवला या शुभ्रवस्त्रावृता ।
या वीणा वरदण्ड-मण्डितकरा या श्वेतपद्मासना ॥
या ब्रह्माऽच्युत-शंकर-प्रभृतिभिर्देवैः सदा वन्दिता,
सा मां पातु सरस्वती भगवती निःशेष-जाड्यापहाः ॥ २ ॥

मन्त्र---ॐ ह्रौ ऐं, धीं क्लीं सौं श्रीं सरस्वत्यै नमः
ॐ ऐं सरस्वत्यै नमः

ॐ क्लीं बुद्धि देहि यशो देहि कवित्वं देहि देहि मे ।
मूढत्वं हर मे देवि त्राहिमां शरणागतम् क्लीं ॐ ॥

बालारिष्ट निवारण प्रयोग—

ॐ क्लीं बालग्रहाभिभूतानां वालानां शान्तिकारकं ।
संघातभेदे च नृणां मैत्रीकारणमुत्तमम् क्लीं ॐ ॥

उपर्युक्त मन्त्र का ४१ दिन नित्य नियम से पूर्ण शुद्धि के साथ जप एक माला रोज करने से बालारिष्ट के अशुभ फलों का नाश होता है ।

लघु मृत्युञ्जय मन्त्र—ॐ जूं सः (व्याधिनाम) पालय-पालय सः जूं ॐ
ॐ ह्रौं जूं सः

महामृत्युञ्जय मन्त्र—ॐ ह्रौं: जूं: सः ॐ त्र्यम्बकं यजामहे सुगन्धिं पुष्टिवर्धनम्। उर्वारुकमिव बन्धनान्मृत्योर्मुक्षीय मामृतात् सः जूं ह्रौं ॐ।

कुश के आसन पर पूर्वाभिमुख बैठकर एकान्त शान्त चित्त से ५ माला रोज करने से ४१ दिन में बड़े से बड़ा कष्ट दूर हो जाता है। माला न टूटे, दीप न बुझे या किसी और प्रकार का बदशगुन न हो तो सब प्रकार से लाभ होता है ।

सूर्य—सूर्य के अशुभ प्रभाव को दूर करने के लिये जो लोग स्वर्ण जटित माणिक अँगूठी पहनने में असमर्थ हैं उन्हें चाहिये कि वे श्वेत पुष्प ऑक की जड़ को रविवार, पुष्य नक्षत्र में उखाड़ कर उसी दिन अपने दाहिने हाथ के भुजदण्ड में धारण करें और विधि-विधान से सूर्य मन्त्र यन्त्र-तन्त्रादि का हवन यज्ञादि से उपचार कर सदैव सुखी रहें पीतवस्त्र धारण करें ।

चन्द्रमा—इसी प्रकार चन्द्रमा के अशुभ प्रभाव को रोकने के लिये जो लोग चांदी की अँगूठी में सच्चा मोती धारण करने में असमर्थ हैं सोमवार को खिन्नी की जड़ वामहस्त में धारण कर, तत्पश्चात श्वेतवस्त्र धारण कर अपने यज्ञादि को सफल बनायें जिससे उनके अरिष्ट दूर होकर, सब प्रकार से सुख-शान्ति का प्रकाश होगा ।

मङ्गल—मंगल के क्रूर तथा दुष्ट प्रभाव को रोकने के लिये जो लोग सोने या ताँबे की अँगूठी में विशुद्ध मूँगा धारण करने में असमर्थ हैं उन्हें चाहिये कि वे अनन्त मूल (की जड़ या सारिबा की जड़) को अपने दाहिने

हाथ में धारण कर, रक्तिम वस्त्रों को पहने अपने यज्ञ का अनुष्ठान या पुरश्चरण प्रारम्भ करें और उसकी निर्विघ्न समाप्ति पर सुख-शान्ति का सदैव अनुभव करते रहें।

बुध—बुध ग्रह के अशुभ या कुप्रभाव को हटाने के लिये जो मनुष्य सोने की अँगूठी में पन्ना नाम का नग धारण करने में समर्थ नहीं हैं उन्हें चाहिये कि वे विधारा की जड़ को अपने दाहिने हाथ के भुजदण्ड में धारण कर, अपने इच्छित फल की कामना करते हुए हल्के हरित-पीत मिश्रित वस्त्र धारण कर यज्ञ को सफल करने के लिये शुभेच्छा से अनुष्ठान कर अपने जीवन को सफल बनायें और चिर-शान्ति का अनुभव करते रहें।

बृहस्पति—गुरु के गुरुतर कुप्रभाव को हटाने के लिये जातक को चाहिये कि वह सोने की अँगूठी में पुष्पराज (पुखराज) धारण कर अपने अनुष्ठान का पुरश्चरण प्रारम्भ करे, पीतवस्त्र पहने जो व्यक्ति पुखराज धारण करने में असमर्थ हैं उन्हें चाहिये कि वे केले की जड़ या भारंगी की जड़ दाहिने हाथ में धारण कर अपने यज्ञानुष्ठान को सफल बनाये और आनन्द से रहकर अपने जीवन को सफल बनायें सत्कर्म में रुचि बढ़ाते हुए सदैव सुखी रहें।

शुक्र—शुक्र ग्रह के कुप्रभाव को रोकने के लिये व्यक्तियों को चाहिये कि वे सोने या चाँदी की अँगूठी में हीरे को धारण कर अपना यज्ञारम्भ करें जो लोग हीरा धारण करने में असमर्थ हैं उन्हें चाहिये कि वे सरपुंखा की जड़ (सोंनरू की जड़) को दाहिने भुजदण्ड में धारण करें और श्वेत वस्त्र धारण कर अपने यज्ञ को निर्विघ्न समाप्त कर, सदा-सर्वदा सुखी रहें।

शनि—यह एक दुष्ट-पाप ग्रह है जिसकी मन्द गति मनुष्यों को तंग कर देती है इस ग्रह के दुष्ट-कुप्रभाव को समूल निवारण करने के लिये मनुष्यों को चाहिये कि वे सोने की अँगूठी में शुद्ध नीलम धारण करें, जो लोग नीलम खरीदने में असमर्थ हैं उन्हें चाहिये कि वे बाँये हाथ में स्टील या लोहे का कड़ा या अंगूठी के साथ-साथ बिच्छू घास की जड़ (शिशणां की जड़) को धारण कर, हल्के नीले वस्त्र पहनकर, अपने यज्ञानुष्ठान का प्रारम्भ करें और

यथा विधि यज्ञ की सफलता पर शनि की प्रसन्नता का अनुभव करें। जिस पर शनि प्रसन्न होता है उसे फिर संसार में कोई कमी नहीं रहती। सदैव सुखी रहता है।

राहु—यह भी एक शनि की तरह दीर्घ सूत्री ग्रह है जिसका प्रभाव सूर्य चन्द्र ग्रहण के समय प्रत्यक्ष दिखाई देता है किन्तु गुप्त रूप से समस्त जन समूह पर इसका प्रभाव रहता है। इसके कुप्रभाव को रोकने के लिये स्वर्ण अँगूठी में गोमेद नाम का नग धारण कर यज्ञ का अनुष्ठान प्रारम्भ करना चाहिये जो व्यक्ति उपर्युक्त अँगूठी पहनने में समर्थ नहीं है उन्हें चाहिये कि वे श्वेत चन्दन की जड़ या फिर चन्दन की लकड़ी का छल्ला बना कर दाहिने हाथ में धारण कर अपने अनुष्ठान का श्री गणेश करें और निर्विघ्न पुरश्चरण की समाप्ति पर आनन्द से जीवन व्यतीत कर मानव जीवन सफल बनायें। धूम्ररंग के वस्त्र धारण करें।

केतु—यद्यपि केतु छाया ग्रह है जो कि राहु से सदैव सप्तम स्थान में सर्प की पूंछ की तरह घिसट कर धीरे-धीरे चलता है इसका प्रभाव सदैव दुष्ट ही रहता है इसके अशुभ प्रभाव को हटाने के लिए मनुष्य को वैदूर्य मणि या लहसनियां नाम का नग लोहे या स्टैन्लैस स्टील की अँगूठी में धारण कर यज्ञारम्भ करना चाहिये उपर्युक्त नग की अनुपस्थिति में असगन्ध या लाजावन्ती की जड़ बांये हाथ के भुजदण्ड में पहनकर धूम्र वस्त्र धारण कर यज्ञादि पुरश्चरण आरम्भ करने चाहिये और निर्विघ्न यज्ञ समाप्ति से केतु की प्रसन्नता प्राप्त कर स्वतः को ही सन्तुष्ट रहना चाहिये।

ग्रहाणां जप संख्या

रवेः सप्तसहस्राणि चन्द्रस्त्वैकादशैवतु। भौमे दशसहस्राणि बुधेचाष्टसहस्रकम्॥
एकोनविंशतिर्जीवे शुक्रएकादशैवतु। त्रयोविंशच्छनौ चैव राहोरष्टादशैवतु॥
केतौ सप्तसहस्राणि जपसंख्या प्रकीर्तिता। पुनश्च कलौ संख्या चतुर्गुणा॥

किसी-किसी आचार्य का कथन है कि कलियुग में नियत जप संख्या से चौगुना जप करने पर ग्रह सन्तुष्ट होते हैं और अभीष्ट फल प्रदान कर मनुष्य को सुखी बनाते है।